소설

존 스트랠리 지음

강수영 옮김

문학의숲

목차

작가의 말 · 5

곰과 결혼한 여자 · 14

역자후기 · 293

알래스카 미스터리|범죄|추리소설

곰과 결혼한 여자

1984년 사설탐정 일을 시작했을 때 틀링기트(Tlingit)* 부족 여인이 곰과 결혼해서 아이를 낳고 산 어떤 여자의 이야기를 해 주었다. 그녀는 이 이야기가 사실이라고 했고 나는 그 말을 믿었다.

곰과 인간의 결합에 관한 이야기는 수없이 많다. 북극지역에는 이런 이야기가 다양한 언어로 존재한다. 내가 들은 이야기는 연구자나 민속학자들이 수집한 이야기와는 사뭇 다르다. 이 소설의 계기가 된 틀링기트 부족 여인이 해 준 이야기는 두 가지 전승 설화를 결합한 것으로 보인다.

곰과 결혼한 인간에 관련해서 두 가지 이야기가 전해 내려온다. 알래스카의 남동부 해안가에서 전해져 내려오는 이야기와 알래스카 내륙지방의 극지대 근처에서 내려오는 이야기이다. 이 소설은 다우엔하우어 부부, 캐서린 매클린, 개리 스나이더와 폴 셰퍼드 등 연구자나 작가들**이 그간 헌신해 온 채록과 연구 작업을 거스르거나 부정하려는 목적에서 쓴 것이 아니다. 또 아직도 북극지방 전역에서 부엌이나 화롯가에서 이야기로 전해지고 있는 이 생생하게 살아 있는 이야기를 바꾸거나 훼손시키려는 의도는 전혀 없다.

이 소설에서 등장하는 인물과 사건들은 전적으로 내 상상력의 산물이다. 소설 속 알래스카는 물론 사실적으로 묘사했다. 싯카(Sitka)***,

주노(Juneau), 앵커리지(Anchorage) 등의 도시****는 지도에서 쉽게 찾아볼 수 있는 현존 도시이지만, 소설 속 스텔라(Stella)라는 마을은 허구적 공간이다.

이 소설을 완성하기까지 여러 사람의 도움을 받았다. 어떤 의미에서 이 소설은 공동작업의 소산이라고 할 수 있다. 소설을 쓰는 과정에서 도움을 준 모든 이에게 감사의 인사를 전하고 싶다. 니타 카우치만, 로렌 데이비스, 앤 더글라스, 릭 프리드만, 갤런 패인, 제이크 슈마허, 잔 스트랠리, 로빈 비엔스 등은 원고가 진행되는 과정 내내 불평 없이 읽어주고 허심탄회하게 조언해 주었다. 그들의 도움이 없었다면 이 소설이 이 정도나마 꼴을 갖추기 어려웠으리라.

소호출판사의 주리스 주레비치와 로라 후러스카에게 특별히 고마움을 전한다. 그들은 내 원고에 생명을 불어넣어 주었다.

감사를 전하고 싶은 벗들과 스승들도 있다. 애니 제이컵스, 조지프 모리아티, 넬슨 벤틀리는 늘 자상하고 애정이 담긴 말을 해 주었다. 글로 쓰거나 말로 전하거나 노래를 불러 주어 그 말들이 내게 왔다.

* 북미 북서부 태평양 연안지역의 원주민 부족. 알래스카주 남동부지역에서 캐나다의 브리티시컬럼비아 지역에 걸쳐 분포돼 있고, 고유 언어를 가지고 있다.

** 북미지역 원주민들 사이엔 다양한 설화나 민담이 전해지는데, 저자가 언급한 민담 채록가의 노력으로 구전되어온 이야기가 보존되어 왔다. 구전 민담이기 때문에, 각 설화의 이야기는 다양한 판본으로 남아 있다. '곰과 결혼한 여자' 역시 전하는 이에 따라 주인공의 성별이나 곰과 만나는 계기, 그 이후의 전개 과정에서 조금씩 변형된다.

*** 알래스카 남동부의 도시로 항공편으로만 접근할 수 있다.

**** 주인공의 여정에 등장하는 세 도시는 알래스카주 남동부의 주요 지역이다. 태평양 연안도시로 기후가 알래스카 타 지역보다 온화한 편이고 어업과 크루즈산업이 발달해 있다. 주노는 알래스카의 주도이고, 앵커리지는 알래스카에서 가장 번화한 도시이다. 싯카는 이 두 도시에 비하면 낙후된 편이고, 관광객의 발길이 뜸하다.

◆ 알래스카 지도

스 슬 로 프

코 쿼

앵커리지

티 항구

주노

싯카

곰과 결혼한 여자

◆ 등장인물

세실 영거: 주인공. 사설탐정.

빅터 부인: 루이스 빅터의 엄마. 알래스카 원주민.

루이스 빅터: 알래스카 원주민 출신 전문 사냥꾼으로 살인사건의 희생자.

에마 빅터: 샌프란시스코 출신 백인 여성으로 루이스의 아내.

노마 빅터: 루이스와 에마의 딸.

랜스 빅터: 루이스와 에마의 아들.

토드(토디): 세실의 룸메이트. 세실로 오인받아 총격을 받고 중상을 입는다.

앨빈 호크스: 루이스 살해 용의자로 유죄판결을 받아 복역 중이다.

월터 로빈스(월트): 루이스의 친구.

디디 로빈스: 월터의 딸이자 랜스의 동창.

해나 앨더: 세실의 전 애인.

에드워드: 세실의 고등학교 친구. 알래스카 원주민.

조지 도기: 알래스카 주정부의 감찰관.

싸이 브라운: 앨빈 호크스의 변호사.

딕키 스타인: 영거의 변호사.

레스터 블룸: 영거를 체포한 형사.

윈턴 두아트레: 세실의 정보원.

윌리엄: 지역의 떠도는 소문 수집가.

에마뉘엘 마르코(매니): 돈 받고 세실을 죽이려고 한 건달.

루돌포 아나스탄소(루디): 디디의 유부남 애인.

레이첼: 루이스 빅터의 애인.

1장

싯카, 알래스카. 10월.

내 머릿속은 어느 늦은 가을밤
거친 폭풍을 맞으며 버려진 컵 반쯤 찬
빗물에 빠진 거미 한 마리

17개의 음절을 어설프지만 겨우 끼워 맞췄다. 돈은 떨어졌고 하나
뿐인 신용카드는 어디에다 두었는지 찾을 수 없다. 도둑맞았는지 아니
면 누군가에게 줘 버렸는지 기억나지 않는다. 엉망진창이다.

나는 파이오니어 홈(Pioneer Home) 입구에 놓인 초록색 벤치에 앉아
있다. 손에 들려 있는 지갑은 방금 놓쳐 버린 페리 탑승권만큼이나 쓸
모없다. 거미 한 마리가 귓속을 기어 다니고 배 속에는 털이 북슬북슬
한 동물 한 마리가 발톱으로 내장을 파내면서 밖으로 나오려고 하는
것 같다. 아마도 오늘은 유독 일진이 나쁜 하루가 될지도 모르겠다. 비
는 내리지 않는다.

하이쿠 짓기 말고도 이것저것 시도해 보면서 숙취에서 벗어나려고 안간힘을 썼다. 예전에 와이오밍주의 록 스프링스(Rock Springs)에서 묵었던 한 호텔 방에서는 침대에 철삿줄로 묶여 있던 라디오를 와락 움켜쥔 적이 있었다. 라디오에서 흘러나오는 목소리가 전하는 '예수님의 복된 힘'이 내 영혼을 채워 주기를 바랐지만 110볼트 전류의 충격 말고는 아무 일도 일어나지 않았다. 시를 읽어 보기도 했다. 알코올의 남은 찌꺼기가 공중으로 녹아 사라지기를 얼마나 바랐는지.

오늘 아침 침대 밑에 차갑게 식어 버린 온수병처럼 웬델 베리(Wendell Berry)의 시집이 떨어져 있는 걸 봤다. 한때 나를 사랑했던 여인이 떠나기 전 침대맡에 두고 간 시집이었다. 나는 시집을 집어서 주머니에 넣고 방을 나왔다. 운명을 걸어 보고 싶었지만 정신이 번쩍 들 만큼의 충격은 없었다. 겨우 첫 장에 적힌 서명까지만 읽었다. 초록색 잉크로 그녀는 이렇게 적어 두었다. "설 곳이 없다, 오직 부재뿐. 인생은 다만 운명에 빚지고 있다." 그녀는 사랑스러운 여자였다. 지금은 기독교 신자가 되었지만. 그녀의 피부는 바다생물처럼 하얗고, 따뜻한 대기처럼 부드러웠다. 마치 만(灣)을 따라 노를 저어갈 때 불어오는 대기의 바람 같았다. 나는 왜 그녀가 이런 문장을 시집에 써 두었는지 그 이유를 전혀 알지 못했다.

한때는 집 근처 차가운 물가에서 수영하면 숙취를 해소할 수 있으리라 생각했다. 해협을 바로 지나 알래스카만(灣)과 연결되는 태평양 바닷물 속에 몸을 담그면 무딘 감각, 바늘로 찌르는 것 같은 고통, 기억과 망각이 동시에 풀려났다. 바닷물에 아랫도리까지 푹 담갔다. 억지로 꽉 끼워 맞춘 느낌이 들었다.

입고 있던 점퍼 주머니에 이틀 동안 들어 있던 샌드위치 빵을 조각내어 시멘트 보도에 던졌다. 줄곧 나를 지켜보고 있던 큰까마귀가 통통하게 살이 오른 비둘기들 사이로 하강해 내려와서 쏜살같이 빵 부스러기를 채갔다. 부리가 부드러운 곡선 모양인 이 크고 검은 새는 내가 앉아 있는 벤치 뒤쪽으로 내려와 자리 잡고 마귀처럼 낄낄대고 있었다. 나는 그 새를 찬찬히 살펴봤다. 왼쪽 다리에 붉은 실이 감겨 있었다. 아마 누군가 이 새를 덫으로 잡으려 했던 모양이다. 어느 꼬마 녀석이 긴 나무막대와 미끼를 가지고 끈기 있게 기다렸다가 새가 땅으로 내려앉을 때 느슨하게 놓여 있던 끈을 잡아당겼을 테고, 그렇게 실랑이를 벌이다가 끊어졌을 것이다. 어둠에서 떨어져 나온 조각처럼 검은 이 새는 알래스카의 전설적 악동이다.

파이오니어 홈은 알래스카 주정부가 운영하는 양로기관이다. 나는 이곳에서 어떤 노인과 만나기로 되어 있었다. 마침 아침식사 시간이라 노인들이 식사를 마칠 때까지 시간을 때우려고 여기 앉아 있다. 노인들이 조용히 씹어 넘기고 있을 곡류 시리얼과 커피를 떠올렸다. 그리고 아무도 듣지 않아도 저 한쪽 모퉁이에서 재깍거리고 있을 황동 배 시계(배의 키를 본뜬 모양의 동으로 만든 독일제 시계)를 생각했다. 약속 시간까지 10분 정도 남았다.

치즈 한 조각을 큰까마귀에게 던져 주며 지난 밤 있었던 일을 떠올리려 애썼다. 윈턴 두아르테를 우연히 만났던 기억이 났다. 윈턴은 끗발 없는 약물업자였지만 꽤 쓸 만한 잡담꾼이었다. 그런데 어제는 듣기만 하고 당최 썰을 풀 생각이 없어 보였다. 떠도는 소문을 전하는 일로 먹고사는 사람들과는 공정거래가 원칙이다. 윈턴은 시내에 머물고 있다고 소문난 경찰 끄나풀에 대해 알고 싶어 했다.

양로원은 고풍스러운 해변가 호텔 같다. 꽃밭과 잔디로 둘러싸인 이 빌딩은 도시의 중심부에 있었다. 길 건너편엔 우체국이 있다. 우체국은 공동체의 중심부로, 8천 명 남짓한 싯카 주민들이 우편물을 보내거나 찾기 위해 들르는 곳이었다.

우체국 옆에는 알래스카가 러시아에서 미국으로 양도될 때 공식적인 이양식이 진행된 언덕이 있었다. 러미통상 관리인 알렉산드르 바라노프(Alexander Baranov)는 그곳에 최초로 오두막을 지었다.

양로원의 잔디밭 가장자리를 둘러싼 허리춤 높이의 돌담이 도시의 심장부 한쪽 모서리에서 맞닿는 두 개의 주도(州道)를 따라 돌아나간다. 하나는 대장장이 망치를 들고 러시아계 깡패들을 때려눕힌 틀링기트 부족 전사의 이름을 딴 캐틀리안로(路)이고, 다른 하나는 에이브러햄 링컨로(路)이다. 이 돌담 위에서 볼이 발그스레한 싯카의 젊은이들이 앉아서 럼주를 마시면서 마리화나를 피우고 경범죄 모의를 하곤 한다. 윈턴도 그런 청년 중 하나였다.

관광여객선이 우비를 껴입고 카메라를 멘 수백 명의 관광객을 부려놓으면, 이 친절한 소도시의 경찰관들은 다른 곳에 가서 놀라고 싯카의 젊은이들을 어르고 달래어 쫓아낸다. 그러면 이곳의 청춘들은 누구도 돌보거나 신경 쓰지 않는 러시아인의 묘지 하나를 골라 그들만의 파티를 벌인다. 나무가 빽빽이 들어찬 숲속에서 거꾸로 뒤집힌 묘비 위에 걸터앉아 럼주를 마시면서 카세트테이프 플레이어에서 흘러나오는 전기톱 기타리프 연주를 듣는 것이다. 그러면 마치 전기톱이 날카롭게 자르는 소리 같은 음악이 타운으로 흘러 들어간다.

나는 한동안 술을 마셔 댔다. 아마 며칠 취해 있었으리라. 어젯밤에는 두아르테를 만나서 대구잡이 일꾼인 몇몇 사내와 어울려 이 담장 위에 앉아 곡물주를 섞은 사과주를 마셨다. 몇 잔이 돌자 한 사내가 레스토랑에 가서 피자를 먹으면서 멕시코산 맥주를 마시자고 제안했고, 내가 신용카드로 계산을 했다.

이후의 일은 대체로 인상주의 화법의 콜라주로만 남아 있다. 가장 선명하게 기억나는 것은 영화 《블루엔젤》에서 말린 디트리히(Marlene Dietrich)를 떠올리게 하는 가죽옷을 입은 가수였다. 그녀의 목소리 톤이 물안개를 뚫고 들려오는 선체 밖 모터 소리처럼 기억의 안개를 가로질러 아로새겨져 있었다. 나는 큰 넙치잡이 배의 선실과 테킬라, 셔츠를 갈아입으면서 몬태나주의 말(馬)에 관해 얘기하던 여자를 기억했다. 누군가 울었고 누군가 총에 대해 말한 기억이 어렴풋하다.

정신을 차려 보니 내 침대 위였고, 셔츠 소매에는 피가 묻어 있었다. 코에서 느껴지는 기분으로 봐서 그 피는 내 것인 듯했다. 두아르테와 돈, 그리고 신용카드는 어디로 갔는지 찾을 수 없었다. 전화 응답기에는 자기를 만나러 파이오니어 홈으로 오라는 빅터 부인의 메시지가 녹음되어 있었다. 말하는 품으로 봐서 꽤 심각한 사건인 듯했다. 그녀의 목소리에서는 타악기의 멜로디가 울렸는데, 큰까마귀에게 말을 배운 것이 아닌가 싶을 정도였다. 그녀의 요청은 단호했다.

양로원 식당에서 발을 천천히 끌며 나오는 사람들의 소리가 들렸다. 주머니에서 빵부스러기를 털어내고, 남은 샌드위치를 다시 구겨 넣었다. 길거리 중앙에 복숭아색 바지를 입은 여자가 서 있었다. 그녀는 교통의 흐름에 신경을 곤두세운 채 러시아정교회성당 사진을 찍고 있었다. 머리를 수시로 좌우 옆으로 움직여 대면서 보도에 서 있는 남편을 향해 쉼 없이 손을 흔들어 댔다.

큰까마귀 한 마리가 담장에 앉아 있었다. 항구로부터 불어오는 옅은 미풍이 새의 깃털을 살짝 날렸다. 새는 허공을 바라보면서 목 깊은 곳에서 울려오는 소리를 냈다. 마치 우물 깊이 돌덩어리가 떨어지는 것 같았다.

오늘은 일요일 아침이라 차가 많지 않았다. 게다가 마침 지나가는 차는 한 대도 없었다. 그런데도 그 여자 관광객은 머리카락에 신경을 쓰면서 찻길 이쪽저쪽을 불안한 듯 살피고 있었다. 여자는 재빨리 셔터를 누르고 서둘러 남편에게 종종걸음으로 달려갔다. 큰까마귀는 술집 앞의 연석으로 날아가서 절인 달걀 요리처럼 보이는 음식쓰레기를 주워 먹기 시작했다.

나는 양로원의 계단을 올라가서 이중현관문 사이로 들어갔다. 웬델 베리의 시집은 벤치에 두고 왔다. 누가 훔쳐 가지는 않겠지. 뭐, 시집이니 안전할 거야. 내가 일을 마치고 나올 때까지 거기 그대로 있으리라.

노인들을 위한 주립기관이라면 대개 그림자로 만든 거미줄이 늘어진 텅 빈 눈동자 같은 것을 상상할지 모른다. 어떤 공허함과 절망의 이미지 같은 것이 어울릴 듯싶다. 이런 기준에서 본다면 이 양로원은 실망스럽기 그지없다. 여기저기 노인들이 삼삼오오 모여 앉아 있었는데, 낚시와 사냥규제법이나 주정부가 원유로 벌어들인 돈을 공예가조합이나 65세 이상의 노인들로 구성된 고문위원회를 만드는 데 쓰는 문제에 관해 당장이라도 토론을 벌일 기세였다. 실내는 환했고 두툼한 카펫이 깔려 있어 간호사의 구두가 리놀륨 바닥과 마찰할 때 생기는 사형집행

관의 괴성 같은 소리를 잡아 주고 있었다.

나는 로비의 표지판에서 빅터 부인의 방 번호를 찾아 확인한 뒤 104호가 위치한 1층의 홀을 따라 걸어갔다. 어느 방의 문 너머로 티브이의 현란한 음악 소리가 들려왔다. 보스턴지역의 악센트로 "난 바보처럼 여기 가만히 서 있진 않을 거예요, 그레고리!"라고 말하는 여자의 목소리였다. 그러자 곧 음악 소리가 커졌고 광고가 나왔다. 그리고 다시 인간의 목소리가 들렸다. "제발 이제 좀 마셔요. 의사 선생님이 오시면 새 약에 대해 여쭤 볼게요."

빅터 부인의 방은 무덤 같으리라 상상했다. 작고 어두운, 약 냄새와 청소용 세제 냄새가 풍기는 곳. 방문을 두드렸다. 문 뒤쪽에서 희미하게 부스럭거리는 소리가 났다. 문을 열고 들어가자 눈부시게 빛이 났다. 열린 창문으로 햇살이 들어왔고 방 안의 모든 램프가 불을 환하게 밝히고 있었다. 그녀는 방 한쪽 구석에 놓인 휠체어에 몸을 깊숙이 파묻은 채 앉아 있었다. 팔꿈치가 휠체어의 안장 위로 마치 닭 날개처럼 얹혀 있었다. 그녀는 담배를 피우고 있었다. 방 안의 시계가 째깍대는 소리가 지나치게 커서, 마치 시간이 이제 막 시작된 것처럼 느껴졌다.

"빅터 부인이신가요? 세실 영거입니다. 저를 만나고 싶다고 하셨지요?"

나는 입고 있던 가죽점퍼를 벗어서 한쪽 팔에 걸었다.

"빅터 부인?"

그녀를 바라보려면 손차양을 해야 했다.

휠체어를 탄 여자가 고개 숙이고 있었다. 담배에서 타오르는 연기가 그녀의 얼굴 주변으로 번져 올라오면서 금속안경테 밑에서 원을 그렸다.

나는 푸르스름하고 뿌연 담배연기가 천장 구석으로 모여드는 모습을 지켜봤다. 그녀의 머리칼은 큰까마귀처럼 검었고 드문드문 흰머리가 눈에 띄었다. 휠체어의 팔걸이 위에 올려놓은 주먹은 호두색이었다. 천천히 그녀가 앞으로 몸을 세웠다.

"영거 씨, 몇 가지 알아보고 싶은 게 있는데, 아무도 날 도와주지 않아요. 진실을 알고 싶다오. 사설탐정이 필요해요."

나는 침대 가장자리에 앉았다. 침대 스프링이 살짝 삐걱댔다. 마치 내 속에 갇혀 있던 털북숭이 동물이 갑자기 목구멍을 비틀고 나오려 하는 느낌이 들었다.

나는 한 번도 내가 가족에 누를 끼치는 존재라고 생각해 본 적이 없었다. 하지만 날 만나는 사람들은 예외 없이 나를 그렇게 대했다. 그들은 아버지를 "신성한 영거 판사님"이라고 불렀다. 사람들은 나를 볼 때마다 집요하게 뭔가를 찾아내려는 듯 눈알을 굴리며 그들이 멋대로 내린 판단을 목소리에 한껏 담아 말을 걸었다. 그들의 시선에서 나는 실패한 아들이었다. 판사가 생전에 이런 내 꼴을 보지 않아도 되었다는 점이 다행이라면 다행인 셈이다.

아버지는 완벽한 진실을 전해 줄 수 있는 판사였지만, 사설탐정의 자격으로 내가 할 수 있는 일이란 진실을 찾기 위해 안간힘을 다하면서 이런저런 시도 끝에 고작해야 가장 그럴듯해 보이는 진실의 판본을 얼기설기 꿰맞추는 것이었다. 한 번도 실패한 적 없는 내 누이는 이상주의자이며 로스쿨 교수이다. 일전에 그녀는 당시 모종의 사건을 맡고 있던 내게 말했다. "쟁점과 진실을 혼동하지 마. 오직 사실만을 찾아내는 거야!" 이상주의는 개뿔.

　경찰관들은 다르다. 그들은 사이렌 소리가 시끄럽게 울리고 불빛이 요란하게 깜박이는 곳에 있었고, 생각할 겨를조차 없고 숨도 못 쉴 상황에 부닥친 목격자들을 상대한다. "자, 자, 부인, 여기 앉으세요. 사실대로 다 얘기하고 나면 기분이 좀 나아질 겁니다."

　하지만 나는 대략 몇 주일, 때로는 몇 개월이 지난 뒤에야 목격자들을 만날 수 있다. 그때는 이미 기억 속 인상들은 견해에 맞게 바뀌어 있고, 저마다 판사를 자처한다. 경찰관들이 범죄의 구술사를 집대성한다면 나는 민담을 모으러 다닌다. 판사가 되려고 마음먹은 이들은 대부분 민담을 완벽한 진실로 간주하지 않는다. 적어도 자신이 말하고 있는 이야기가 진실이 되어야 했다.

　"경찰이 필요하신 것 같은데요, 빅터 부인?"

　"경찰은 이미 만났어요. 지방검사도 만났지. 내 아들이 살해당했어요. 나는 진실을 알고 싶어요. 전부 다."

　나는 뿌연 담배연기가 창문을 통해 들어온 찬 공기로 맑게 변해 가는 모습을 바라보고 있었다. 그녀의 아들이 누군지는 알고 있었다.

　원주민 루이스 빅터는 덩치 큰 동물 사냥의 전문 가이드였다. 갈색 곰 인간으로 불리던 그는 한 정신병자가 쏜 고성능 라이플총에 맞아 죽었다. 시신은 그가 운영하던 사냥용 오두막 근처에서 곰들에게 뜯어 먹힌 상태로 발견되었다.

　사실은 길고 긴 아이러니였고 결론은 짧고 간결했다. 변호사 싸이 브라운이 관선변호사로서 용의자의 변호를 맡았었다. 나는 그 사건을 맡고 싶었지만, 맡을 수 없었다. 당시 나는 관선변호인 알선업체에서 해고된 상태라 일을 배당받을 수 없어서 용의자가 자비로 나를 고용해야 했는데, 그 정신병자는 당시 내 일당 100달러조차 낼 처지가 못 되었다. 그나마 일당 100달러는 '이달의 강력범죄'를 위한 특별 할인 가격이었다.

"죄송합니다만, 빅터 부인, 이미 아드님 살해 범인이 체포되지 않았나요? 수감 중일 텐데요."

그녀는 천천히 고개를 저었다.

"당신은 이해 못 하는군. 이해할 수 없겠지. 경찰한테서 범인 이야기는 나도 들었어요. 정신이 온전치 못하다지. 저 혼자 중얼댄다고 하더군요. 정신이 나간 채 총을 들고 그냥 루이스를 죽여 버렸다고 했어요. 시체를 거기 내버려 두어서 곰들이 뜯어 먹었지. 나도 어떤 일이 벌어졌는지 정도는 알고 있어요."

그녀는 움켜쥔 주먹으로 휠체어의 팔걸이를 세게 내리쳤다.

"하지만 왜 그랬는지 그 이유를 알고 싶단 말이요!"

"이유요? 빅터 부인, 살인범은 정신병자입니다. 뭐가 뭔지 모르는 미친놈이요. 적어도 부인이나 저나 이해할 수 없는 이유로 죽인 게 아니겠습니까? 비극적이고 예측할 수 없는 사고였어요. 마치 하늘에서 떨어진 모루에 아드님이 맞아 죽은 거나 마찬가지라고나 할까요."

"당신 백인들이란!"

그녀는 격하게 고개를 저어 대었다. 그녀의 콧구멍에서 연기가 돌풍처럼 뿜어 나왔다. "하늘에서 모루가 떨어지는 따위의 일은 일어나지 않아!"

내 귓속 벌레가 발작을 일으켰고 눈물이 날 것 같았다. 숨을 한 번 들이쉰 뒤 눈물을 꾹 참았다.

그녀는 몸을 앞으로 기울이더니 마치 권총이라는 듯이 손가락 하나를 내 쪽으로 조준했다.

"우리 엄마는 동물과 말을 할 수 있었어. 큰까마귀, 곰 등과 얘기를 나누었지. 범고래와도 얘기했어. 범고래는 바로 우리 조상이었거든. 하지만 난 기독교 신자야. 성당에 나가고 있소. 내가 동물과 얘기할 수 있다고 하면 당신은 미쳤다고 생각하겠지. 동물과 대화를 하는 게 아니요. 공중에 대고 내가 말하면 동물들은 그냥 듣는 거지."

그녀의 머리 뒤편에서 해가 구름 뒤로 사라졌고 그림자가 방 안으로 침투해 들어왔다. 창문 밖 꽃밭 주변에 쳐놓은 사슬로 연결된 울타리가 보였다. 생장을 멈춘 철쭉 위로 붉은 실을 발에 매단 큰까마귀가 낄낄대고 있었다.

"멍청한 만화 따위에서처럼 하늘에서 모루가 떨어지는 일은 절대 일어나지 않아. 누군가 떨어뜨린 거지. 이봐, 영거 씨, 내 돈을 주지. 누가 우리 아들을 죽였는지 알아봐 줘요."

나는 두 손을 들여다보면서 뒤로 몸을 젖혔다. 이 일은 내게 기회일지 모른다. 사건자료를 찾아 하루 이틀 정도 읽어 보고 빅터 부인의 가족과 친구들을 탐문한 뒤 그녀가 믿고 싶은 진실을 알아내어 가져다주면 된다. 늘 이런 식으로 일이 진행되기 마련이다. 적어도 고객을 만족시킬 수는 있다. 아마 대략 사오백 달러 정도는 벌 수 있을 것이다. 주노에 있는 교도소에도 방문해야겠지만, 그곳에는 내 고객이 여럿 살고 있으니 문제없다.

"사건조사 정도는 해 드릴 수 있습니다. 사건파일의 자료를 모아야 합니다. 살인범이 체포된 날짜와 이름을 알고 계십니까?"

그녀는 침대 밑을 가리켰다. 그곳에는 판지로 된 야채 상자 두 개가 있었는데 파일과 서류들로 가득했다.

"필요한 자료는 그 안에 다 있어요. 탐문자료, 사건 메모, 청문회와 배심원의 발언까지 모두 다. 내가 다 읽었어."

그녀는 휠체어를 움직여서 침대 쪽으로 와서는 상자에 대고 손짓을 했다. 나는 상자를 하나씩 들어서 침대 위에 올렸다. 그녀는 첫 번째 상자 속의 자료들을 뒤졌다.

"내 아들은 가정불화가 있었어. 뭐 때문인지 그 이유는 모르겠지 만 적어도 내 아들이 행복하지 않았다는 것만은 알아. 나를 자주 만나 러 왔었어. 그 앤 다 큰 어른이었지만 어린아이였을 때처럼 두 손으로 얼굴을 괴곤 했지. 그러면 내가 이야기를 해 주었어. 늘 원주민 이야기 를 듣고 싶어 했어. 나는 그 애에게 아버지와 삼촌들에게서 들은 이야 기들을 해 주었어. 같은 이야기를 손주 녀석들에게도 해 주었지. 아들 은 죽기 직전까지 행복하지 않았어. 내 생각엔 뭔가 두려워했던 것 같 아. 자기가 죽을 수도 있다는 걸 알았던 것 같아. 미쳤다는 이유만으로 범인이 루이스를 죽였다고 하기엔 석연치 않은 점이 많아. 다른 사람 들도 분명 연루되어 있어. 여기 봐. 이 자료들은 사건에 대해 아무것도 알려주지 않아. 내가 이 상자 속에 담긴 자료들을 다 읽고 나서 온전 히 진실을 알게 되었다고 느꼈을까? 전혀 그렇지 않아."

그녀는 상자 쪽으로 애매한 몸짓을 취했다.

"이 종이 쪼가리들은 내 아들이 어떻게 죽었는지를 말해 주지 않

아. 그저 경찰관들이 건네준 변명일 뿐이야."

그녀는 휠체어를 움직여서 다시 창가 자리로 돌아갔다. 그녀는 놀라울 정도로 해맑은 표정으로 나를 바라봤다. 머리 쪽이 아주 미세하게 흔들렸다. 목에 걸고 있던 은색 목걸이에 매달린 러시아식 십자가를 손으로 만졌다.

"내가 얼마를 주면 이 일을 맡을 수 있겠어요?"

완벽한 진실을 밝혀내는 일을 맡아본 적이 없었기 때문에, 시간이 얼마나 걸릴지 따져 봐야 했다. 사건자료를 찾아다닐 필요는 없으니 시간을 절약할 수 있겠지만, 그녀가 직접 자료를 전부 읽고 나서도 루이스 빅터가 살해된 이유를 만족할 만큼 찾아내지 못했다면, 그녀를 만족시키기 위해선 어쩌면 묘수가 필요할지도 몰랐다. 그러려면 꽤 먼 곳까지 가야 할 수도 있다. 당연히 시간과 돈이 충분해야겠지.

"비용은 사건의 성격과 고객에게 전적으로 달려 있습니다. 먼저 파일을 읽어 보고, 제가 할 수 있는 일이 있을지 알아보겠습니다. 시간당 25달러인데, 사건 관련 비용은 따로 청구됩니다. 보통 돈을 제대로 지불하는 사람이 없어서 제 상황에 맞게 조정하기도 합니다."

내 뒤쪽에서 문 두드리는 소리가 났고, 곧 문이 조금 열리는 소리가 들렸다. 빅터 부인이 고개를 들어 쳐다보았다.

"잠깐! 기다려요, 금방 끝나요."

그녀가 소리쳤다.

"영거 씨, 미안하지만 다른 약속이 있소. 누가 오기로 되어 있거든. 파일을 읽고 나서 사건을 어떻게 생각하는지를 알려 준다면 200달러를 주겠소. 그런 뒤에 어떻게 할지 그때 가서 얘기합시다. 내일 다시 올

수 있겠어요?"

나는 고개를 끄덕였다. 상자 두 개를 두 팔로 힘겹게 들어 올린 뒤, 무릎을 사용해서 문을 억지로 열었다. 복도에는 아무도 없었다. 몸을 돌려 정문으로 향해 걸어갔다.

평상시에는 15파운드짜리 상자 두 개쯤은 거뜬히 운반했지만, 오늘은 비틀거리며 계단을 내려갔다. 입고 있던 면 셔츠 밑으로 땀이 흘러내렸다. 몸에서 열이 나서 술집 담배연기 같은 냄새가 풍겼고 눈 주위로 땀이 고여 눈꺼풀 아래에서 테킬라가 불타는 것처럼 느껴졌다.

몸은 썩어 가는 기분이었지만, 정신만큼은 비상하기 시작했다. 적어도 이번 사건은 꽤 큰 것이었고 읽을거리도 많았다. 목 받침을 한 사람을 따라다니면서 기다렸다가 테니스를 치거나 트램펄린에서 붕붕 뛰는 모습을 사진 찍을 필요는 없었다. 이미 지난 사건이었고 종결된 사건일지언정 어쨌든 이번 일은 살인사건이다.

아까 앉았던 벤치를 지났다. 두 손에 상자를 들고 있어서 웬델 베리는 그곳에 두고 왔다. 문제 될 것은 없다. 예전엔 『정신과 자연』을 같은 벤치에 일주일간 두었던 적이 있는데 아무도 그 책을 건드리지 않았다. 그저 조금 눅눅해지고 책 모서리가 마치 큰까마귀가 페이지를 넘겨본 것처럼 해져 있었을 뿐이었다.

2장

나는 사람들에게 내 직업을 알리고 싶지 않다. 그들의 반응은 한결같다. "흥미로운 일을 하시네요"라고 말하고 나서 내 가슴께를 뚫어지게 쳐다본다. 마치 내가 재킷 안쪽에서 권총을 뽑아 들고 열린 창문으로 뛰어 내려가, 그 아래 시동이 걸려 있는 차를 타고 사라지는 모습을 기다리기라도 하듯이.

사람들에게 내 직업에 대해 말하고 싶지 않은 이유는 무엇보다 그들이 종국에는 실망하게 될 것이기 때문이다. 나는 비싸거나 독특한 골동품 차를 몰지 않는다. 솔직히 말하면 운전면허도 없다. 이동할 때는 히치하이킹을 하거나 택시를 탄다. 때로는 걸어 다닌다. 사람들과 대화를 트기에는 이 세 가지 방법이 한결 낫다.

총을 들고 다니지도 않는다. 권총 한 자루도 없다. 하지만 내 일터에는 곳곳에 총이 있다. 현금 상자, 술집 계산대 뒤, 변호사의 침대 옆 서랍, 스노머신(스노모빌의 알래스카식 표현)의 화물칸 등에서 총을 발견할 수 있다. 보통 남성의 단단한 음경처럼 보이는 손잡이가 달린 대구경 리볼버이다. 가끔 잘 빠진 여성용 소총을 만나기도 한다.

그렇다고 총기 소지를 반대하는 것은 아니다. 내가 총을 가지고 다니지 않는 이유는 간단하다. 경찰이 허가해 주지 않는다. 경찰은 내가 2호 연필 한 자루와 스프링 달린 공책 하나 달랑 들고 정신병자가 사는 트레일러의 문을 두들기는 모습을 상상하길 좋아한다. 보호 장치라고 해 봐야 녹음기 한 대뿐이다. 물론 그럭저럭 일을 처리하기에는 무리 없다.

간혹 총이 필요한 상황이라는 축이 오기도 한다. 그럴 때는 판사님께서 소장하고 있던 총신이 긴 12구경을 들고 간다. 뭔가 예기치 않은 일이 벌어져서 절박한 상황에 부닥치면 무기가 될 만한 뭐든지 손에 잡힐 행운을 바랄 뿐이다. 물론 그런 일은 한 번도 일어나지 않았지만, 뭐 인간이란 언제나 희망을 품기 마련이다.

내 신체적 조건은 사설탐정이 되기엔 보잘것없다. 오른쪽 눈썹 위에 난 상처 정도가 내 외모에서 유일하게 극적인 효과를 낸다. 6학년 때 에릭 호퍼트가 분수대에서 나를 밀치는 바람에 생긴 상처다. 말하자면 내면에 도사리고 있을 영웅적 고통을 드러내는 외적 표시 같은 것이다.

현재 살고 있는 집은 만족스럽다. 지금까지 실망할 만한 구석은 없었다. 물 위에 말뚝을 박아 세운 3층짜리 목조가옥이다. 그 안에 필요한 것이 다 갖추어져 있다. 사무실, 부엌, 그리고 침실. 2년 전까지 화장실에서 물을 내리면 집 아래쪽에 흐르는 태평양으로 물이 빠져나가는 소리를 들을 수 있었다. 지금은 도시의 하수도 체계가 바뀌어서 화장실에서 물을 내리면 펌프와 하수구의 복잡한 단계를 거쳐서, 이 섬에서 몇 마일이나 떨어진 곳으로 물이 흘러간 뒤에야 태평양으로 흘러

들어간다. 나는 내가 사는 곳이 좋다. 그런데 어쩐지 오늘 아침에는 유독 집이 멀게 느껴진다.

자료 상자를 들고 휘청거리며 거리를 걸어갔다. 땀이 줄줄 흘렀다. 술 탓을 하면서도 또 한잔 마시고 싶었다. 술집 앞에서 멈춰 섰다. 벽에 기댄 채 일면식 있는 어부와 이야기를 나누었다. 어젯밤 일어난 일에 대해 알고 싶었다. 특히 내 신용카드가 어디로 갔는지 궁금했다. 별소득은 없었다. 그는 밤새 자신의 배에서 색소폰을 연습했고 마침내 〈센티멘털 분위기〉라는 노래를 연주할 수 있게 되어서 정말 기뻤다고 했다. 한때 민속음악 연주자였다고 밝힌 그는 90년대에는 굴곡진 음악 인생을 살았다고 했다.

"거 제법 힘든 삶이었군."

그에게 맞장구를 쳐준 뒤 나는 상자를 어깨에 짊어졌다. 그리고 언제 나한테 들러 연주해 달라고 말했다. 내가 준 낡은 소니 롤린스(Sonny Rollins) 레코드판을 배기 다기관(배의 엔진 실린더에서 배출된 가스를 한곳으로 모으는 통로) 옆에 두지 말라고 한 번 더 당부했다. 예전에 갖고 있던 윌리 딕슨(Willie Dixon) 레코드판들은 바닷가의 생활을 견뎌 내지 못했다고 덧붙였다. 오래전 어느 날 나는 소장했던 레코드판과 카세트테이프들을 모두 남에게 줘 버렸다. 여전히 시디플레이어를 살 생각은 없었으며, 내가 애지중지했던 보물이 홀대당하는 꼴은 참기 어려웠다.

10월 하순으로 치면 제법 맑은 아침이었다. 하지만 날씨는 곧 변할 것이다. 낚시 시즌이 끝나가고 있었고 배 대부분은 항구에 정박 중이었다. 조타실에서 음악이 흘러나오고 대기는 갈매기의 울음소리 탓에 로맨틱해졌다. 디젤엔진의 냉각시스템이 돌아가는 소리도 한몫했다. 누군가는 아침에 베이컨을 먹었고 삼삼오오 짝을 진 남녀들이 부둣가에 서서 엔진 매뉴얼을 펼쳐 들고 읽고 있었다. 전기미터 위에는 그들의 커피 잔이 놓여 있었다.

섬 도시 싯카의 육지는 늘 번잡스러운 느낌이 든다. 그래서인지 사람들은 바다로 나간다. 오늘 아침엔 북쪽과 동쪽으로 해발 2천 피트까지 내린 눈으로 새롭게 덮인 산들이 위용을 뽐내고 있었다. 낚싯배 위에 있던 여자가 뒤 갑판에서 서서 아침식사 찌꺼기를 버리자 독수리 한 마리가 쏜살같이 내려와 검게 그을린 빵 부스러기를 집어서 나무들이 서 있는 쪽으로 날아갔다. 그곳에는 인적 없는 묘지가 있었다.

집에 도착해서 현관문을 발로 찼다. 토드가 층계에서 뛰어 내려와 내 짐을 받았다. 룸메이트인 토드에 대해 말하자면, 나는 비공식적인 그의 후견인이다. 시민복지센터에서 일하는 친구가 '다른 방도를 마련할 때까지'라면서 토드를 내게 맡겼다. 그것도 벌써 2년 전 일이었다.

토드와 나는 같은 해에, 같은 별자리를 타고 났다. 우리는 1950년형 모델이며 사회의 암적인 존재이다. 그는 군인처럼 짧게 깎은 머리에 두꺼운 렌즈로 만든 안경을 쓰고 있었다. 안경렌즈는 하도 두꺼워서 그가 쳐다볼 때면 두 눈이 얼굴 주변을 둥둥 떠다니는 것 같아 마치 눈두덩에 50센트짜리 동전을 올려두고 균형을 잡으려고 하는 것처럼 보였다. 그는 집게손가락으로 쉼 없이 안경을 코 위로 올려붙였다. 굳이 그렇게 할 필요가 없는데도 말이다.

나는 토드를 교도소에서 처음 만났다. 그는 신발 한 짝과 여성용 정장 코트 몇 벌을 훔친 죄목으로 체포되었다. 내가 감방으로 인터뷰하러 갔을 때 토드는 푸른색 수의를 입고 있었다. 그의 머리칼은 면도하듯 깎여 있었고 간이침대에 앉아서 몸을 앞뒤로 흔들고 있었다. 마치 전기선을 땋듯이 손가락을 배배 꼬면서.

경찰과 상점 주인은 사건의 전말을 간추리는 데 실패했다. 훔친 돈이나 기물파손은 없었다. 하지만 회색빛 여성용 정장 재킷이 정기적으로 사라졌다. 한번은 여성용 갈색 가죽 구두가 구두 상자에 들어 있지 않았다. 가게 점원들은 오랜 시간 시달렸다. '솔직히 다 털어놓으면 괜찮아' 식의 자백용 심문을 견뎌내야 했다. 거짓말탐지기를 사용해야 사실대로 털어놓게 될 거라는 말도 들었다.

그러다 한 초등학교의 시설관리인이 보일러실 뒤쪽에서 회색빛 여성용 외투가, 그것과 잘 어울리는 몇 켤레의 구두 위에 걸려 있는 것을 발견하고 나서야 모두의 눈이 휘둥그레진 범죄가 드러났다. 당시 그 학교의 관리인 보조로 일하고 있던 토드가 온수 히터 뒤에 앉아서 두 손으로 머리를 감싼 채 울고 있는 모습으로 발견되었다.

토드를 체포한 후 경찰은 이 수수께끼 같은 기묘한 범죄를 해결했다고 자랑했다. 시민복지국은 토드의 혐의를 입증할 근거가 탄탄하다고 확신했다. 토드는 '도움이 필요한 사람'으로 분류되어 수갑을 찬 채 교도소로 보내졌다.

어떤 이들은 토드가 좀 덜떨어졌다고 했다. 시민복지국은 "정신적, 정서적으로 결함이 있다"라고 했지만, 한때 나를 사랑했던 여자는 토드가 현실 사회를 감당하기엔 너무도 부드러운 심장을 갖고 있다고 말했었다.

그는 기소되었다. 토드의 변호사가 변론에 참고할 목적으로 내게 그를 만나 얘기해 보라고 요청했다. 일단 법률도서관에 가서 범죄행위를 구성하는 요건이 무엇인지를 알아본 뒤 토드를 인터뷰하러 갔다. 그가 범죄를 저지를 만한 사람인지 궁금했다. 범죄 시간, 장소, 그리고 동기와 알리바이 등을 알아볼 작정이었다. 하지만 내가 듣게 된 이야기는 그의 어머니에 관한 것이었다.

토드의 어머니는 초등학교 교사였고 아버지는 벌목캠프에서 일하는 기술자였다. 토드가 여섯 살이 되었을 때 그들은 지인의 작은 낚싯배를 빌려 타고 폴스 섬(False Island)에 있는 벌목캠프에 갔다. 아버지는 소형 공장용 발전기 설치작업을 끝내고 나서 캠프의 친구들과 함께 부둣가로 내려가 술을 마시면서 라디오를 들었다. 그들은 맥주와 위스키를 마시면서 이런저런 이야기를 나누었다. 가끔 좋아하는 노래가 라디오의 잡음 사이로 흘러나오면 아버지는 어머니를 붙잡고 부둣가에서 뱅글뱅글 춤을 추었다. 토드는 어머니의 웃음소리가 마치 새 소리같이 입에서 방울방울 터져 나왔다고 기억했다. 아버지가 어머니의 몸을 한 번 더 돌려 뒤집자 어머니가 물에 빠졌다. 토드는 웃음을 터뜨렸고 사람들은 어머니를 물에서 끌어내면서 한바탕 웃어 젖혔다. 머리카락에서 물방울을 구슬처럼 뚝뚝 떨어뜨리면서 어머니는 애써 웃음을 지어 보였다. 어머니는 당황했고 창피한 듯 보였다. 몸을 부들부들 떨면서 서 있는 어머니에게 누군가 위스키 한 잔을 더 건네면서 몸을 데우라고 했다.

그날은 쌀쌀한 가을 오후였다. 사람들은 어머니가 옷을 갈아입으러 갔다고 생각했다. 얼마 있다 어머니의 상태를 살피러 온 사람이 젖은 옷을 그대로 입은 채 정신을 잃고 누워 있는 어머니를 발견했다. 사람들은 또 깔깔댔다. 부둣가에는 여전히 라디오 음악이 틀어져 있었고 토드는 배 밑 선실에서 어머니가 이를 덜덜 떠는 모습을 바라보면서 앉아 있었다. 어머니가 하도 이를 떠는 바람에 이가 부러지지 않을까 걱정했다. 그는 어머니에게 담요를 덮어 주었다. 아버지가 오기를 기다렸지만, 시간이 지나면서 점차 어머니 몸이 떨지 않자 그도 걱정을 그만두었다. 당시 어머니가 저체온증으로 죽어 가는 과정을 바라보고 있었다는 사실을 그가 알고 있었는지는 확실하지 않다. 하지만 그랬다고 해도 그는 괘념치 않았다. 어머니가 그에게 걱정하지 말라고 했기 때문이었다.

감방은 오래된 열차 정거장의 초록색 시멘트 건물에 있었다. 금속판으로 만든 간이침대에는 눅눅한 담요가 깔려 있었다. '기물을 옮기면 법령에 따라 처벌받습니다'라는 꼬리표는 매트리스에서 떨어져 나가고 없었다. 뒤쪽 벽에는 낚싯배가 장대를 내리고 낚싯줄을 물에 드리운 뒤 검게 지는 태양을 향해 나아가고 있는 장면을 분필로 아주 정교하게 그린 그림이 있었다. 그림 아래에 푸른 잉크로 누군가가 '후진 예인망 어부'라고 써놓았다. 라디오가 틀어져 있었고 옆 감방에서 한 남자가 브루스 스프링스틴(Bruce Springsteen)의 노래에 맞추어 팔굽혀펴기하고 있었다.

"재미있는 이야기해 줄게요."

토드가 나를 곁눈질하면서 말했다.

"예수님이 살아 있었을 때 어떻게 이 땅과 연결되어 있었을까요? 우리처럼 두 발로 서 있었지요. 하지만 예수님은 신발은 신고 있지 않았어요. 그의 영혼은 마치 번갯불처럼 땅속으로 곧장 들어간 거예요. 그런데 우리는 신발을 신고 있잖아요. 그래서 우리가 땅과 접속하지 못하는 거예요. 사람들은 맨발로 걸으면 발바닥이 몹시 아플 거라고 생각하죠. 하지만 성경을 보면 그 당시 사람들은 아무렇지도 않게 맨발로 다녔어요. 그들은 번갯불에 맞을 준비가 되어 있던 거죠."

옆방의 라디오는 이제 컨트리웨스턴 발라드로 바뀌어 있었고 수감자는 윗몸 일으키기를 하고 있었다.

토드는 목소리를 더 작게 하고 속삭이듯 말했다.

"어머니가 서 있을 자리에 구두를 제대로 마련해 둔다면 신이 그곳에 작은 안개처럼 나타날 거예요. 신은 아무 말이 없죠. 아마 작은 비구름처럼 보일지 몰라요. 하지만."

토드는 앉아서 몸을 앞으로 내밀고 마치 말을 하는 것이 오래 참고 있던 숨을 내쉬는 것처럼 몸을 이완시키면서 말했다.

"내가 구두 위에 코트를 걸어 두면 신의 안개가 옷을 가득 채우고, 그러면 천국에 계신 어머니가 내게 말을 하게 되요. 그러려면 제대로 특정한 자리에 정확히 구두를 가져다 놓아야 해요. 그렇게 하지 않으면 정말 미친 짓일 뿐이지요."

그는 천국은 어떤 곳인지 어머니가 들려준 보일러실의 그 자리에 대해 내게 말해 주었다. 어머니는 다시 만날 때 토드에게 주려고 준비해 둔 선물에 대해서도 말해 주었다. 어머니는 천국에 대해 알려준 사실을 아무에게도 말하지 말라고 단단히 일렀다. 천국의 존재를 알게 되면 지상에서의 삶이 더 힘들어지기 때문이었다. 사실을 말하자면 어머니는 토드에게 천국에 대해 상세히 알려 준 것을 후회했다. 그래서 관리인이 토드를 발견했을 때 그가 울고 있었던 것이다. 어머니가 이제 더 이상 토드와 말하지 않겠다고 했기 때문이다. 어머니는 토드가 지상에서 사는 것보다 천국에 가고 싶어 할까 봐 걱정했다. 토드가 지상에서 좀 더 살기를 신이 원한다고 어머니가 말했다.

"너는 내가 지상에 남겨 둔 유일한 전부야."

어머니는 토드에게 이 말을 남기고 보일러 파이프와 석면 절연체 속으로 사라졌다.

나는 어린아이가 자신이 아끼던 인형이 자기에게 말을 하지 않는다는 걸 알고 나면 침묵에 빠지게 된다는 것을 언젠가 읽은 적이 있다. 토드에게 소중했던 사랑은 사라지고 고작 훔친 구두와 정장 재킷만 남았을 뿐이었다. 세상은 너무도 적막했다.

나는 그와 함께 감방에 앉아 있었다. 옆방의 수감자는 이제 라디오를 끄고 스트레칭을 하고 있었다. 다소 어색해진 분위기가 흘렀다. 뭘 더 물어봐야 할지 생각이 나지 않았다. 하지만 한 가지 궁금한 게 있었다.

"천국은 어때요?"

그는 자기 손바닥을 위로 쳐들고 슬픈 표정을 지으며 미안하다는 듯이 말했다. "이상하죠? 어머니가 떠난 뒤 천국에 대해 아무것도 기억할 수가 없어요. 그림도, 어떤 것도 없어요. 다만 가끔 어떤 느낌을 받아요······. 마치 내가 뭔가, 거의 기억해 낼 수도 있지만 확실하지는 않은, 그런 느낌이요. 무슨 말인지 아시겠어요?"

"아마도."

문이 벽에 꽝 부딪혔다.

"토드, 그 상자 좀 들어 주겠어?"

"응, 세실. 지금 라디오를 들으면서 책을 보고 있었어. 타이타닉호의 선체에 어떻게 공기를 집어넣었는지, 어떻게 잠수병에 걸리지 않을지 그런 거 말이야. 소다 병을 따면 거품이 생기는 거 알지? 잠수병에 걸리면 그렇게 돼."

토드는 오버 롤 작업복(상의와 하의가 붙어 있는 형식의 작업복) 밑에 암녹색 저지셔츠를 입고 있었다. 그리고 털 부츠 슬리퍼를 신고 있었는데, 보아하니 아프간(기하학적 무늬로 된 모직 담요)을 뒤집어쓰고 백과사전을 읽으면서 아침을 보낸 모양이다.

나는 신고 있던 가죽 슬립 온(끈이나 지퍼 등이 없는 신발이나 구두)을 벗어던지고 실내화로 갈아 신었다. 토드와 나는 함께 층계를 터벅터벅 올라가기 시작했다. 커피 향을 맡고 싶었다.

"거품이 혈액으로 들어가면 말이지 아주 심각한 문제를 일으킬 수 있어."

"그러겠네. 이봐, 우리 커피 있나?"

나는 싱크대 위쪽 창문을 통해 해협을 내려다봤다. 철판으로 된 선체가 아름다운 게잡이 배 한 척이 지나가고 있었고 그 뒤를 따라 갈매기들이 자맥질하고 있었다. 커피가 남아 있었다. 토드가 아침식사 설거지를 해 두었다. 청동 걸이에서 머그잔을 하나 집어 들었다.

"세실, 물속에 잠긴 배들을 꺼내 올 수 있다고 생각해? 너무 위험하고 엄청 불편하겠지만 제법 벌이가 될걸."

"글쎄, 토드. 뭐 우리 둘이 한다면 못 할 것도 없겠지. 그런데 말이야, 그 라디오 소리 좀 줄여 주겠어? 이 상자 안에 든 쓰레기들을 읽어야 하거든. 그리고 전화도 몇 통 돌려야 하고."

"사건 맡았어?"

"그렇게 놀랍다는 듯이 말할 건 없잖나? 나, 사건 많이 해. 물론 지금은 대부분 중단 상태지만."

"바다로 가라앉은 게지."

토드는 중얼거렸다. 그는 라디오 쪽으로 터벅터벅 걸어가면서 낄낄 웃었다.

"뭐가 웃겨? 궁금해하는 것 같으니까 말해 주겠는데, 아직 이게 사건이 될지 아닐지는 몰라. 조사라기보다는 썰 푸는 정도 되겠지."

"돈이 될 것 같아?"

"무척, 많이. 게다가 토드, 그렇게 불편한 일도 전혀 없을 거야. 물속에 가라앉은 배를 건져 올리는 것보다야 훨씬 나을걸."

나는 화목난로 앞 소파에 자리를 잡았다. 비가 내리기 시작했다. 알래스카 남동부지역의 10월에는 흔한 날씨였다. 난로에서 기분 좋은 열기가 방 안으로 따듯하게 쬐어 왔다. 비 내리는 소리는 마치 양철 지붕 위에서 새들이 춤추는 것처럼 들렸다. 나는 해프 앤드 해프 크림(우유와 크림을 반반 섞어서 커피에 넣어 마시는 크리머)을 넣은 커피를 마셨고 오후 시간이 지나면서 아이리시 크림을 조금 커피에 넣었다. 토드는 백과사전의 T 항목을 뒤적이면서 라디오를 들었고 나는 루이스 빅터 사건의 개요를 읽었다.

1982년 5월 루이스 빅터는 일리노이 출신으로 임대보트 선원으로 일한 경력이 있는 젊은 일꾼 앨빈 호크스를 고용했다. 알래스카에 곰 사냥을 하러 온 독일인 사업가들의 사냥 여행에 필요한 일을 도울 심부름꾼이 필요했기 때문이다. 고성능 총으로 알래스카 곰을 사냥하는 재미를 만끽하기 위해 독일인 사업가들은 평균 1만 달러가량을 빅터에게 지불한다. 호크스는 뱃일 외에도 도시락을 싸고 기름통을 채우고 고객이 몸을 녹이도록 해변가에 불을 피워 놓는 일도 했다.

나중에 몇몇 사람은 호크스가 좀 이상했다고 증언했다. 혼잣말을 중얼거렸고 때로 혼자 서 있기도 했는데, 마치 자신과 언쟁을 벌이는 것처럼 보였다고 했다. 빅터의 옛 고객이었던 유명한 할리우드 배우가 전화로 한 증언을 기록해 놓은 자료가 있었다. 그는 배심원에게 당시 호크스가 "나사 하나가 빠진 것처럼" 보였지만 지방검사의 사무실에서 연락받기 전에는 누구에게도 그렇게 말한 적이 없었다고 증언했다.

1982년 10월 2일 호크스는 애드미럴티 섬(Admiralty Island)의 외딴 사냥 오두막에 물품을 공급하고 있었다. 그는 오두막에 약 일주일간 머무르면서 나무를 베고, 하이킹하면서 사냥할 만한 곰을 물색하고 있었다. 1만 달러짜리 사냥을 하는 데 아무 곰이나 고를 순 없다. 기가 막히게 사납고 힘센, 북아메리카의 유일한 잡식동물의 가죽을 벗겨 내야 한다. 게다가 고객은 이 곰을 찾으러 헤매 다니는 것을 싫어한다. 많은 돈을 지불하는 데는 다 그만한 이유가 있었다. 사냥 가이드는 현지에 서식하는 곰의 습성을 잘 파악해서 고객에게 곰을 발견할 지름길과 결정적 한 방을 위한 최적의 요지를 알려 주어야 한다.

10월 3일 루이스 빅터는 호크스로부터 무선을 받는다. 호크스가 뭔가 곤란한 상황에 처한 듯했다. 빅터와 그의 다 큰 두 자녀, 딸 노마와 아들 랜스, 이렇게 세 사람이 배 '오소'를 타고 주노에서 출발해서 애드미럴티 섬 남동쪽으로 깊숙이 파고드는 시모어 해협(Seymour Canal)을 향해 올라갔다. 이들과 친분이 있던 월터 로빈스가 딸 디디와 함께 자신의 배로 뒤따라갔다. 디디는 대학 입학을 앞두고 아버지를 도와 배를 타고 있었다. 그들이 애드미럴티 섬에 도착하였을 때는 이른 저녁이었다.

진술서에서 로빈스는 빅터가 호크스를 만나기 위해 총을 들고 배에서 내리는 걸 봤다고 했다. 다음 날 아침 호크스는 정신 나간 빅터가 자기를 죽이려 했고 숲으로 달려갔다고 소리를 질러 댔다. 호크스의 뺨에 상처가 나 있었고 뭔가 둔탁한 것으로 얻어맞아 생긴 멍도 있었다. 셔츠엔 피가 묻어 있었고 오두막의 계단과 손잡이에도 피가 흥건했다. 호크스는 그 피가 자신의 것이며, 빅터가 나무 쪼개는 도끼로 자신을 공격했다고 주장했다.

빅터의 아들 랜스는 이른 아침 호크스가 총을 만(灣)에 버리는 것을 봤다고 증언했다. 랜스는 주립경찰에게 총을 버린 장소를 알려 주었고 나중에 잠수부대가 총을 찾아냈다.

나는 3×5 사이즈 컬러 사진 열두 장을 검토했다. 공중에서 찍은 오두막, 물가 쪽에서 찍은 오두막, 문밖에 뿌려져 있는 핏자국, 주립경찰이 자를 들고 문턱에 뿌려진 피 옆에 서 있는 모습, 통나무를 대고 자르는 곳 가장자리의 갈라진 틈에 껴있는 회색 머리카락 사진, 그리고 총을 찍은 사진도 있었다. 그 총은 이 지역에선 그리 흔치 않은 종류의 것으로 빅터가 싯카의 검은꼬리사슴을 사냥할 때 사용하던 45-70구경이었다.

빅터의 시체는 오두막에서 반마일쯤 떨어진 강어귀 수풀에서 발견되었다. 갈색곰들이 시체를 뜯어먹은 흔적이 있었다.

FBI와 페어뱅크스 소재 알래스카대학의 곰 전문가들의 조사 과정에서 써 놓은 메모가 있었다. 전문가들은 갈색곰이 사체를 훼손하는 경우는 흔치 않다고 했다. 한 가지 가능한 설명은 사체가 이미 죽은 상태였다는 사실이다. 갈색곰은 자신이 공격한 인간을 먹지 않기 때문에, 사후에 시체를 훼손한 것은 아마도 흑곰일 수 있다는 내용이었다.

사체를 찍은 컬러 사진을 보면 빅터는 8피트 10인치의 거구였고 남아 있던 상체 뼈에는 긴 살점이 붙어 있었다. 앞가슴뼈 부위의 가느다란 뼈는 조각나 있었고 곰들이 가슴 부위 내장을 다 헤쳐 놓았다. 푸른 모직 셔츠의 소매 부분은 훼손되지 않은 채 손목 부위에 남아 있었다. 두피가 다 벗겨진 두개골에는 커다란 곰의 발에 맞은 흔적이 남아 있고 해골의 뼈는 눈이 부실 정도로 하얬다. 머리는 바위에 곧추세워져 있었는데 눈두덩 속 눈동자는 갈색이고 눈꺼풀은 없었다. 두 눈은 마치 놀란 듯이 카메라를 바라보고 있었다.

나는 지방검사가 피해자의 모친에게 자료파일을 건네주면서 이 사진을 넣는 장면을 상상했다. "그 귀찮은 늙은이가 전부 보고 싶다고 했지. 어디 다 한번 보시지."

주립경찰은 호크스를 4일, 5일, 7일, 10일 네 차례 취조했다. 취조 녹취록 내용을 보면 4일 호크스는 불안해 보였다. 말을 더듬었으며 취조실을 계속 서성거렸다. 타이프로 기록된 문서에는 "이해할 수 없는 반응"을 보였다고 적혀 있었다. 하지만 그는 일관된 진술을 하고 있었다. 루이스가 정신이 나가서 도끼를 들고 덤벼들었다. 둘은 몸싸움을 했고 호크스가 한 대 세게 치자 루이스는 숲으로 뛰어갔다. 호크스는 살인과 관련해서 아무것도 아는 게 없었다.

5일과 7일의 취조 녹취록에는 호크스가 심하게 불안해 보였다고 적혀 있었다. 말을 많이 더듬었고 마치 방 안에 없는 누군가에게 말하듯 터무니없는 소리를 뱉어 냈다. "입 닥쳐! 개자식아" 따위의 말이었는데 호크스는 머리를 세게 흔들어 대고 성냥개비로 계속 귀를 후벼 파면서 "입 닥쳐! 개자식아"를 반복했다고 적혀 있었다.

9일에 나온 부검 결과에 따르면 루이스 빅터는 머리에 총을 맞아 사망했다. 총구화상이나 심각한 멍 등이 없어서 가까운 거리에서 총이 발사되지는 않은 것으로 확인되었다. 오른쪽 눈 밑에 있던 작은 구멍은 애초 큰 갯과 동물의 이빨에 물린 자국으로 오인되었지만, 곧 총상으로 판명되었다.

10일 자 취조에서 호크스는 침을 튀기듯이 더듬대며 말을 내뱉었다. 기록 곳곳에 괄호 안에 물음표가 있었다. 녹취록을 작성하던 속기사가 받아 적기 힘들었던 모양이다. 호크스는 자신이 '커다란 힘'의 전령이라고 주장했다. 그는 우주의 중심에서 나오는 소리를 들었고 귀에 송신장치가 있어서 힘의 교지를 들을 수 있다고 했다. 그는 루이스 빅터에게 이 목소리가 루이스의 죽음을 예언했다고 말해 주려고 했다. 루이스는 죽으리라, 커다란 힘에 의해 죽임을 당하리라, 하고 목소리가 말했다고 했다. 루이스는 죽임을 당할 것이고 죽어야 했다. 봐, 진짜 루이스가 죽었지? 그걸 보면 내 말이 맞잖아? 그 목소리는 언제나 진실만을 말해. 호크스는 그 목소리가 미래를 완벽하게 예언한다고 했다.

알래스카 주법에는 정신이상을 이유로 피의자에게 유리한 변호를 할 수 없었다. 주립경찰은 당연히 이 점에 대해선 신경 쓰지 않았지만, 자신들이 미란다원칙을 고지하기도 전에 호크스가 자백해 버린 셈이 되어 골치 아팠다. 호크스가 자신의 권리를 잘 이해한 뒤 공식적인 답변을 한 것이 아니었다는 점을 염려했다. 경찰이 미란다원칙을 주지시키는 동안 호크스가 상황을 잘 인지하고 있었는지가 불분명했다. 최종 취조 녹취록은 확실히 다른 녹취록보다 더 너덜거렸다. 미란다원칙의 고지와 관련된 그의 진술들은 노란색으로 표시되어 있었다. 호크스의 변호사가 그렇게 해 둔 것 같았다. 심문은 우호적인 대화로 시작되었다.

"앨빈, 잘 알고 있겠지만 우리는 몇 가지 사실을 확인하려고 하는 것뿐이요. 당신이 살인 장소에 있었으니 우리를 도와주시면 좋겠소. 그리고 앨빈, 당신은 묵비권을 행사할 수 있습니다. 여기서 발언하는 어떤 말도 법정에서 당신에게 불리하거나 또 불리하게 사용될 수 있어요. 변호사를 구할 권리도 있습니다……. 아시겠어요, 앨빈? 당신이 행사할 수 있는 권리를 잘 알겠습니까?"

호크스는 미란다원칙의 고지를 포함한 몇 가지 질문에 '네'라고 대답했지만, 그와 관련된 문제를 잘 이해했는지는 확인할 수 없었다. 왜냐하면 심문 마지막에 녹취록에는 "이해할 수 없는 이유로 울었다"라고 적혀 있었고 또 신성 모독적 발언을 했다고만 적혀 있었기 때문이었다. "오, 예수님, 제기랄. 하나님 맙소사, 오 예수님."

취조 후 6개월간 호크스는 보호관찰하에 심리테스트를 수없이 받아야 했다. 그의 국선 변호사는 정신이상을 이유로 법적 책임을 면제받는 방법은 포기하고 대신 정당방위에 의한 범죄로 재판을 받겠다고 하면서 우발적 살인으로 처리해 달라고 지방검사와 협상하려고 했다. 정신이상 여부와 상관없이 호크스의 진술은 시종일관 똑같았다. 호크스가 땅의 중심으로부터 전해 들은 말, 루이스의 입장에서는 기분이 몹시 상했을 그 뉴스를 듣고서 루이스가 호크스를 공격했다는 사실만은 변함없었다. 호크스는 루이스의 공격을 받았으니, 정당방위였다.

더군다나 두 사람이 싸우는 걸 본 목격자도 있었다. 월터 로빈스의 딸, 당시 18세였던 디디는 그날, 만에 정박해 있던 아버지 월트의 배 갑판 위에 있었다. 루이스가 뭍으로 간 뒤 오두막 앞에서 두 사람이 싸우는 모습을 봤다고 디디는 경찰조사관과 배심원 앞에서 증언했다. 두 남자가 문밖에서 엎치락뒤치락하다가 다시 오두막으로 굴러 들어가는 모습을 보고 디디는 진짜 싸운다기보다는 장난치는 거라 막연히 생각했다.

디디의 아버지 월트는 때마침 배 밑 선실에서 잠을 자고 있었다. 월트는 저녁을 먹은 뒤 곧 잠자리에 들었다. 디디는 갑판 위에 좀 더 있다가 아버지가 자고 있는 선실로 내려갔다. 월트와 디디는 다음 날 아침 일찍 사냥을 나가려고 닻을 끌어 올렸다. 루이스네 배 '오소'에서 주노의 주경찰관 사무실로 보내는 응급신호를 들은 것은, 두 사람이 사냥을 끝내고 오두막 쪽으로 막 돌아왔을 때였다.

지방검사는 일급살인죄와 증거훼손죄로 기소하기를 원했다. 호크스가 사체를 강어귀로 옮긴 것은 범죄 증거를 없애려 한 행위였다. 변호인은 우발적 살인으로 유죄 인정하고 양형을 협상하려 했다. 협상을 해 주지 않으면 미란다 고지 원칙을 위반했다는 이유로 기소무효를 하거나 정당방위로 재판을 하겠다고 으름장을 놨다. 변호사의 전략은 호크스를 증언대에 올리지 않고 첫 번째 진술의 녹음테이프를 법정에서

트는 것이었다. 지방검사가 법정에서 직접 호크스와 대질심문을 하게
된다면 호크스가 그리 정신 나간 것처럼 보이진 않을지도 모른다는 계
산 때문이었다. 배심원들은 녹음된 호크스의 괴성과 울음소리를 좋아
할 것이다.

살인사건의 재판이 좋은 점은 죽은 자는 절대 증언할 기회를 얻지
못한다는 데 있다.

커피에 아이리시 크림을 조금 더 따랐다. 토드는 자리에서 일어나
라디오를 끄고 냉장고로 가서 우유를 꺼내 컵에 따랐다. 지금까지로
읽은 내용으로는 이 사건에는 별다른 특이점이 없었다. 슬픈 멜로드라
마 같은 요소는 다소 있었다. 하지만 곧 이어지는 자료를 읽자 묘한 기
분에 사로잡혔다. 비록 아직 술이 덜 깬 상태이고 아이리시 크림 탓에
멍한 기분이 느껴지는 것은 사실이었지만 어쩐지 상한 중국음식이라
도 먹은 것처럼 피부가 스멀스멀해지는 느낌을 받았다.

결정적 증인인 디디가 재판 바로 전날 워싱턴주 벨링햄(Bellingham)
의 부둣가 근처에서 사체로 떠올랐다. 함께 있던 친구들은 그날 밤 디
디가 남자친구와 함께 록 콘서트 장소를 떠나는 걸 보았다고 했다. 증
언에 의하면 두 사람은 술에 취해서 비틀대었고 넘어질 것처럼 위태로
웠다. 부검 결과 혈중알코올농도가 높았다. 스테인리스 철판으로 만든
검시테이블 위에 놓인 디디의 사체를 찍은 사진이 있었다. 디디의 몸은
우유 빛깔처럼 하얗고 두 팔 안쪽과 가슴에 긁힌 자국과 멍이 나 있었
다. 홍합껍데기가 가득 달라붙어 있던 말뚝 하나를 붙들고 뭍으로 나
오려고 안간힘을 쓴 것 같았다. 사진 한 장에는 디디의 머리가 뒤로 젖

혀 있었고 얼굴은 젖은 머리카락이 찰싹 붙어 뒤덮인 채였다. 다음 사진에는 디디의 얼굴 전체가 찍혀 있었다. 생명을 잃은 두 눈은 열려 있었다. 놀람과 두려움이 가득했다.

벨링햄 경찰국의 메모는 앨빈 호크스가 조직범죄에 연루되었을 가능성을 암시하고 있었다. 알래스카주 경찰은 조직범죄이론보다는 호크스의 변호사인 싸이 브라운을 의심했다. 이 사건을 이기고 싶은 나머지 결정적 증인을 없애려 한 게 아닐까?

"디디 로빈스는 내 증인이었소. 도대체 내가 그녀를 죽일 이유가 어디 있소? 정신 좀 차려요." 그가 쓴 이 짧은 메시지가 노랑 메모지에 자필로 적혀 있었다.

사건 직후 이틀 지나 월트는 디디의 시신을 수령한 뒤 그녀의 방을 정리하다가 침대 옆 서랍장에 들어 있던 일기장을 발견했다. 죽기 전 마지막 5일간의 일기에는 병원에 갈 일이 걱정된다고 적혀 있었다. 그녀는 일이 잘못되면 루디가 이 상황을 어떻게 받아들일지 모른다고 썼다. 디디는 운율을 맞춘 이행 시로 신에게 루디와 자신을 도와 달라고 기도했다. "받을 준비가 되어 있지 않은 선물을 우리에게 주지 마세요." 디디의 간청이었다.

마지막으로 쓴 일기는 삐뚤삐뚤 휘갈겨 쓴 필체로 수없이 쓴 기도문이었다. 또 아기 없이는 살 수 없다고 결심했다고도 썼다. 이 마지막 페이지의 복사본이 자료에 있었다. "너무도 많은 거짓말 — 너무 거짓말을 많이 한다. 내가 할 수 있는 일이란 없다. 아버지, 아시겠어요? 제가 할 수 있는 게 아무것도 없어요"라는 두 문장이 일기의 마지막이었다.

경찰의 보고서에 첨부된 부검결과에 따르면 사체는 임신한 백인 여성이라고 되어 있었다. 경찰의 요약문도 있었다. 경찰은 디디의 남자친구를 심문했다(그의 부인이 동석했다). 그는 마지막 날 디디의 기분이 몹시 안 좋았고 술을 마셨으며 누군가 만난다면서 나갔다고 했다. 그는 그게 누군지 몰랐고 또 관심도 없었다.

알래스카 주정부 사망담당 조사원들에게 보낸 편지에서 벨링햄 경찰국은 사건조사를 종결하면서 디디의 사인을 자살로 결론 내렸다. 디디의 일기와 경찰 보고서뿐 아니라 "죽기 며칠 전부터 디디가 우울해했다"는 대학 동료들의 증언이 한몫했고 필리핀계 바닥재 기술자인 남자친구 루돌포 아나스탄소의 진술도 주요했다. 그는 디디가 사망하던 당시 부인과 별거 중이었다.

유일하게 중립적이며 결정적이었던 증인의 갑작스러운 죽음 이후 (아마도 로빈스 사망수사로 공식적인 관심이 커지고 사태가 불거질 것을 우려했기 때문에) 변호사는 기존입장을 접었다. 7월 7일 변호사는 호크스의 유죄를 인정하면서도 2급살인과 증거훼손이라는 검찰의 주장에 맞서 정신이상을 내세웠다.

하지만 최후의 결정적 전환점이 기다리고 있었다. 지방검사가 얻어낸 의사들의 소견에 따르면 호크스가 "정신병적 징후를 보이기는 하지만 법적 기준을 적용하면 현재는 정신이상자라고 볼 수 없다. 가장 좋은 치료책은 몇 년이나마 수감생활을 하는 것이며, 알래스카의 정신병 관리 체계가 아니라 교정처벌 체계에 따라 형을 내려야 한다"는 결과가 나왔다. 호크스는 미쳤지만, 혐의에서 벗어날 만큼 충분히 미친 것은 아니었다.

싸이 브라운은 호크스의 정신에 아무 문제 없다는 주정부의 주장에 충격을 받았다. 그는 주 법무부에 공식적 메모 수십 장을 보냈다. 한 메모에서 브라운은 이렇게 썼다. "이 사람이 제정신이라면, 당신들의 보호관찰하에 제삼자 통근형은 어떻겠소?"

답변은 이랬다. "그는 미치지 않았소. 당신도 알다시피 그저 가장 표준적인 기준으로도 그는 살인자요. 당신의 보호하에 24시간 석방은 고려해 볼 수 있소. 아주 긴 동면이 기다리고 있을 거요."

이런 식의 기습적 전술과 관련된 윤리 문제를 불평하는 메모도 있었다. 또 '주정부의 시민을 보호'하는 일을 처리할 때 서로 악수하며 협의해 버리는 방식의 합당성에도 문제를 제기했다.

이런 메모들이 상황을 바꾸지는 못했다. 호크스에겐 중형이 내려졌다. 1982년 10월 15일 2급 살인으로 40년 형, 증거훼손죄로 5년 형의 선고가 내렸다. 그의 사건은 미란다 고지와 관련된 문제로는 기소되지 않았다.

호크스는 현재 레몬 크릭(Lemon Creek) 교도소에서 수감생활 중이며, 리븐워스로 이감될 때를 기다리고 있다. 새로 이감된 곳에서 형의 나머지 기간, 약 4분의 3 정도에 해당하는 시간을 보내게 될 것이다. 그는 30년 동안 솔즈베리 스테이크와 인스턴트 감자요리를 먹으면서 근력운동을 하고 칫솔로 만든 해골 모양 이쑤시개를 사용하게 될 것이다. 그리고 그의 머릿속에서는 여전히 목소리가 아우성칠 것이다.

3장

오후 5시. 칠흑 같은 어둠 속 비가 내린다. 일어나서 해협으로 향한 창밖을 내다보았다. 연료공급용 부둣가에 나무로 만든 트롤러(낚싯줄을 물속에 넣어 두고 천천히 움직이며 고기를 잡는 배)가 서 있었다. 소형보트 한 척이 부둣가 생선공장으로 달려가고 있었다. 부둣가의 불빛을 통해서 보트 운전사가 펑퍼짐한 노란 우비를 입고 무릎 위에 방수포를 덮고 있는 모습이 보였다. 파이오니어 홈의 불빛이 보트 뒤로 생기는 물결에 반사되고 있었다.

주노의 관선변호인협회에서 해고당한 뒤 나는 한동안 일거리를 얻지 못했다. 그래서 싯카로 왔다. 주노에 있는 사람에게, 특히 나와 함께 자랐던 사람들에게는 그건 멍청한 짓이었다. 그들은 싯카에서는 절대일거리를 구할 수 없을 거라고 했다. 주노에서 비행기로 고작 70마일 떨어진 곳인데도 주노 시민들에게 싯카는 제3세계나 마찬가지였다. 그모든 고풍스러운 매력을 풍기는 틀링기트 문화와 러시아 전통에도 불구하고 싯카는 깡촌이었다.

"이봐, 정신 차려. 아버지의 저택에서 훔쳐낸 진귀한 동전을 찾기 위해 사설탐정을 고용하려는, 신비로운 매력의 금발여인들은 절대 싯카로 가진 않아."

사실이다. 그래도 나는 여기서 제법 바쁘게 돌아다닐 만큼 일을 찾을 수 있었다. 강간, 폭행은 물론이고, 가끔 살인도 일어난다. 물론 언제나 정당방위다. 간혹 개인상해민사소송도 있었다. 무일푼 처지가 되어 어쩔 도리가 없을 때를 제외하곤 이혼사건이나 보험 일은 맡지 않는다. 그래봐야 일 년에 네 건 정도이다.

싯카에서는 일을 많이 하진 않는 대신 도시를 벗어나 여행을 다닌다. 유명세 탓에 전직 형사 출신 탐정이 받는 액수를 요구할 수는 없다. 대신 알래스카주 전역에 걸쳐 자신이 고용할 탐정의 뒷소문 따위보다는 얼마를 지불할지에 더 신경을 곤두세우는 구두쇠들의 일을 맡곤 한다. 이 지역에서 나를 반기는 사람은 별로 없다. 성추행사건의 범인을 고객으로 모시지 않더라도 사정은 마찬가지다. 일을 많이 할 수는 없었지만, 그렇다고 딱히 불만은 없었다.

적이 많다는 건 그리 유리한 상황은 아니다. 그래도 한 가지 장점을 꼭 집어 보라면 몇 안 되는 친구나마 그들만큼은 신뢰할 수 있다. 내 친구들은 그저 나와 교류한다는 것만으로도 공공연히 욕을 먹게 된다. 그런 사정이 우리를 더 단단히 결속하긴 했다. 도덕적으로 평안한 삶을 누리는 사람들은 물론 반기지 않겠지만. 우리는 함께한다는 사실 때문에 초래된 결과와, 그 여파로 얻지 못한 것, 또는 우리가 포기할 수 없는 것을 통해 서로를 평가한다.

다소 극적인 방식이지만, 나를 한때 사랑했던 여자는 이런 유대감은 정서를 통한 결속이며, 정신적인 빈곤감에 토대를 둔 것이라고 지적

했었다. 그녀는 6개월 전 나를 떠나면서 그녀 나름의 통찰을 통해 얻은 나라는 사람에 관한 사실들을 들려주었다. 그녀는 내게서 에고와 아이러니, 알코올 이상의 것을 원한다고 했다. 나도 동의했다. 하지만 그것들을 제외하면 내게 뭐가 남아 있을지 상상하기 어려웠다. 어리석음이나 절망 따위 정도일까. 그녀는 떠났다. 그녀가 문을 나선 뒤 약 10분쯤 지나 나는 술집으로 향했다.

지금 나는 그 술집으로 향하고 있다. 눈이 피곤했다. 자료는 읽을 만큼 읽었으니, 이제 루이스 빅터의 살인사건에 관련해서 쓸 만한 이야기를 들을 때가 되었다. 내가 지금 가고 있는 이 술집은 진기한 가십거리로 가득한 희귀본도서관이었다. 술집 벽에는 고기잡이배 사진이 주렁주렁 걸려 있었고 천장의 뜯어진 방음타일에는 달러 화폐가 붙어 있었다. 운이 좋다면, 그리고 오늘이 다른 364일과 같다면 세일용 패키지 상점 옆 부스에서 이탈리아산 럭셔리 요트 '줄리 엠' 덕후를 만날 수도 있다. 그의 이름은 윌리엄이고, 내 친구이자 동네 떠도는 소문을 모으는 수집가이기도 하다.

바에 들어갔다. 윌리엄은 젊은 여자 어부와 이야기를 나누고 있었다. 회색빛 긴 구레나룻을 턱밑에 묶어 놓은 그는 방수용 캔버스 천 작업복을 입고 있었다. 보온용 내복셔츠에 검은 진 바지, 고무부츠와 보라색 베레모를 쓴 여자는 술에 취해 있었고 코스타리카의 정글에서 당나귀를 타고 다녔다고 했다. 여자는 칸막이 좌석 의자 뒤쪽으로 몸을 뒤로 젖히더니 저 먼 열대 쪽을 향해 눈을 고정한 채 야자수 잎이 얼굴을 때리던 순간을 묘사했다. 윌리엄은 미소를 띤 채 자두 맛 브랜디를 마시며 열대 야자수 잎이 얼굴을 때리지 않게 앞 팔로 밀어 버렸다.

술집 종업원이 내게 고개를 까딱하며 인사했다. 나는 윌리엄 쪽으로 향했다.

"세실 영거, 우리 북극지대 형사님께서는 코스타리카에서 낚시터를 열 생각해 보신 적 있으신지?"

"글쎄 해 본 적 없는데……. 윌리엄, 앉아도 되겠나?"

베레모를 쓴 여자가 내가 정글 속에 갑자기 나타나서 놀랐다는 듯이 올려 보았다.

"뭐, 낚시터를 열 생각이 없다면 당신들 모두 저리 꺼져!"

여자는 벌떡 일어나더니 좌현 방향으로 틀어 바의 저쪽으로 향했다.

"흥분 잘하는 어린애 같군." 윌리엄이 말했다. "하지만 코스타리카만큼은 전문이지. 이봐, 세실, 사업차 오셨나, 아니면 술 한잔 생각나서 오셨나. 소매치기 따위에 관해서 물어보려고 온 거라면 소용없어."

"소매치기?"

"오늘 총 가게가 털렸어. 어떤 놈이 사냥총 한 자루를 들고 내뺐다네. 경찰이 해안가를 수색 중이야."

"그런 일이 있었는지는 전혀 몰랐네. 자네에게 술 한잔 사 주고 이야기나 들을까 해서 왔지."

"이야기야 너엄쳐 나는구먼. 쓰을만 하고 말이지야." 윌리엄은 하와이식 사투리를 흉내 내며 말했다.

"루이스 빅터와 월터 로빈스에 대해 아는 거 없나?"

윌리엄은 미소를 머금은 채 턱 밑에 묶어 놓은 수염을 꼬았다. 그러면서 술집 종업원이 테이블에 술잔을 내려놓는 모습을 놓치지 않고 시선을 던졌다.

"그 살인사건? 뭐, 자네도 기초적인 사실이야 잘 알겠지." 그는 내 대답을 기다리지 않고 말을 이어갔다.

"루이스와 월트는 주노에서 함께 자랐지. 둘이 노상 붙어 다녔어. 월트는 이 원주민 친구와 어울린다는 사실을 꽤 즐긴 모양이야. 월트가 아마 한두 살 어릴 거야. 루이스가 사냥을 더 잘했을걸. 어쨌거나 아주 큰 사냥감을 많이 가지고 왔으니까.

루이스는 여자들에게 인기가 많았지. 늘 돈을 많이 갖고 다녔어. 나는 월트가 루이스랑 일하는 동안 줄곧 수치심을 느꼈을 거로 생각했어. 루이스는 노스슬로프(North Slope)에서 돈을 벌었지. 사냥 가이드 사업권을 구입할 수 있을 만큼 벌었어.

월트가 루이스의 부인 에마와 잤다는 소문을 들은 적이 있지만, 사실은 아니라고 봐. 에마는 단단히 엉켜 버린 젖은 밧줄 같은 여자야. 내 생각엔 에마 자신이 하고 싶어도 쉽게 풀어지지 못할걸."

"로빈스가 사냥터에 들어가고 싶어 했나?"

"그랬을걸. 사냥터를 갖고 싶어 했지. 썩 훌륭한 곰 사냥터였고, 안정적인 수입처였으니까."

"루이스를 죽일 만큼?"

윌리엄은 브랜디를 들이켰다. "젠장, 내가 그걸 어떻게 알아?" 그는 술잔을 내려다보았다. "월트가 루이스를 죽였다는 생각은 하지 않아. 루이스는 원주민이고 또 좀 건방지긴 했지만, 월트는 루이스를 좋아했어."

그는 술잔 가장자리를 따라 손가락 끝을 돌렸다.

"뭐, 사실이 언제나 아귀가 딱딱 맞는 건 아니지. 월트는 보트에서 정신없이 곯아떨어져 있었어. 월트가 사냥허가권 때문에 루이스를 죽이고 싶었다고 해도 루이스가 죽고 나면 에마가 그걸 물려받게 되어 있었어. 에마는 월트가 욕심낸다는 사실을 싫어했어. 딱한 녀석이야. 에마에게 장비 일체와 허가권을 시세대로 사겠다고 세 번이나 제안했지만 에마는 월트가 발도 못 들여놓게 했어. 솔직히 잘 모르겠네. 에마와 루이스 사이에 문제가 있었다고 듣긴 했지. 그렇다고 해도 월트는 그 집안에 한 걸음도 발을 들이지 않았어. 그것만은 확실해."

"딸이 자살했을 때 로빈스가 이미 벨링햄에 있었다는 증언을 누가 했던데."

"그런 소린 못 들었어. 월트는 여기 있었다고 들었네. 이거 괜히 날 속이려고 드는 건 아니겠지, 영거? 이봐, 맛이 간 친구! 하지만 자넬 좋아하긴 해, 내가. 로빈스는 딸을 걱정했었어. 그건 분명해. 그 딸이 필리핀 남자와 자고 다녔거든. 월트가 정말 화가 나긴 했어. 그렇다고 딸을 죽일 사람은 아니야. 딸이 죽고 나선 아예 넋이 나가 버렸어."

그는 술집 종업원에게 손을 흔들어서 브랜디 두 잔을 더 달라고 신호를 보냈다.

"하지만 세실, 그 정신 나간 놈하고는 어쩔 도리가 없는 거야. 자네도 알겠지만, 루이스는 덩치가 컸어. 루이스하고 월트가 언젠가 암컷 갈색곰의 공격을 받았던 적이 있었지. 월트가 죽이기 전에 루이스가 곰하고 엉겨 붙었지. 갈색곰하고 레슬링을 하려면 정말 덩치가 커야 하고 힘도 세야 해. 근데 그 정신병자 놈은 덩치가 아주 컸어. 6피트 6인치던가 뭐 그랬지. 내 듣기로는 그놈이 루이스를 먹어 치우려고 했다지 아마."

나는 자두 맛 브랜디를 싫어했지만, 윌리엄의 기분을 맞춰 주기 위해서 억지로 마셨다. 마지막 방울까지 목으로 넘긴 뒤에 테이블 반대쪽으로 잔을 밀어 두었다.

"자네 그 정신 나간 놈에 관한 이야기를 믿나?"

"이봐 세실, 내 보기에 자네는 진실을 알고 싶어서 나한테 온 게 아닌 것 같네. 자 봐, 내 얘기 하나 해 주지."

누군가 우리가 앉은 테이블 옆에 있는 주크박스에 돈을 넣었다. 대화를 중단해야 했다. 등을 벽 쪽으로 돌리고 앉았다. 윌리엄은 구레나룻을 묶으면서 베레모를 쓴 여자를 쳐다봤다. 나는 얼간이처럼 빈 술잔 가장자리를 집게손가락으로 빙빙 돌리면서 주크박스에서 터져 나오는, 헐떡대는 댄스음악을 듣고 있었다.

그녀가 떠난 뒤 소장하고 있던 음악을 몽땅 처분하는 짓을 하지 말았어야 했다.

우리는 8시까지 술을 마셨다. 코스타리카의 낚시터 사업가가 우리 쪽으로 왔다. 여자는 우리의 몰상식함을 간단히 용서해 주고는, 알래스카 만에서의 은대구잡이와 카와이(Kauai)의 나팔리(Napali) 해안선을 따라가는 하이킹에 대해 떠들기 시작했다. 그녀의 머릿속에는 그 두 가지가 서로 연결되어 있는 듯했다.

나는 술집 안을 어슬렁거리며 캘리포니아에서는 동력전달장치 위에 수정(水晶)을 흔들어서 변속기에 문제가 있는지를 확인한다는 따위의 이야기를 들었다. 남태평양의 고래잡이배에서는 선원이 갑판에서 염소와 성행위를 한다는 이야기도 있었다. 어떤 선장이 큰 넙치를 잡아 번 5만 달러를 코카인을 사는 데 다 써 버리고도 전혀 후회하지 않더라는 이야기도 있었다.

이 술집은 참 대단한 곳이다. 누군가 떠들어 대는 얘기는 조금도 믿을 만한 구석이 없는데도 그들의 이야기에 귀 기울여 줘야 한다. 술집을 나올 때 윌리엄은 칸막이 좌석이 마치 망아지인 듯이 올라타고 있었고 베레모를 쓴 여자가 카와이의 가파른 지형으로 그를 이끌어가고 있었다.

지금은 루이스 빅터의 이야기 전체가 코스타리카의 정글과 함께 꿈에서처럼 섞여 버렸다. 윌리엄이 내게 해 준 이야기는 다른 모든 이야기와 같았다. 어떻게 시작되었는지 누가 알겠는가. 하지만 나는 그럴듯한 이야기로 만들어 내 고객에게 팔 수 있을 것 같았다.

현관문을 열고 들어가니 토드가 저녁 준비를 하고 있었다. 큰 넙치구이 냄새가 풍겨 왔다. 마치 망아지에 얹은 안장머리 연장 부분을 잡듯이 층계난간을 붙잡고 터벅터벅 올라갔다. 토드가 백과사전에서 북대서양 밑으로 가라앉은 배들에 관한 부분을 크게 읽는 소리가 들렸다. 그는 쌀을 저으면서 책을 얼굴에 바짝 댄 채 페이지를 따라가면서 두 눈알을 이리저리 굴려 대고 있었다.

"어떤 배들은 선원을 몽땅 잃고 가라앉았어. 세실. 이 배들에 야생 동물들도 있었을까? 아프리카나 뭐 그런 데서 수입한 동물들이나 동물원 그런 거 말이야. 그랬다면 정말 끔찍할 거야. 원숭이, 얼룩말, 그런 동물들이 울에 갇혀서 배가 가라앉는데 나오지도 못하고 말이야.

그런 일이 일어났을까?"

"그랬을 리 없어, 토드. 어쨌거나 울에 갇혀 있으니 배가 가라앉아도 배에서 떨어져 나와 자유롭게 물에 떠다니겠지. 아마 무선신호기 같은 게 붙어 있어서 찾기도 수월했을걸. 걱정하지 마."

한때 토드는 순회서커스축제에 등장하는 야생동물들이 너무도 걱정한 나머지 남의 집 잔디를 뜯어다가 동물들에게 먹이려고 했다. 그때 거의 체포될 뻔했다.

"나 같으면 걱정 안 할 거야, 토드. 새로 만든 울들은 물 위로 뜨니까."

밥을 먹으려고 자리를 잡고 앉는데 전화벨이 울렸다. 긴장된 여자 목소리가 들렸다.

"엉거 씨, 저는 에마 빅터예요. 시어머니가 당신을 고용했다고 들었어요. 남편의 죽음에 대한 사실을 규명하려고 조사 중이라고요."

쌀이 끓어 넘쳐 오르는 통에 토드는 정신없이 냄비 집게를 찾았다. 나는 싱크대 아래 서랍에 손을 뻗어 집게 하나를 집어 건넸다.

"맞습니다. 어떻게 아셨지요?"

"나는 지금 주노에 살지만, 시어머니와는 자주 연락하죠. 오늘 오후 통화 중에 어머님이 알려 주셨어요. 당신이 전화할 거라 생각했죠."

끓어 넘치던 쌀은 가라앉았지만 이젠 물이 모자랐다. 토드는 냄비를 싱크대 위로 든 채 물을 틀려고 안간힘을 쓰고 있었다. 나는 그에게 다가가 수도꼭지를 틀어 주었다.

"그렇군요. 뭐 하실 말씀이라도 있습니까?"

"영거 씨, 해 줄 얘기가 있어요. 사실 당신의 조사에 아주 중요한 정보를 제가 갖고 있거든요……. 하지만 전화로는 말씀드릴 수가 없어요. 언제 주노에서 만날 수 있을까요? 수일 내로 만났으면 하는데요. 정말 중요한 이야기라 직접 만나서 얘기하고 싶어요."

"당장 주노에 갈 계획은 없습니다만 어떻게 방법을 찾아보지요."

"좋습니다. 난 티 항구(Tee Harbor)에서 24마일쯤 떨어진 곳에 살고 있어요. 주노, 잘 알죠? 주소록에서 제 연락처를 확인하고, 오기 전에 전화 주세요. 내일모레까지 당신 연락이 오지 않으면 그때 다시 연락하죠. 됐죠?"

그리고 전화를 끊어 버렸다. 그녀의 목소리는 마치 치과의사가 사용하는 기계 소리처럼 통화가 끝난 뒤에도 윙윙 울려 댔다.

"누군데?" 토드가 물었다.

"내게 사건을 의뢰한 고객의 며느리. 주노에서 전화해서는 나랑 얘기하고 싶다고 하면서 전화로는 못 하겠다는군."

토드는 쌀과 큰 넙치 요리를 테이블 위에 올렸다. 밥을 먹으려고 하는데 누군가 문을 두드렸다.

토드가 테이블을 밀면서 자리에서 일어났다. "내가 가 볼게, 세실."

나는 그가 아래층으로 천천히 내려가는 모습을 봤다.

그가 계단 아래에서 나를 불렀다. "세실, 누가 자네를 찾아왔어."

"누군데? 들어오라고 해."

"밖에서 얘기하고 싶다는데."

나는 토드가 계단 위로 다시 올라오는 소리를 들었다. 그는 마치 경험 많은 산악인이 아주 낮은 경사지대를 걸어가는 모습처럼 꼼꼼하고 능숙하게 걸어왔다. 먼저 그의 머리털이 곤두선 머리가 보였고 그 뒤를 안경 너머의 두 눈동자가 따라왔다.

"누군지 모르겠어, 세실. 들어오려고 하지 않아. 현관문으로 오려고 하지도 않고 어둠 속에 몸을 감추고 서서는 투덜거리듯이 말해."

우리는 함께 아래층으로 내려갔다.

거리로 곧장 이어지는 층에 있는 방은 우비를 못에 걸어 두고 벽에 나란히 빨간 고무부츠들을 세워 놓는 용도로 사용되었다. 이 방에는 노란 시더나무로 만든 문이 있는데, 문을 열면 바로 거리로 나갈 수 있었다. 이 문에는 큰 창문이 있었고 거리 쪽에서 누군가 들여다보지 않도록 하얀 커튼을 창문 위에 쳐 두었다. 가로등이 켜져 있어 현관문에 서 있는 사람의 실루엣을 볼 수 있었지만 아무도 없었다.

우리는 서로 얼굴을 마주 보았다. 토드가 인상을 찌푸렸다.

"미안, 세실. 하지만 누군가 왔었는걸. 정말이야." 그는 문 쪽으로 걸어갔다.

"그 사람이 여기 이렇게 서 있었어. 1초 전에. 여기 거리 쪽으로 말이야. 얼굴을 잘 볼 수는 없었는데 몸이 마른 체형의 사람이 어둠 속에 몸을 숨기고 있었어. 거짓말 아냐."

토드는 문을 열고 밖으로 나갔다.

"그 사람 목소리는 자갈이 부딪치는 소리처럼 귀에 거슬렸어. 얼굴은 잘 볼 수가 없었어……."

토드의 머리가 문설주에 쿵 하고 부딪혔다. 처음에 나는 토드가 발을 헛디뎠다고 생각했다. 내 팔을 그의 겨드랑이에 끼고 중심을 잡도록 붙잡았다. 우리 둘 다 바닥으로 주저앉았다.

"토디?"

토드가 발을 저는 것 같아 깜짝 놀랐지만, 곧 그의 셔츠 뒤쪽이 축축해졌다. 그의 얼굴을 보았다. 안경은 제자리에 놓여 있었지만 두 눈은 감겨 있었다. 작업복 위에 덧입은 그의 셔츠 중간에 작은 구멍이 나 있었다. 어깻죽지 아래에는 소프트볼만 한 구멍이 났다. 내 손을 얼굴 가까이 가져왔다. 반짝 빛나는 빨간색이었다. 마치 선명한 꿈같았다.

나는 몸 안쪽 폐로부터 점점 올라오는 괴성을 기억한다. 토드의 머리카락과 내 손톱 밑에서 말라 가던 피도 기억한다. 대양의 냄새, 갈매기의 소리를 기억한다……. 그리고 사이렌 소리도.

4장

그들은 도착하자마자 내 몸을 샅샅이 뒤져 무기를 찾아내려 했다. 그들은 나를 길 한쪽에 엎드리게 한 뒤 몸수색을 하면서, 코카인이 있는지와 마약 거래 등에 관한 질문을 퍼부어 댔다. 나는 뺨을 시멘트 바닥에 붙인 채 가만히 엎드린 자세로 검정 구두의 두꺼운 밑창을 바라보고 있었다.

구급차와 함께 사람들이 도착했다. 의약품 상자와 약, 붕대가 있었고 낮은 목소리로 긴급히 명령을 내리는 사람들이 있었다. 파랑과 빨강 불빛이 깜박거렸고 튜브, 정맥주사 병, 들것이 있었다. 그들은 토드를 앰뷸런스에 실었다. 그리고 나를 경찰서로 데려갔다.

그들은 내게 정신 차리라고 말했다. 사실대로 다 털어놓는 게 좋을 거라고 했다. 일이 벌어졌으니 상황을 바꿀 수는 없지만 앞으로 어떻게 될지는 내가 어떻게 하느냐에 달렸다고, 다 털어놓으라고 했다.

내 상태가 조금 나았더라면 단숨에 명료하고 간결하게 묘사해 줄 수 있었을지 모른다. 하지만 집 주변 언덕에서 탄피를 찾아보라고 겨우 말했을 뿐이었다. 그것 말고는 아무래도 좋았다.

그들은 일회용 스티로폼 컵에 커피를 따라 내게 건넸고 구치소용 바지 한 벌을 주었다. 토드의 피가 묻어 있는 내 바지를 가져가야 했기 때문이다. 그들은 마치 경찰서에 들어와 앉아 있는 썩은 고깃덩어리를 보듯이 나를 천천히 뚫어지게 쳐다보았다.

그들도 물론 내가 토드를 쏘지 않았다는 것을 알고 있었다. 하지만 총을 쏜 사람이 나라고 지목할 만한 단서가 조금이라도 나온다면 주저 없이 나를 용의자로 잡아갈 태세였다. 대부분 소도시에서 범죄가 일어날 때 범인이 누군지 전혀 알 수 없을 때면, 가장 쉽게 잡아넣을 수 있는 밑바닥 인생을 첫 번째 용의자로 지목하는 법이다. 적어도 월요일 아침에 지방검사 사무실로 넘겨주기 알맞은 건수이기 때문이다. 그날은 내가 바로 가장 손쉽게 용의자로 지목될 만한 인간이었다.

레스터 블룸 형사가 첫 번째 유치장 뒤에 있는 조립식 간이취사장이자 면담실로 걸어 들어왔을 때는 밤 11시쯤이었다. 그는 밖에 허풍쟁이 변호사가 와 있다고 알려 주었다.

내 변호인 딕키 스타인은 미친 사냥개였지만, 유연한 현실감각을 갖고 있었다. 대체로 경찰은 딕키를 싫어했다. 그래도 교도소에 있는 죄수들을 사납게 대했다는 이유로 고소를 당한 처지가 된 경찰들은 예외 없이 자신을 변호할 사람으로 딕키를 선택했다. 딕키가 들어왔다. 빨강색 하이 탑 운동화에 청바지를 입고 그 위에 알베르트 아인슈타인의 "1초에 18만 6천 마일은 괜찮은 생각 정도가 아니라 바로 법이다"라고 쓴 티셔츠를 입고 있었다. 그는 자리에 앉았다.

"무슨 일이야, 도대체?"

"누군가 토디를 쐈어요. 라이플총으로. 거리는 좀 떨어져 있었고.

아무 소리도 듣지 못했어요. 남자이거나 여자일 수도 있겠죠. 잘은 모르겠지만, 내 생각에는 나를 노렸던 것 같습니다."

"어째서?"

나는 어깨를 으쓱했다. 이유는 생각하고 싶지 않았다.

"경찰이 토드가 옷을 훔쳤던 가게주인들을 탐문하고 있어."

"안 봐도 뻔합니다. 아니, 대체 누구 한 사람이라도 현장검증 할 생각은 안 합니까? 그럴듯한 동기분석 따위는 집어치우더라도 말이에요. 총기상에서 도둑맞았다는 그 라이플총을 찾긴 했나요? 탄피나 발자국은요? 아니, 옷 가게 여자아이들을 닦달해서 자백이라고 받을 셈인가요? 제대로 조사를 하진 않고 시간만 아끼려는 거예요?"

"곧 조사하긴 할 거야. 잘 알잖아, 경찰들이 일하는 방식을. 그래 자네, 변호사 필요한가?"

"경찰에게 물어보세요."

"이미 저 사람들은 자넬 교도소로 보낸다는 생각만으로도 진절머리를 칠 정도야. 경찰이 가진 정보라고는 오늘 아침 총을 훔친 사내의 어렴풋한 신상하고, 구치소에 붙들려 와 있는 자네뿐이라고. 알겠지만 이 지역에서는 이 사건이 제법 큰 게 되어 놔서 누군가는 반드시 잡혀 들어가야 하는 상황이지. 자네가 범인이 아니라고 해도 아마 경찰이 맘만 먹으면 자넬 범인으로 몰아갈 수도 있다구. 아무런 증거도 찾지 못한다면, 아마 자네가 싸질러 놓은 걸 찾아내려고 똥통까지도 뒤질지 몰라. 지금으로선 자네를 붙잡아 놓을 수 있는 죄목이 '총기소지위반'밖에는 없지만 말이야. 그러니 다시 한번 묻지, 변호사 필요해?"

"총기소지위반이라고요? 딕키, 나 지금 한잔 마셔야겠어요. 당신에게 뭔가 얘기하고 싶어도, 당장 읽어야 할 자료도 있고 만나야 할 사람도 있어요. 여기서 날 당장 내보내 줘요. 뭔가 찾으면 당신에게 곧바로 연락할게요."

"경찰이 자네 사진 찍었어?"

"그래요. 처음 끌려왔을 때. 온몸에 피가 묻어 있었어요."

"멍은?"

"없어요."

"거 안됐군. 하지만 할 수 있는 대로 해 보지."

나는 취사장에서 기다리며 커피를 마시고 플라스틱 포크 살로 손톱 밑에 말라붙은 피를 긁어내고 있었다. 20여 분 정도 후에 블룸이 들어왔다. 그의 배는 셔츠를 바지 안에 집어넣은 틈으로 삐죽 튀어나왔다.

"영거 씨, 오늘 밤엔 당신을 더 조사할 필요는 없는 것 같소. 물리적 증거를 검토한 뒤 다시 연락하겠소."

"이 도시를 떠나지 마시오, 라고 말해야 하지 않나요?"

"이 도시를 떠나지 마시오."

"내일 주노에 갈 거요. 필요하면 레몬 크릭으로 연락해요."

블룸은 교활한 미소를 만들어 내었다.

"이제 제 발로 교도소로 걸어 들어갈 생각이요? 세실, 당신이 우리를 도와주려고 애쓴다니, 눈물이 다 날 정도군."

"딕키, 어서 나갑시다. 저 사람이 내게 돼지처럼 소리 내 보라고 할 것 같아 겁이 날 지경이요."

경찰서를 나오다가 딕키는 걸음을 멈추어서 경찰서장과 이야기를 나누었다. 경찰서장이 마침 문가에서 우비를 털고 있었다. 딕키는 서장에게 자신이 책임지고 내 일을 처리할 것이고, 내가 끌려올 때 블룸에게 따귀를 맞았지만 시에 소송하지 않도록 처리하겠다고 말했다.

"피 칠한 수감자의 사진을 찍다니, 그건 별로 현명치 못했소, 에드. 내가 잘 처리해 보겠지만 이번엔 나한테 빚을 진 거요, 알겠소?"

서장은 그에게 감사인사를 하고 블룸에게 주의를 주겠다고 약속했다. 블룸은 당분간 운신 폭이 줄어들 전망이라 기분이 좋지 않아 보였다. 그의 얼굴은 비를 맞으며 서 있는 짧은 다리를 한 바셋 사냥개처럼 보였다. 경찰서를 나오면서 나는 작별인사는 하지 않았다.

교차로에서 딕키와 헤어져서 언덕을 올라 병원으로 갔다. 밤교대 근무 중인 간호사가 토드의 병실은 203호라고 알려 주면서 방문금지라고 했다. 그런 뒤 나를 살피면서 피 묻은 셔츠와 구치소 바지를 보았다. 그녀는 토드가 응급실에서 병실로 옮겼다고 알려 주었다. 주립경찰서에서 온 사람이 병실을 지키고 있다고 했다. 외과 팀이 도착하는 대로 곧 응급수술을 할 예정이었다. 간호사에게 토드의 변호사와 함께 있을 예정이고 경찰이 내게 이리로 오라고 했다고 알려 주었다. 병실로 걸어가면서 어깨너머로 그녀에게 이 말을 했기 때문에 내가 병실 203호의 문고리를 잡고 돌리자 간호사는 소리치기 시작했다.

토디의 침대 옆에 조지 도기가 앉아 있었다. 그는 간이 녹음기의 배터리를 갈고 있었다. 콘센트에 끼워진 녹음기는 테이프를 되감기하고 있었다. 그는 조깅용 바지에 티셔츠를 입고 그 위에 트위드 재킷을 걸친 이상한 차림새였다. 회색 머리칼은 젖어 있었고 빗지 않은 상태였다. 이제 막 운동하고 온 듯해 보였다.

도기는 알래스카가 주로 승격되기 전부터 활동했다. 그는 알래스카 주가 지금까지 성공적으로 완수한 모든 사건조사팀에 참여했다. 이미 나이가 찼는데도 그는 은퇴하지 않았다. 그래서 주정부는 그를 싯카로 보내어 경찰학교의 고문 직위를 주었다. 이 경찰학교는 알래스카 전역의 법집행을 위한 경찰을 훈련하는 센터이다. 내가 아는 한 그는 대부분 운동복을 입고 운동 가방을 맨 채 돌아다녔다. 그래도 주정부는 그에게 월급을 주었고 주의 어느 지역에서나 뭔가 흥미로운 사건이 생기면 주노의 감독관은 도기를 보내어 '사건조사 과정을 확인해서' 보고하도록 했다.

처음 변호인의 편에서 조사를 담당하기 시작했을 때 나는 알래스카의 경찰관들은 직업적 성실함이 결여된, 그저 원숭이 같은 존재라고 생각했다. 그들 대부분 송유관이 지나가는 지역 출신이었고, 주변 지역의 스트립클럽에 일하는 기도 따위에게 기대할 만한 직업적 책임감조차 갖추지 못한 듯 보였다. 경찰이 되어 첫 몇 년 동안 교통사고나 고작 5달러 분량의 마약이 든 가방 사건들 따위를 처리하다 보면 이런 이미지에 꽤 근접해진다.

도기는 이런 선입견을 바꾸어 버렸다. 그는 주지사 바로 아래 지위에 있는 사람에게만 보고할 의무가 있었다. 주정부가 시작된 이후 모든 주지사가 도기를 두려워했다. 그들은 도기가 얼마나 알고 있는지 몰랐고 또 그가 알고 있는 것을 자신들이 알고 싶은지조차 몰랐다. 도기는 정치와 정치적 압력을 싫어했지만 그게 어떤 것인지는 잘 알고 있었다. 소문에 의하면 부패정치인들에 관해서 자신이 입수한 얘기를 자세히 기록해 두었다고 했다. 지난 세월 동안 그를 거쳐 간 사건들이 아주 많았으리라.

도기는 거의 메모를 하지 않는데도 늘 문제없어 보였다. 그는 실수를 인정하는데 두려움이 없었고 변호사가 자신의 에고를 공격해도 신경 쓰지 않았다. 그렇지만 결코 어떤 모순이나 뻔한 거짓말에는 걸려들지 않았다. 이런 점 때문에 대부분 경찰 조사관들에게 그는 부처님급의 대우를 받았다. 도기는 상대를 게임하듯이 대하지 않았다. 그는 '오직 사실만'이라는 태도가 종종 사건을 배배 꼬아 버려 인내심과 지력을 갖춘 경찰관이라도 그걸 푸는 데 애를 먹게 된다는 점을 잘 알고 있었다.

"저 사람은 지금 말하면 안 되네, 세실."

도기는 녹음기의 전원을 뽑고 전선을 자기 주먹에 감기 시작했다. 그는 체력관리를 잘한 사람의 몸을 갖고 있었다. 한밤중에 불려 와서 피곤할 텐데도 건강해 보였다.

"시애틀로 보내진 않을 거야. 상태가 안 좋긴 하지만 수송과정에서 더 위험해질 수 있어. 건강한 친구인 것 같네."

내 옷에는 토드의 피가 묻어 있었다. 셔츠는 말라붙은 피 때문에 딱딱하게 굳어 버렸다. 내 몸에서는 마치 축축하게 젖은 육류용 종이에서 나는 냄새가 났다. 머리가 지끈거렸고 집중할 수가 없었다.

도기는 내게 미소를 지으며 앉으라고 신호를 보냈다.

"경찰이 자네 옷을 가져갈 것 같은데."

나는 고개를 끄덕였다.

"이미 조사를 받았나?"

"네. 내가 정신 줄을 놓고 자백하지 않아 실망한 듯 보였어요. 내 자백을 받아냈다면 지금쯤 집에서 편히 앉아 티브이나 보고 있었을 텐데 말이지요."

"이보게 세실, 그 사람들에겐 지금 '꺼리'가 별로 없어."

그는 다시 미소를 지었다.

"어떻게 생각하나?"

나는 두 손으로 머리를 싸맸다. 그리고 그의 운동화를 쳐다보았다.

"잘 모르겠어요, 도기. 토드는 거슬리는 목소리를 가진 사람이 현관문에 와서 나와 얘기하고 싶다고 했어요. 누군지는 모른다고 했고."

"자네 집 건너편 러시아식 통나무 건조물 가까이에서 탄피를 찾았어. 308이야. 그 총알이 제대로 맞지 않은 건 다행이야. 폐를 관통했긴 했지만. 그리고 여기……."

그는 발밑에 두었던 가방에서 종이 한 장을 꺼냈다. 뭔가 휘갈겨 쓰여 있었다. 그는 독서용 반쪽 안경을 꺼낸 뒤 종이를 검토했다.

"이 탄피에 맞는 총이 오늘 인근 총기상에서 도난당했어. 여성 목격자가 총을 들고 도망가는 남자를 보고, 잡으려고 따라갔지만 놓쳤어. 백인 남자였고 나이는 확실치 않은데 금발이거나 모랫빛 갈색 머리칼을 하고 큰 넙치잡이 재킷을 입고 있었다는군. 후드티를 입었을 수도 있고. 야구 모자를 쓰고 있었다고 하네."

"그 정도로는 이 북태평양에 오가는 낚시용 뱃사람 아무나 용의자가 될 수 있죠, 도기. 그 남자를 본 여자는 누구입니까?"

"신분은 알려지지 않았어. 이 지역 사람은 아니고. 그 남자는 누굴 것 같나? 뭐 생각나는 거 없어? 어때?"

"질문은 그만두시죠. 나도 내가 뭘 생각하는지 모르니까. 내가 어떻게 그 총 훔친 사람을 알겠습니까?"

"오늘 술 마셨나?"

"그저 맥주 한두 잔 정도."

"맥주 한두 잔이라."

"어젯밤엔 많이 마셨습니다."

"알고 있네. 두와르테를 만났네. 엄청나게 마셔 댄 모양이더군. 그런데 두와르테가 이걸 내게 주었어."

그는 가방 속에서 내 신용카드를 꺼내 주었다.

"이걸 레스토랑에 두고 갔다더군. 아침 내내 전화를 했던 모양이야. 자네가 원한다면 내가 카드회사에 전화해서 카드에 의심스러운 내역이 있다고 말해 주겠네."

"괜찮습니다. 내가 알아서 합니다."

경찰에게 뭐든 빚을 지면서 사건조사를 시작하는 건 전혀 좋은 출발이 아니다. 도기도 그 점을 정확히 알고 있었다. 그는 심술궂은 아저씨처럼 웃음을 띠었다.

"이봐 세실. 나도 자네가 지금 맡은 사건에 대해 발설해선 안 된다는 것쯤은 알아. 하지만 어쩐지 오늘 그 사건과 연루된 사람이 자네를 해하려고 한 것 같단 말이야. 도대체 어떤 사건을 맡았나?"

"아무것도 아니에요. 그저 그런 부동산 관련 사건이거나 노동자 상해소송 따위라고 생각하십시오. 목 부상 때문에 목보호대가 필요한 일이거나 성가신 성추행 사건 정도랄까. 가해남성은 모두 소송을 해서 빠져나가 버리는 그런 사건 말이요. 목숨을 위협할 만한 사건 따윈 없어요."

"자네 집에 이미 지난 살인사건에 관련된 자료가 쌓여 있던걸."

"루이스 빅터 사건, 맞습니다."

"세실, 내게 털어놔. 나는 지금 자넬 도우려는 거야. 뭐라도 아는 게 있으면 내게 말해야 해. 이건 자네가 맡는 종류의 건 보다 큰 사건이야. 그 사건이 뭐가 되었든."

"도기, 글쎄 별거 없어요. 그저 서류작업 정도예요. 양로원에 있는 그 노인이 죽을 때 마음 편히 가고 싶어서 그런 거 아니겠어요? 나는 그저 노인이 알고 싶어 하는 것만 말해 주고 수임료만 청구하면 돼요. 루이스 빅터 사건은 이미 종결되었으니까."

우리는 서로 다소 어색하게 오래 마주 보았다. 그러다가 둘 다 동시에 서로 바라보고 있다는 것을 깨달았다. 잠시 누가 먼저 세련되게 이 상황에서 빠져나갈지를 지켜보았다.

"나도 알아." 도기는 다시 미소를 지었다. "나는 그저 세실, 자네가 좀 걱정되네. 자네 아버지를 내가 알지 않나. 그분을 떠올리면 유감이야. 자네나 나나 서로 잘 아는 사이는 아니지만, 그래도 내가 자네를 좀 더 알고 있지. 나는 자네가 곤란한 상황에 부닥치거나 다치는 걸 보고 싶지 않네."

"당신은 나에 대해 뭘 안다고 그럽니까?"

"자 봐, 세실, 그건 그렇지 않지."

그는 단호하게 말했다. 마치 인내심이 많은 어린이집 교사 같은 목소리였다. 그는 가방에서 파일 하나를 꺼내어 들고 독서용 안경을 고쳐 쓰고는 읽기 시작했다.

"자네는…… 어디 보자…… 나이는 36세이고 출생지는 주노. 아버지는 당연히…… 판사님이지…… 아니, 였지."

그는 내 가족의 상처를 건드렸다는 연민의 표정을 지으면서 나를 쳐다봤다.

"자네 누이는 변호사로서 명망을 얻었고 지금은 예일대에 있지. 자네는 리드칼리지(Reed College)에서 음악과 예술사를 공부하다가 퇴학 당했지. 마약을 했군. 물론 대학에서 마약은 문제 되지 않았지만, 강의에 출석 안 하고, 시험도 보러 오지 않아서 쫓겨났어."

그는 '엿이나 먹어'라는 듯 은근한 미소를 살짝 짓더니 계속 읽어 나갔다.

"그 뒤엔 1973년도에 아프리카와 아시아로 여행을 다녔어. 종교와 음악을 공부하면서……. 그리고 이걸 '배꼽사색'이라고 부르는 건 아니겠지, 설마? 아닐 거야. 한동안 와이오밍의 원유채굴지역에서 일했고 인사이드 패시지(Inside Passage)에서 예인선(tugboat)를 탔어. 또 남부지역에서 합창단으로 순회공연도 했군?"

다시 나를 쳐다봤다.

"성스러운 하프 합창단. 그럴듯하군."

그의 목소리는 점점 신랄해져 갔다. 그의 눈 주변에 깃들어 있던 흥미롭다는 기운은 사라졌다.

"그럴듯해. 이봐, 자네 부친은 자네가 변호사가 되길 원했어. 그래서 주립변호사협회에 조사원직을 알선해 줬지. 자네보다 어리고 되바라진 변호사들 밑에서 서류 가방을 들어주면서 따라다니다 보면 수치심을 못 이겨 로스쿨에 들어가리라 기대했단 말이야. 그렇지만 자넨 코카인 문제가 있었고 위증 교사 등의 문제를 일으켰지. 그래서 감옥살이도 좀 했어. 아주 짧았지만 말이야. 범죄기록은 말끔히 정리했군. 싯카에서는 누이의 돈으로 샘 스페이드(Sam Spade) 흉내를 냈더군. 부친이 돌아가실 때까지는 술을 끊었다가 다시 여자 친구가 떠난 뒤에 술주정뱅이 예술가 흉내를 냈더란 말이지. 자 이제 자네 룸메이트가 가슴에 총을 맞는 사건이 일어나서 지금 당장 죽을지도 모르는 상황이란 말이지."

"무슨 말을 하려는 겁니까?"

"핵심은 말이야, 친구. 이건 현실이라는 거야. 토디의 생명이 걸린 문제란 말이야. 자네가 총을 맞았다면 아마 내 기분이 조금은 나았을지 몰라. 하지만 총을 맞은 건 자네가 아니야. 그러니까 이제 집에 가서 술을 처마시든지 뭘 하든지 자네가 원하는 대로 맘대로 살아. 하지만 이 일에선 손 떼. 오늘 밤 일어난 일은 진짜 범죄란 말이야, 영거. 인생을 망친, 뭣도 모르는 부잣집 도련님께서 여기저기 쑤시고 다니면서 이 사건을 망쳐 버리도록 내버려 둘 순 없어."

그에게 내가 얼마나 차분하고 날카로운 사람인지 보여 주기 위해서 뭔가 냉정한 대꾸를 해야 했다. 그가 내게 노골적으로 표현했던 경멸감을 서너 마디로 축약해서 그에게 전부 돌려주었어야 했다.

"그래요? 그럼 어디 한번 맘대로 해 보시죠."

"꺼져, 영거. 가서 술이나 처마셔. 약이나 해. 대신 이 일에선 빠져."

그는 방을 나갔다. 나는 창가에 놓은 의자에 몸을 깊숙이 넣었다. 길 건너편에는 가로등 빛이 만의 표면 위로 우윳빛처럼 하얗게 비추었다. 나는 부러진 뼈들에 대해 생각했다.

토드는 불이 깜빡거리는 기계와 튜브에 둘러싸여 누워 있었다. 그의 얼굴은 석회 마스크처럼 새하얬다. 나는 그를 흔들어 깨워서 왜 그렇게 게으르게 침대에 누워 있냐고 호통치고 싶었다. 그리고 그를 둘둘 말아 집으로 데려가고 싶었다. 우리 집, 따뜻한 불과 큰 넙치, 그리고 백과사전의 명료한 설명이 있는 곳으로 말이다. 간호사가 들어와서 나가라고 했다. 토드의 방엔 이제 어떤 회의도 열리지 않을 테니. 밖에서 누군가가 나를 만나려고 기다리고 있었다.

방 밖에 상냥하고 앳된 경찰이 있었다. 그는 내 옷을 경찰서에서 미리 가져가지 못한 점에 대해 미안해했다. 이런 일 따위에 문제를 일으킬 필요는 없다. 미안하고 당황한 경찰은 어색하고 딱딱하게 질문을 던졌다. 마침 도기가 복도를 지나가자 더 경직된 경찰은 내 셔츠를 종이 가방에 넣고 스테이플로 박았다. 일을 마친 뒤 감사하다고 말했고, 잘 지내라고도 했다. 나는 집에 가고 싶었다.

성당을 지나 거리를 걷는 동안 비는 거의 느낌이 없을 정도로 내렸다. 나는 파이어니어 홈에서 방향을 바꿨다. 입고 있던 구치소 바지가 점점 무겁고 축축해졌다. 머리카락이 두피에 달라붙었다. 나는 셔츠를 입지 않은 채 재킷을 입은 상태였다. 거리는 평소보다 더 어두운 것 같았다.

가로등은 마치 빛의 돌담 같았다. 고개를 숙이고 가로등을 하나씩 지나 걸었다. 손을 주머니에 찔러 넣었다. 누군가가 나를 죽이려고 한다면 지금 쉽게 당할 수도 있었지만, 신경 쓰지 않았다.

내 손톱 가장자리에 달라붙어 있는 마른 피딱지는 비를 맞아 다시 축축한 액체가 되었다. 내 피부에서 피 냄새를 맡을 수 있었다. 어둠 속 저 바깥 바위에 부딪히는 파도의 물결을 떠올렸고, 누군가가 나를 죽이려 한다고 생각했다.

해안가 거리의 술집에는 고함을 치거나 이야기를 떠벌려 대는 어부들로 가득했다. 주크박스의 스피커는 터질 듯 윙윙대면서 브루스 스프링스틴의 노래를 느릿느릿하게 내보내고 있었다.

알래스카 원주민 형제회의 강당에서는 빙고게임이 진행되었다. 틀링기트 부족의 한 꼬마 아이가 문가에서 형이 지켜보고 있는 동안 도보의 가장자리를 따라 세발자전거를 타고 있었다. 내가 지나가자 그는 자전거 손잡이 위로 쳐다보며 "안녕, 세실"이라고 속삭였다.

집에 가 보니 경찰들이 현관문 틀에서 탄환을 빼냈고 입구에는 노란테이프를 쳐 두었다. 표지판에 '범죄현장 입장불가'라고 손 글씨로 쓰여 있었다. 2층에 올라가니 열린 창문가에서 흰색 면 커튼이 부풀어 오르고 있었다.

피터 팬을 떠올렸다. 성장하기를 거부했던 소년은 잠옷을 입은 아이들을 열린 창문으로 데리고 떠났다. 비에 완전히 젖은 커튼이 미풍에 한 번 부풀었다. 나는 가라앉은 배를 피해 날아가는 흰색 공기 깃털을 떠올렸다.

5장

아버지가 카지노 홀 바닥에 죽은 채 누워 있는 걸 봤을 때 신에게 맹세컨대 솔직히 나는 '복 터진 놈'이라고 생각했다. 그의 가슴에 5달러짜리 금화들이 수북이 쌓여 있었기 때문이었다. 아버지의 피부는 초록색 카펫과 대비되는 창백한 잿빛이었다.

불빛이 번쩍대고 사이렌이 시끄럽게 울어대면서 10만 달러 잭팟 당선자를 큰 소리로 발표하고 있었다. 홍보담당 사진기자가 응급처치반보다 먼저 도착했다. 레버를 쥔 손에 골프장갑을 낀 두 명의 여자가 머신을 흘깃 쳐다본 뒤 죽은 남자의 몸 위에서 반짝거리는 돈 무더기로 눈길을 옮겼다. 그들은 그들만의 계산에 사로잡혀 현기증을 느끼고 있었다. 무작위적이고 종작없는 불가피성과 행운. 그들은 한동안 바라보다가 손가락을 구부려 주먹으로 만들고는 다른 놀음기계로 서둘러 이동했다. 플로어 쇼를 구경할 공짜표가 주어진 것이다.

도박장 책임자는 신경질적으로 결혼반지를 비틀고 있었고 카우보이 부츠를 신고 보안요원 복장을 한 남자가 손에 든 무전기에 대고 뭐라 말하고 있었다.

아버지는 슬롯머신이 세 개의 금덩어리를 올리면서 "대박!"이라는 말을 띄워 올리는 동안 뇌졸중으로 쓰러져 죽었다.

판사님께선 아이러니를 그다지 좋아하지 않는 편이었다. 아마도 그 때문에 짜증이 나서 라스베이거스에서 죽은 걸지도 모른다. 그는 또 우연 따위는 믿지 않았다. 적어도 자기 자신에 관해서는 그랬다. 우연 이란 무작위적이고, 무작위적인 일은 오직 통제력을 상실한 사람들에게만 일어난다.

수십 년 동안 수천 명의 피의자는 그의 앞에 서서 수십 가지의 변명을 늘어놓는 와중에도 언제나 한 가지 사실만을 이구동성 전했다. 내 목숨은 내 손을 떠났습니다. 자기 앞에 서 있는 그들을 판사님은 냉소적으로 바라봤다. 분노도 책망도 하지 않았다. 마치 응급실의 의사가 토네이도 희생자를 바라보듯이 대했다. 그들은 울부짖는 아이들을 움켜 안고 길바닥에 널브러져 있는 세간살이를 향해 손짓하고 있었다.

"가장 큰 실수는 바로 자연 탓을 하는 거야"라고 그는 가문비나무 그루터기에 앉아서 무릎 위에 올려놓은 소총을 만지작거리면서 말하곤 했다. "자연은 질서정연하지. 자연이 늘 자비롭지만은 않지만, 목적은 분명해. 신이 너에게 행운을 가져다줄 책임은 없어. 필요한 모든 것을 챙겨서 네 스스로 행운을 찾아 떠나야 하는 거야."

그렇게 말하고 그는 그루터기에 조용히 앉아서 디어 콜(사슴을 유인하기 위해서 사슴이 좋아하는 소리를 내는 사냥도구)을 분 뒤 기다렸다.

30세가 되자 판사님은 사냥여행에서 마주치는 새의 이름을 모조리 알게 되었다. 보통 사람들이 부르는 이름뿐 아니라 라틴어 학명까지도 외우고 있었다. 그는 사냥 가방에 필드 가이드를 가지고 다녔다. 새에 관한 것과 식물에 관한 것, 두 종류였다. 『사냥에 관한 명상』이라는 책을 들고 다녔지만 읽는 모습을 본 적은 없었다.

그는 지형도와 나침반, 6인치짜리 자를 작은 주머니에 넣고 다니면서 수량적인 항법을 통해 사냥의 전략을 짰다. 보트에서 내리면, 나무 그루터기에 앉아서 담배를 한 대 피우고는 사냥경로를 짰다. 바람의 방향을 재고 기온과 습도를 측정하고 한 해 동안의 절기에 관련된 그날의 시간도 감안했다. 종종 그는 한 해 전 일기를 참고해서 패턴을 재구성하려고 했다. 판사님께선 지적인 계산법을 사용해서 목표물인 사슴을 잡기 위한 전략을 구상했다.

나이가 들어갈수록 그는 더욱더 전략에 의존했다. 사슴의 패턴을 예측하고 정확한 시간에 정확한 장소에 사슴을 불러내려 했다. 더 젊었을 때는 새먼베리(북미지역 서부 해안가에 피는 장밋과의 열매나무로 연어 알을 닮았다)와 오리나무 줄기가 두껍게 엉켜 있는 지역을 헤쳐 가며 첫 여명이 틀 때 계곡의 정상까지 도착했었다. 그는 사냥 시즌 첫날 사슴들을 습관처럼 몰아대었다고 말했다. 내가 자라서 사냥을 따라나섰을 당시에는 몸짓과 속임수, 말 없는 의도를 동원해서 마치 희롱하듯 사냥했다.

나는 언제나 실수투성이 사냥꾼이었다. 내가 사슴을 한 마리라도 잡을 수 있었다면 그것은 고작 사슴이라는 종의 오류를 입증해 줄 뿐이었다. 판사님께선 말했다. 나는 유전자 풀에서 어리석은 유전자만 골라 모은 존재라 촌구석에나 어울린다고.

나는 관목덤불 속에서 덜거덕 소리를 내며 돌아다녔고 진흙더미를 걸어갈 때는 한 발 내디딜 때마다 내 발에 신겨진 부츠는 커다란 소리를 내며 첨벙대었다. 나와 사냥을 함께할 때면 처음에 아버지는 얼굴을 찌푸리면서 더 조용히 움직이라고 주의를 주었다. 나중엔 그루터기에 앉아서 나를 앞서 보내서 주변을 살피고 사냥감을 자기 쪽으로 몰아오게 시켰다.

대개 나는 숲속을 걸어가면서 내 앞에서 그의 총이 덜걱거리는 소리를 듣곤 했다. 그때마다 걸음을 멈추고 거의 내 숨소리에 맞추어 그다음 마지막 끝내기 총소리를 듣게 되기를 기다렸다. 총소리가 나면 총을 어깨에 올리고 재빨리 걸어갔다. 사냥을 계속하지 않아도 되어 내심 기뻐하면서 공터에 도착하면 낮은 나뭇가지에 걸린 수사슴을 보게 된다. 판사님은 소매를 걷은 채 손에 묻은 피의 마지막 한 방울까지 이끼 덩어리로 닦고 있었다. 그는 담배를 피워 물었다. 내가 숲속 공터에 발을 들여놓자마자 그는 얼굴을 내 쪽으로 돌리면서 "어땠어?" 하고 물었다. 나는 흔적 몇 개를 찾긴 했지만 총 한 발 쏘지 못했다고 말했다. 그는 나를 물끄러미 바라보았다. 한참 응시한 뒤 그는 머리를 사슴 쪽으로 흔들면서 "봐, 저게 배까지 혼자 걸어갈 순 없겠지."

언제나 상황이 그렇게 진행된 것은 아니었다. 어느 10월 중순경 고등학교 졸업반이었을 때였다. 달려가던 사슴이 방향을 틀어서 가문비나무 그루터기에 앉아 있던 그를 향해 달려갔다. 당시 나는 소총의 끈이 다 해져서 가죽의 닳은 부분을 잘라 버리고 끈을 짧게 만들려고 통나무에 앉아 있었다. 내 '생각이 반쯤 다른 데 가 있었다'라고 판사님이 말했으리라고 상상한다. 물리 시간에 내 앞에 앉은 여자아이를 생

78

각하고 있었다. 그녀의 블라우스가 등허리 위로 끌려 올려 진 게 자꾸 생각났다. 올라간 자리에 호두 모양으로 옴폭 들어간 척추의 한 부분이 치마 안쪽으로 사라져 가는 모양을 볼 수 있었다. 나는 딱딱한 가죽 끈을 만지작거리면서 내 귀에 닿는 그녀의 숨소리를 생각하고 있었을 것이다.

사슴의 쿵쿵거리는 소리가 들리자마자, 내 손에 들렸던 총이 뛰어올라 마치 지팡이처럼 나무 옆쪽으로 떨어졌다. 그 동물은 자그마한 싯카 검은꼬리사슴으로, 가늘고 길게 구부러진 뿔을 갖고 있었다. 사슴의 목은 두꺼웠고 앞머리에 올려 붙은 검은 눈썹이 거의 깃털처럼 가벼워 보였다. 목 주변은 어룽어룽하는 빛을 내며 정갈하게 접혀 있었다. 사슴의 근육은 긴장되어 있었고 다소 웅크리며 자세를 낮추었다. 눈은 까맣고 몸체의 단단하게 뭉쳐진 에너지가 없었다면 의식이 없는 듯 보였다. 사슴을 바라보고 있자니 기타 줄이 끊어질 때까지 점점 음을 올리며 줄 퉁기는 소리를 듣고 있는 것 같았다.

나는 총으로 손을 뻗었다. 그러면서 사슴이 나를 지나쳐 숲속으로 쏜살같이 뛰어 들어가기를 바랐다. 그러면 우리 둘 다 살 수 있으리라. 나는 사슴이 뛰어가길 기다리며 총의 손잡이를 잡았다. 총을 뺨으로 가져와서 눈앞에 벌어진 장면을 바라봤다. 사슴은 여전히 그 자리에 서 있었다. 마치 자신이 내게 안 보일 거라 믿는 듯했다. 나라는 형상의 현실성이나 손의 움직임을 나만큼이나 사슴도 부인하는 듯 보였다.

내가 사슴을 원하고 있는지는 확실하지 않았지만, 한 가지 분명한 것은 그 사슴을 잡아서 공터에 있는 판사님 발밑에 던져 놓고 싶었다. 나는 방아쇠를 당겼다. 사슴은 풍선처럼 터져 버려 땅에 털썩 쓰러졌다.

피는 많이 나오지 않았다. 드라마도 없었다. 하지만 한때 근육이었고 뼈였으며 움직였던 것이 텅 빈 주머니가 되었다.

나는 그것을 공터로 가져갔다. 판사님은 죽은 사슴을 내려다보면서 "이제 네가 저 목 두꺼운 놈을 먹어야 할 거야"라고 말했다. 그는 그루터기에서 벌떡 일어나서 배 쪽으로 향해 갔다.

하객들과 숙련된 조문객들로 소란스러웠던 라스베이거스의 그 일이 있은 지 고작 10개월이 지났다. 검은 안경을 쓰고 구겨진 면 양장을 입은 누이는 비행기에서 사막의 마른 대기로 내리자마자 "세상에, 너무 건조해. 술이나 한잔하자"라고 말했다. 나도 6개월 만에 한잔했다. 누이도 그걸 알고 있었다. 그래서 나를 위해 몇 잔 더 주문했다. 우리는 공항의 술집에서 컨트리웨스턴 음악을 들으면서 행운과 놀음에 대해서, 하늘에서 떨어진 모루에 관해서 이야기를 나누었다.

이런 기억들, 누이와 판사, 사슴의 기억이 다음 날 아침 깨어났을 때 내게 꽃가루처럼 달라붙어 있었다. 나는 침대 옆에 다리를 내놓고 흔들었다. 두 눈을 비비면서 오른손의 각피에 말라붙어 있는 핏자국을 봤다. 병원에 전화해서 토드의 안부를 물었다. 간호사는 누구냐고 물었고 시애틀의 레이크 뷰 흉부외상센터라고 대답했다. 간호사의 어조가 변했고 토드가 잠을 잘 잤으며 밤새 안정을 유지하긴 했지만, 열이 오르고 있어서 의사가 걱정했다고 말했다. 나는 감사 인사를 전하고 의사에게 내가 직접 연락하겠다고 말했다.

파이오니어 홈에서 일하는 친구에게 전화해서 몇 가지 부탁을 했다. 먼저 지난 이틀 동안 누군가 104호에 찾아온 적이 있느냐고 물었다.

"빅터 부인 외엔 아무도 없었어."

항공회사에 전화해서 주노행 비행기 표를 예약했다. 그리고 교도소에 연락해 앨빈 호크스를 면담하러 가겠다고 알렸다.

딕키 스타인이 나에게 확인 전화를 했다. 내가 사건을 재조사하도록 지방검사가 허락하지 않을 것이라면서 조심하라고 했다. 내가 알아서 하겠노라고 대답했다.

더플백을 챙겼다. 흰색 셔츠 한 장, 양말과 속옷, 고무 레인부츠, 전화번호부 책 두 권, 면도용품을 넣은 사슴 가죽 주머니, 스프링 달린 공책 두 권, 두툼한 지우개가 달린 2호 연필 네 자루, 마구용 가죽 칼집에 담긴 가죽 벗길 때 사용하는 수제 구커 칼(싯카 출신의 개리 구커가 만든 사냥용 칼), 찾고 있는 무언가를 언제쯤 찾게 될지 모를 때 사용할, 코트 주머니에 넣고 다니기 좋은 마이크로 카세트 테이프녹음기를 넣었다. 와일드 터키(Wild Turkey) 술병을 가져갈까 생각해 봤지만 그만두었다. 누가 내 목숨을 노리고 있는 상황에 위스키를 병째 마시는 것은 현명하지 못하다. 그가 나와 마주 앉아 술 상대를 해 준다면 또 모르지만.

토드의 큰 넙치 요리로 샌드위치를 만들었다. 마요네즈와 양파 다진 것을 섞었다. 호밀 빵에 큰 넙치 스프레드를 바르고 토마토 주스 한 잔을 마셨다. 샌드위치를 먹으면서 토드의 그림책 한 질이 세워져 있는 선반을 바라보았다. 토드는 30분 동안 친절한 세일즈맨과 얘기를 한 뒤에 책 한 질을 구입했다. 책값을 한 번도 내지는 않았지만 수금대행회사가 보낸 고지서와 함께 책을 아직도 받고 있었다. 표지에 배가 그려진 얇은 책 안에 『리치 리치(Richie Rich)』 만화책이 책갈피처럼 꽂혀 있었다. 맥주를 마시고 버번 한 잔을 또 마셨다.

토드의 아버지가 케치칸(Ketchikan)의 벌목캠프에서 전화를 했다. 그는 나보다 더 술에 취해서 울면서 의료비가 얼마나 될지 알고 싶어 했다. 경찰이 전화로 그에게 연락했고, 토드와 나의 관계에 관해 물었다고 했다. 또 마약과 총에 대해서도 물었다. 그는 무슨 일이 일어난 건지 알고 싶어 했다.

의료비는 내가 알아서 하겠다고 말했다. 그가 원하면 숲에서 하던 작업이 끝난 뒤 방문해도 좋다고 했다. 그는 방문하고 싶지만, 고용주가 일을 너무 심하게 시킨다고 했다. 그는 다음 주쯤 비행기를 탈 수 있을지 알아보겠다고 했다. 그리고 누군가 무슨 이유로 토드에게 총을 쐈는지 물었다. 나는 모른다고 대답했다. 그러자 그는 내가 어떻게든 이 일과 연관되어 있다면 가만 안 두겠다고 위협했다. 나는 고맙다고 말하고 전화를 끊었다.

택시 운전을 하는 동네 약쟁이에게 전화했다. 평생 나를 공항까지 공짜로 데려다주기로 약속되어 있었다. 그에게 내 비행 편을 알려주었다.

버번과 맥주가 한데 섞여서 내 불행의 가장자리를 살며시 건드리고 있었다. 특히 지금처럼 내 코앞에 닥친 살해위협이 주는 전율이 더해진 상태라면 수면제의 효과는 더 즉각적으로 나타났으리라. 하지만 아무리 효과가 좋은 수면제라도 비행기 예약을 앞둔 사람이라면 피해야 한다. 술 한 잔 더 할까 생각했다. 나는 어리석어질 만큼 술에 취했지만, 속수무책일 정도로 취하지는 않았다. 수면제와 술 사이에서 정말 내리기 어려운 결정을 해야 했다.

약쟁이가 다리를 건너 공항으로 데려다주었다. 그는 나를 공짜로 태워 준다는 사실을 불편해했고 지나가는 모든 차들이 자신의 택시미터기가 켜지지 않았다는 것을 알 거라고 했다. 그는 토드에 대해 뭔가 중얼거렸고 내게 돈을 빌려 달라고 했다. 약을 했냐고 묻자 그는 화들짝 놀라며 화를 냈다. 별다른 확신 없이 던진 질문이었을 뿐이다.

블룸이 수색대 입구에 서 있었다. 나는 화장실로 들어갔다.

수색대에 서 있는 블룸 쪽으로 걸어가는 동안 내가 느끼고 있던 불행감이 점점 미궁에 빠져갔다. 내 가방이 검색대에 들어가기도 전에 블룸은 가방을 집어 들고 손을 넣어 수색하기 시작했다. 그는 사냥 나이프를 꺼냈다.

"영거 씨, 이거 무기네. 비행기 안에 이걸 들고 갈 수는 없소."

"그래서 어떻게 하라는 거요?"

"화물칸에 넣어야 해요."

나는 승무원이 칼에 표를 붙이는 것 바라보았다. 그리고 칼이 컨베이어벨트 위에서 고무 커튼 사이를 지나가는 모습을 지켜보았다. 칼은 작고 약해 보였다. 칼이 무사하길 바랐지만 다시는 그 칼을 보지 못했다. 구커 칼은 인간이 소유할 수 있는 가장 좋은 칼이었기 때문에 누군가 그걸 알아보았으리라.

블룸은 내 몸을 더듬어 수색했다. 나를 수색대의 유리 칸막이에 등을 대고 서게 한 뒤 코트 안과 바지 밑에 손을 넣어 확인했다. 나는 마일스 데이비스를 떠올리며 〈마이 퍼니 밸런타인〉 기타연주 중 하나를 기억하려고 애썼다. 내 목덜미의 근육을 문지를 때 블룸의 손은 축축하고 부드러웠다.

"어떻게 자네 같은 사람이 이렇게 몸이 좋지, 엉거?"

"열심히 일하고 정갈하게 생활하고 늘 웃고 다니는 게 비결이라고나 할까."

그는 정색하며 몸을 세웠다. 나는 그에게 고맙다고 했다. 터미널 문을 지나서 나갈 때 그는 내 등을 한 번 두드렸다. 나는 고개를 돌려서 그에게 잘 지내라고 인사했다.

비행기는 예정보다 늦게 이륙했고 샴페인이 제공되었다. 승무원은 직업에 걸맞은 활기찬 웃음을 지었지만, 검은 두 눈은 마치 그림에 생긴 구멍처럼 보였다. 그녀가 내게 샴페인 잔을 건넬 때 손가락 끝이 살짝 스쳤다.

이륙하자마자 제트비행기는 동쪽으로 가파르게 기울어졌다. 우리는 다시 공항 위를 돌아서 날았다. 나는 작은 장난감 같은 도시를 내려다보았다. 장난감 우체국과 태엽 달린 트럭이 보였다. 파이오니어 홈 앞 벤치에 두고 온 한때 나를 사랑했던 여자가 남기고 간 책을 생각했다. 집 2층에 물 위로 매달아 놓은 푸른 꽃 화분을 볼 수 있었다. 누군가 두꺼운 타이어와 커다란 바구니를 단 자전거를 타고 내 집 현관 앞을 지나가는 모습도 보았다.

6장

주정부는 레몬 크릭 교정기관 주변의 안전을 강화하기 위해서 면도날처럼 날카로운 리본 모양의 복합 전선에 지출을 아끼지 않았다. 마지막 커브를 둥글게 따라가는 전선을 보니 마치 마지노선을 넘어가는 것 같았다.

교도소는 레몬 크릭의 둑 위 새로 빙결로 덮인 계곡에 감싸듯이 올라 서 있었다. 계곡 양쪽에는 왜소한 가문비나무와 오리나무들이 서 있었다. 나는 늘 빙하가 바로 내 어깨 위에 있다고 느끼고 있다. 계곡 물은 가늘고 고운 모래투성이이고 거의 불투명했다. 물결은 천천히 흘렀다.

가스티노 해협(Gastineau Channel)의 소금물로 향해 가는 해수면을 따라 꼬불꼬불 계곡이 나 있었다. 교도소를 지나서 흐르는 물은 몇 개의 트레일러 파크를 지나갔다. 예전에는 해안가에 부서진 자동차들이 버려져 있어 강둑을 제자리에 유지해 주었다. 몇 개의 너덜너덜해진 오리나무의 앙상한 나뭇가지에 트레일러 파크의 아이들이 밧줄로 그네를 만들려 애쓴 흔적이 있었다. 계곡물이 뿌리 체계를 포함해서 나무 전체를 천천히 흐르는 물결로 삼켜 버렸다. 밧줄 하나가 더러운 물 속에 풀어져 있었다. 어린아이들은 계곡 위로 그네를 타 보려고 했던 시도를 포기한 채 트레일러 안에 처박혀 티브이를 보고 있을 것이다.

운동장에서는 수감자들이 계곡 둑에 떨어진 쓰레기 주변을 뱅뱅 도는 독수리를 볼 수 있었다. 그곳에 서서 나는 울타리 밖에서 큰까마귀가 깡충거리며 뛰는 모습을 봤다. 새의 부리에서 프렌치프라이를 담았던 파라핀 종이 상자가 매달려 있었다. 큰까마귀는 어둠에서 빛을 훔친 새이다.

나는 방문객이 거쳐야 할 검사실에서 진행된 알몸수색을 예상하며 마음을 다잡았다. 그들은 내 이름을 듣고 내가 누군지 알아봤다. 안전 요원이 씩 웃으면서 표현한 대로 시간을 오래 들여 '내 세 번째 눈'을 들여다봤다. 예상보다는 간단한 절차였다. 마치 미리 약속하지 않은 채 병원에 가서 수술받는 기분이었다. 펜 모양의 불빛을 들이대거나 혀 압박기구는 없었다. 그저 옷을 벗고 웅크리고 앉아서 기침 한번 세게 한 뒤 뭔가 떨어져 나오는 게 있는지 없는지만 확인했다. 교도관은 친절했다. 아마도 내가 누군지 알아서 그랬는지도 모르겠다.

옷을 다시 입고 셔츠에 방문증을 걸었다. 내가 갖고 들어갈 수 있는 것은 작은 스프링노트와 연필 한 자루였다. 나머지 짐은 보관함에 넣어 두었다.

나는 방문객 면담실로 향하는 밀봉된 통로에 서 있었다. 벽 하나는 한쪽에서만 볼 수 있는 유리로, 방탄 처리되어 있었다. 나는 머리카락을 정리하고 미소를 지었다. 신호가 울렸고 무거운 자물쇠가 덜그럭거리는 소리를 들었다. 스피커에서 목소리가 흘러나와 "호크스가 4번 방으로 들어갑니다, 세실"이라고 말했다.

문이 활짝 열렸다. 통로 저쪽에 방탄유리가 달린 몇 개의 닫힌 문이 있었다. 젊은 교도관이 리볼버를 가지고 열린 문 옆에 섰다. 그의 총에는 탄환이 들어 있지 않았다.

"호크스가 곧 올 겁니다."

나는 여러 개의 면담실을 지나쳐 걸었다. 1번 방에는 어떤 여자가 머리를 테이블 위에 숙이고 있었다. 이마를 손으로 감싸고 있었는데 한 에스키모 남자가 손바닥을 테이블 위로 세게 내려치고 있었다. 나는 4호 방으로 걸어갔다. 방의 크기는 가로세로 6피트와 10피트였다. 맨 끝에 창문이 달린 또 하나의 문이 있었는데, 교도소의 중앙 홀 쪽으로 난 창문이었다. 각 방에서 이 홀을 지나 층계를 통해 상점에 갈 수 있었다.

수감자들이 천천히 걸어 다녔다. 마치 담배 연기를 맡기 위해 구석으로 어슬렁거리며 가는 것 같았다. 몇몇은 푸른색 수의를 입고 있었고, 몇몇은 흰색 티셔츠를 입고 있었다. 모두가 나를 들여다보고 있었고, 그중 몇은 손을 흔들어 주었다. 한 사람이 종이쪽지 하나를 들어 보였는데, 거기에는 "항소?"라고 적혀 있었다. 나는 어깨를 으쓱해 보였다. 내 손은 어쩔 도리 있나? 라는 뜻으로 앞으로 내밀어져 있었다.

몇 분 지나 교도관이 한 젊은 청년의 팔을 붙잡은 채 창문가에 서 있었다. 그는 잠긴 문을 열고 청년을 데리고 들어왔다. 그리고 내 왼쪽에 있는 전화기를 가리키면서, "세실, 다 끝나면 0번을 눌러요" 했다. 나는 고맙다고 말했다. 그는 방을 나가면서 잠갔다.

갑자기 어떤 권위적인 분위기를 풍기면서 문이 단단히 닫혀 버렸다.

이런 변화에 눈살이 찌푸려졌다. 빙하의 하늘색 얼음 위로 원을 그리며 나는 독수리를 생각했다. 이곳에서 멀리 떨어진 곳에서 다리에 붉은 실을 감고 길거리 턱에서 깡충깡충 뛰고 있을 큰까마귀를 떠올렸다.

앨빈 호크스가 방으로 들어와 내 앞에 앉았다. 그의 두 손은 교차한 채 앞에 놓여 있었다. 그는 마르고 강인해 보였고 키는 170~173cm 정도 되어 보였다. 금속 테의 독서용 안경을 쓰고 있었다. 최근에 깎은 것처럼 보이는 민머리에, 두 손등에는 집에서 새긴 문신 탓에 보랏빛 멍이 들어 있었다. 왼손에는 무한대(∞) 상징이 그려져 있었고 오른손마디에 "GODS"라고 새겨져 있었다.

나를 바라볼 때 그는 눈을 가늘게 떴고 코에는 주름이 졌다. 마치 호기심을 느낀 듯 보였다. 아니면 내가 입고 있는 옷이 먹을 만한 것인지 생각하는 것처럼 보였다. 호크스의 눈은 작고 푸르렀고 안쪽으로 깊숙이 들어가 있었다. 내가 말을 시작하자 그의 턱 근육이 이완되었다.

"내 이름은 세실 영거요. 사설탐정이요. 루이스 빅터의 엄마가 보냈어요. 왜 당신이 아들을 죽였는지 알고 싶어 합니다."

그러자 그는 크게 웃어 댔다. 마치 모든 게, 나를 포함해서 재미있어 보이는 듯했다. 그는 낄낄거리다가 박장대소했다. 교도소에서 많이 듣게 되는 웃음소리였다. 마치 동굴 저 깊숙한 곳에서 바윗돌들이 덜거덕거리는 소리 같았다.

"여기까지 나를 만나러 오시다니 참 좋은 분이군요."

그는 자리에서 일어서서 손을 앞으로 내밀었다.

"자 어서 0번을 누르시지요. 도서관에 갈 참이었거든요."

"나와 얘기하고 싶지 않소?"

"영거 씨, 여기까지 와서 나한테 살인 얘기를 꺼낸다는 건 예의가 아니지요. 내가 저질렀다고 말하는 그 살인, 그것 때문에 나는 체포되었고 유죄 선고를 받았죠. 그리고 이젠 이렇게 옥살이까지 하고 있는데. 내 변호사를 만났나요?"

"아뇨. 그런다고 뭐가 달라집니까?"

"그렇군요. 그렇겠지요."

그는 두 손바닥을 위로 하고 팔꿈치는 옆에 단단히 붙인 자세를 취했다. 그는 웃고 있었다.

"미안하지만 무슨 뜻인지 모르겠소."

"뭐가 달라지냐고 했죠? 거 말씀 한번 잘하셨네요……. 변호사와 이야기를 한다. 뭐 나로서는 별다를 게 없을 것 같긴 하지만, 변호사들과 얘기한다고 도움이 되진 않죠." 그는 다시 자리에 앉았다. "그 여자가 알고 싶어 하는 게 뭔가요?"

"왜 죽였는지 알고 싶답니다."

"모른답니까? 정말 모른대요?" 그는 뒤로 몸을 기대고 한 팔꿈치를 의자 뒤로 올렸다.

"내 변호사들도……. 거 뭐라고 합니까, 수, 라고 하나? 글쎄, 잘 모르겠어요, 아마 전략 같은 거? 그런 걸 만들려고 애쓴 적이 있었지요. 내 심리가 불안정하다고 경찰이 믿게 하려고 말이에요. 변호사들은 그게 좀 유리할 수 있다고 믿었어요. 형량을 고려한다고 하든가. 그런 수는 역효과를 낳을 수 있지만 말이에요."

그는 환하게 미소 지으면서 마치 거실에서 연기하는 희극배우처럼 방 주위로 손짓을 했다. 그는 잠시 멈추더니 앞으로 몸을 빼고는 목소리를 낮추었다.

"나는 변호사가 하라는 대로 했어요. 말하자면 조언 같은 거, 과학적 조언을 얻으려고 한 거지요. 절제력을 있는 대로 동원해서 변호사가 하는 말을 참아내야 했어요."

처음으로 그는 나를 정면으로 바라보았다. 그의 눈동자는 전혀 흔들림이 없었다.

"나는 당신이 오리라는 걸 알았어요." 그는 생각하듯이 말했다.

"어떻게 알았지요?"

그는 다시 재빨리 미소를 지었다. 마치 나를 걱정해 주는 것 같았다.

"소식을 들었지요. 나는 이제야 모든 진실을 얘기할 수 있어요."

그가 선택하는 어휘들이 불편했다.

"뭐가 진실이란 말이요?"

"과학에 대해 좀 아나요? '알파 파동 이온화장치'라는 걸 들어 봤어요?"

"아뇨." 나는 공책을 열고 연필을 쥔 채 귀를 기울였다. 마치 기록원처럼.

"책을 한번 찾아보세요. 나는 그 장치에 관한 책을 많이 읽었어요. 알다시피 지구는 에너지를 방출하죠. 대부분 에너지는 태양에서 오지만 그건 다른 거예요. 태양에너지죠. 하지만 지구는 북극에 모인 밀도 높은 대기에서 자체적인 에너지를 방출해요. 오로라 알죠? 내가 말하는 에너지는 그 오로라랑 비슷해요. 하지만 알파 파동입자의 형태를 보이고 있죠."

그는 내 공책을 가져가서 아무렇게나 휘갈겨 쓰기 시작했다.

"라디오전파가 어디서 온다고 생각해요? 택시에는 모두 무선장치가 있죠. 우리는 파동의 입자로 둘러싸여 있어요. 마치 그 입자 안에서 수영하는 것 같죠. 하지만 우리는 그걸 듣거나 볼 수는 없어요. 만일 듣거나 볼 수 있다고 말하면 미쳤다는 소리를 듣게 되죠. 그건 입자가 유기체가 아니고, 또 지구 자체에서 오는 게 아니기 때문이에요."

그는 앞으로 몸을 빼고 천천히 말해서 내가 다음에 하는 말을 이해할 시간을 주는 듯했다.

"자, 이건 사실이에요. 우리 모두 지구가 보내는 것을 받을 수 있어요. 하지만 대부분 사람은 못 받아요. 북쪽으로 더 들어가면 그걸 받을 능력이 더 좋아지죠. 지구는 북극 가까이에 전파를 집중해 두었어요."

나는 아직 아무것도 받아 적지 않았다. 그가 내 노트를 봤다. 나는 재빨리 날짜를 적은 뒤 "진실……. 집중된 전송"이라고 몇 마디 적었다.

"이건 진실이에요. 당신이 납득하기 어렵다는 걸 알아요. 하지만 아주 신기한 일이 내게 일어난 거죠. 누구나 집중을 하면 열 수 있는 얇은 피부조직막이 있어요. 당신도 있어요. 우리 모두 갖고 있죠." 그는 내 귀를 가리켰다.

"그걸 열려면 강도 높은 집중력이 필요해요. 나는 내 막을 열었어요. 그래서 자유롭게 받아들일 수 있죠."

"누가 당신에게 말을 한다는 거요?"

"내 입장이 되어 봐요. 자, 당신이 어떤 목소리를 듣기 시작해요. 미친 소리 같죠? 그러니까 찬찬히 생각해야 한다고요. 나도 꽤 오랫동안 그게 뭔지 몰랐어요. 아주 많은 신호를 받았거든요. 수많은 신호와 목소리를 원하면 받을 수 있어요. 생각해 보라고요. 나무의 목소리, 구름의 목소리, 물고기의 목소리. 나는 그 모든 것을 다 받고 있었어요."

그는 뒤로 몸을 젖혔다.

"이상했어요." 그는 목소리를 낮추고 거의 속삭이듯 말했다. "그 소리들을 듣지 않으려면 집중이 필요해요. 하지만 그게 바로 악마예요. 그게 악마라고요. 왜냐면, 기억해야 할 건……. 듣지 않으려고 하지 않는 거예요. 그 소리들을 받아들이고 들어야 해요."

그의 목소리는 떨렸다. 그는 앞으로 몸을 내밀었다.

"실제로 그 소리들을 전부 함께 들을 수 있어요. 그리고 하나의 아주 강한 신호를 받게 되죠. 믿을 수 없을 만큼 강한 신호 말이에요."

그는 말을 멈추더니 순간 자신을 의식했고 다시 뒤로 기대앉아 약간 당황한 듯이 보였다. 처음엔 말수가 적고 다소 빼는 듯했는데, 지금은 신경이 곤두선 듯이 마치 앞에 서 있는 사진사를 예의 주시하는 곰처럼 바라보았다. 동시에 그는 자의식의 막에서 빠져나오지는 못했다. 뭔가 그에게는 아이러니한 점이 있었다. 그의 몸짓이나 가짜로 꾸민 듯한 전문가적인 어휘를 보면 마치 자신의 행위에 사로잡힌 상태에서 그 인물에게서 벗어나지 못한 것처럼 보였다.

"나는 그 목소리들이 진실이라는 걸 알게 되었어요. 정말 이상하게 들리긴 하지만 나는 그 소리를 다른 사람들에게 입증해야 했어요."

그는 주머니에 손을 넣고 두 개의 작은 은박지 조각을 꺼냈다. 그는 엄지손가락으로 그 은박지를 만지작거려 컵 모양으로 만들었다. 그런 뒤 그 컵들을 귀 위에 올렸다. 그는 잠시 멈추었다가 두 눈을 천장 위쪽으로 굴렸다. 잠시 귀를 기울이더니 마치 자신이 완전히 신뢰하고 있다는 것을 확인하는 듯이 고개를 끄덕이다가 미소를 지었다.

"나는 지금 전송을 막았어요. 하나도 들을 수가 없어요. 이렇게 백 번쯤 할 수 있어요. 그러면 백 번이라도 목소리는 멈춰요. 이런 건 입증할 수 있고 다시 만들어 낼 수 있는 결과죠. 과학적이에요. 그냥 말로만 그런 건 아니라고요. 목소리에는 물리적인 토대가 있어요. 그게 아니라면 어떻게 이 은박지가 목소리들을 멈출 수가 있겠어요?"

수염을 길러 놓은 백인 남자가 유리 저편 감방 쪽에서 걸어가면서 자기 뺨을 집게손가락으로 잡아당기고 혀를 날름대며 놀렸다. 나는 손을 흔들어 주었다. 그 남자는 계속 걸어갔다.

"웃겨요? 그렇겠죠." 호크스는 자신에 찬 듯 미소를 지었다. "모두가 이게 웃긴 얘기라고 생각하죠. 하지만 내가 이 파동의 완전한 힘을 맘대로 조정할 수 있게 되면 더 이상 웃지 못하게 될 거예요."

"여기서 의사의 진료를 받고 있소? 앨빈, 이 목소리에 관한 얘기를 나눌 사람이 있소?"

그는 셔츠의 주머니를 뒤져서 코담배 캔을 꺼냈다. 뚜껑을 손가락 끝으로 두 번 두들기고 나서 비틀어 열었다. 그리고 담배를 손가락 두 개로 집어 들었다.

"의사는 필요 없어요. 내가 지금 이렇게 지내는 건 완벽하게 조절하기 때문이에요. 이건 다 사실이에요. 나는 여기 있는 어떤 사람과도 달라요. 그 점은 잘 알고 있어요. 저 사람들도 물론 알고 있죠."

그는 '저 사람들'이라고 말할 때 엄지손가락을 천장 쪽으로 가리켰다. 나는 속으로 그게 누군지 물어보고 싶은 마음을 꾹 눌렀다.

"앨빈, 이미 이런 질문을 받았을 거로 생각하지만 다시 묻겠소. 루이스 빅터를 죽인 걸 후회하나요? 그걸 생각하면 아쉽고 슬퍼요?"

그는 다시 앞으로 몸을 당겨 왔다. 왼쪽 뺨 위에는 상처의 그림자가 드리워져 있었다. 그의 가슴은 반짝거렸고 거뭇한 털이 보였다. 셔츠의 첫 단추 위에 면도칼 자국이 눈에 띄었다. 그는 마치 내 코끝에 뭐가 쓰여 있는지 읽어 보려고 하듯이 눈을 가늘게 뜨고 쳐다봤다.

"나는 루이스 빅터를 죽이지 않았어요." 그는 숨을 씨근거리며 말했다. "신이 한 일이에요. 신이 땅속에서 나와 루이스를 죽였다고요."

"그렇다면 당신은 신을 대신한 거요, 앨빈?"

"인간은 모두가 신을 대신하는 존재예요. 그중 일부는 그저 좀 더 집중하는 거고요."

"신이 당신에게 루이스 빅터를 죽이라고 했소?"

"아뇨, 신은 이 땅의 모든 것에게 그를 죽이라고 했어요. 나는 그 소리를 듣게 되었을 뿐이고요."

그는 의자에 몸을 기댔고 마치 교수라도 되듯이 안경을 벗었다.

"성경의 요나 이야기를 알죠? 그 이야기에서 신이 지렁이에게 무화과나무 뿌리를 먹으라고 명령했던 거 기억해요? 그 나무가 요나에게 신전 앞에서 그림자를 드리웠죠. 그런데 그건 그저 이야기일 뿐이에요. 사실 신은 이 땅 전체에 명령해서 요나에게 교훈을 주라고 한 거예요. 그러니 지렁이 탓만 할 수는 없어요.

나는 지렁이일 뿐이에요. 당신도 그렇죠. 여기 모든 교도관과 변호사들도 그렇고요. 사실이에요. 지금보다 어렸을 때는 이게 뭔지 잘 몰랐어요. 하지만 이제는 달라요. 지렁이죠. 전에 나는 더러웠고 게을렀어요. 누가 말하든 주의를 기울일 수가 없었어요. 내 몸엔 박테리아가 득시글했죠. 박테리아는 몸에 있는 털에 살아요. 전에는 내 몸에 털이 많았어요.

의붓아버지가 내 머리가 너무 길다고 나를 채찍으로 때렸어요. 그는 지렁이였던 거예요. 신에게 둘러싸인 이 땅에서 움직이고 수영 따위를 하는 거죠."

"앨빈, 누가 루이스 빅터를 죽였소?"

"누가 정말 그의 뇌에 있는 전기 작용을 멈추었냐는 걸 묻는 건가요?"

"그렇소."

호크스는 아래를 내려다봤다. 나는 그가 테이블 밑에서 엄지손톱을 가볍게 퉁기는 소리를 들었다. 그는 두 눈을 감았다.

"통제력을 갖게 되기 전까지 나는 죄를 많이 지었어요. 무시무시한 짓을 저질렀죠."

"어떤 일을 했소, 앨빈?"

그는 눈을 억지로 감고 꾹 눌러 닫았다. 고통스럽게 감겨 있는 눈은 일체 빛의 흔적을 차단하려는 듯했다. 그 뒤 그는 주먹으로 두 눈을 가렸다. 힘겹게 숨을 쉬었고 가슴이 헐떡거렸다.

"전에는 나쁜 말도 했어요. 더러운 여자들과도 잤죠. 그 여자들의 몸에선 죄의 냄새가 고약하게 났어요. 성병도 걸렸어요. 엄마에게 못되게 굴었고 할머니에게도 그랬어요. 학교에서 아이들에게도 못되게 굴었어요. 신은 그걸 좋아하지 않으셨죠. 신은 나쁜 짓 하는 걸 좋아하지 않아요. 그렇지만 내가 그 목소리를 처음 듣기 시작했을 때 목소리가 내게 말했어요. 용서받았다고."

"신이 루이스를 죽인 걸 용서해 줬나요?"

그의 몸은 딱딱하게 굳어 보였다. 수의 겨드랑이 쪽이 땀으로 젖어 갔다.

"루이스는 나를 죽이려고 했어요. 곰이 되어서 나를 잡아먹으려고 했어요. 곰하고 인간은 똑같은 음식을 먹어요. 루이스는 나를 먹으려고 했죠. 내가 먼저 그를 곰에게 먹으라고 가져다줘야 했어요. 나는 정말 뭐가 뭔지 몰랐어요. 미친 소리를 들었거든요. 내가 신이라고 생각했어요. 그럴 리가 없잖아요. 안 그래요? 정말 미친 짓이었죠. 그렇게 많은 죄를 지었는데 말이에요, 그럴 리가 없잖아요?"

그는 미친 듯이 뭔가 물어보려는 듯한 표정으로 나를 쳐다보았다. 두 눈이 이리저리 움직이고 있었다.

"결국 나는 더 이상 목소리를 듣고만 있을 수 없었어요. 루이스한테 목소리에 대해서, 그것들이 말하는 내용에 대해서 말해 줘야 했어요. 루이스는 고함을 치기 시작했어요. 나를 제거해 버리겠다고 했어요. 그렇게 말했어요. 제거해 버린다고. 해고도 아니고 내보내는 것도 아니고, 제거한다고 말했어요. 아들과 딸이 보트에 있었고 걔들과 같이 잘 거라고 했어요. 나는 루이스 손에 총이 들려 있던 걸 기억해요. 나를 죽이려고 한다는 걸 알았어요."

호크스는 일어났다. 목소리가 급박해졌고 눈은 문 옆쪽의 허공에 꽂혀 있었다.

"그에게 걸어갔어요. 침대 가에 몸을 구부리고 있었죠. 그가 일어나더니 때리기 시작했어요."

호크스는 레슬링선수처럼 몸을 웅크렸다. 여전히 문 앞의 공간을 뚫어져라 쳐다보았다.

"내가 그를 공격했던 걸 기억해요. 우리는 문밖으로 굴러 나갔죠. 나는 안으로 다시 던져졌고, 루이스가 나무 쪼개는 망치를 들고 다가오던 게 기억나요."

그는 두 귀를 막고 머리를 천천히 집중해서 흔들었다. 마치 어떤 몰아 상태로 빠져드는 듯했다.

"그다음은 기억이 나지 않아요. 목소리가 더 기억하지 말라고 해요. 목소리는 미친 소리만 지껄여요. 날 보고 천둥비바람이라고 해요. 나는 허리케인이에요. 나는 이 교도소도 납작하게 만들 수 있어요. 목소리는 내가 신보다 더 강하다고 하죠. 미치겠어요. 어떻게 신이 자기보다 더 강한 걸 만들었겠어요?"

그는 자리에 앉았다. 한 손을 테이블 위에 편 채 올려놓고 엄지손톱으로 딱딱 소리를 냈다. 그는 그 일에 집중했다.

"내가 알고 있는 유일한 사실은 피부 점막이 활짝 열렸다가 닫혔고, 경찰에게 말할 때 다시 열렸다는 겁니다. 나는 확실히 기억해요. 내 귀 안쪽에서 팍, 하고 열리는 소리를. 헬리콥터를 타고 날아간 것도 기억하고, 이런 방에서 경찰들과 앉아 있던 것도 기억나요. 변호사와 얘기도 했었죠. 하지만 루이스를 죽인 것에 대해선 전혀, 아무 생각도 나지 않아요."

"그날 무슨 일이 있었는지 기억하는 게 없소?"

"그저 바람이 많이 불었다는 걸 기억해요. 그날 밤 항구에 배가 두 척 있었죠. 루이스의 배와 고깃배가 하나 있었어요. 루이스의 배는 바람 때문에 닻을 다시 내려야 했어요. 루이스는 화를 냈죠. 아들이 너무 해안가에 가까이 닻을 내렸거든요."

"그거 말고 또 뭐가 기억나요?"

"그냥 그 미친 이야기죠."

"말해 봐요."

"나는 루이스가 곰이라고 생각했어요. 그리고 날 죽이려고 했죠. 루이스의 애들은 반은 곰이고 반은 인간이라서, 내가 루이스를 죽이길 원했어요. 그래야 아버지를 먹어 치울 수 있었지요. 목소리가 말했어요. 그렇게 하면 신이 기뻐할 거라고요. 나도 알아요. 이게 얼마나 미친 소리인지. 이게 다 내가 더럽고 머릿속 박테리아가 모든 신호들을 엉망진창으로 만들어 버렸기 때문이라는 것도 알죠. 보세요, 이렇게 복잡하다고요."

"어디서 루이스의 아이들을 봤소?"

"직접 보진 못했어요. 경찰관이 말해 줬어요. 애들이 해안가로 오기를 겁낸다고요."

나는 경비대에 전화해서 면담이 끝났다고 알려 주었다. 교도관이 틈을 들일 게 분명했다. 공책을 닫은 뒤 일어섰다. 마치 방 안을 짧게 산책이라도 할 것처럼 일어나서 면담실의 문에 기대어 섰다. 호크스는 감방 쪽 문에 기대섰다.

"앨빈, 어때요, 여기 갇히게 되어 화가 납니까?"

"상관없어요. 나는 여기 있는 사람들과는 달라요."

그는 바로 서서 감방 쪽을 내다봤다.

"헛간을 부숴 본 적 있어요?"

"헛간? 글쎄……."

"일리노이에서 그 일을 했어요. 오래된 헛간이 많았죠. 다 부숴야 했어요. 나무로 만든 오래된 헛간 알죠? 나는 쥐인간이었어요. 사람들이 나를 '쥐인간'이라고 불렀거든요. 왜냐면 내 일이라는 게 헛간의 들보와 지지대를 자르는 거였어요. 헛간 전체를 약하게 만들어요. 톱으로 그 부분을 조금씩만 자르고 나서 지지대 중앙에 사슬을 걸고 잡아당기면 돼요.

나는 거기 서서 자세히 보고 들었죠. 마지막으로 힘을 주기 전에 말이에요. 모두가 밖으로 나갔는지 확인해야 해요. 주위를 둘러봐요. 그러면 아주 조용해지죠. 햇살이 나무 사이의 틈새로 들어오면 문하고 여기저기에 거미줄이 걸린 게 보여요. 아주 조용해서 기분이 으스스해질 정도죠. 마치 내 머릿속처럼 말이죠. 그러고 나면 잡아당기는 거예요.

문가에 서 있으면 공기가 크게 불어제치면서 나를 지나쳐 가요. 먼지와 새똥, 건초 냄새가 확 풍기죠. 나무에서 억지로 뽑혀 나오는 못이 고함치고 목재가 부러지는 소리를 들을 수 있어요. 거기에 서서 소리를 듣고 냄새를 맡았어요……. 그러고 나면 헛간은 납작하게 붕괴하죠. 사라져 버리는 거예요. 잘 모르겠어요……. 교도소는 그렇게 나쁘진 않아요. 당신, 내가 무슨 말을 하려는지 알겠어요?"

그는 테이블에서 안경을 집어 들었다. 앨빈이 서 있는 쪽 문에서 신호가 울렸고 교도관이 창문 다른 쪽에 서 있었다. 앨빈은 주머니를 뒤져서 은박지 컵이 있는지 확인한 뒤 머리를 까딱하며 인사를 했다.

"행운을 빌겠소."

나는 말했다. 그는 내게 미소를 지었다. 마치 행운을 빈다는 말에 아이러니가 담겼다는 듯이.

7장

주노에서 사람을 찾는 건 어렵지 않다. 용의자들은 거리 이쪽 편 술집에서 술을 마시고 변호사들은 그 건너편 술집에서 술을 마신다.

나는 '북극술집'에 있었다. 그날 밤 '북극'의 고객 거의 절반쯤은 가석방조건을 위반하고 있을 거라고 장담할 수 있다. 누구나 자신을 드러내려고 하지 않았다. 남은 음식 몇 조각을 숨기고 먹는 불도그처럼 그들은 술잔 위에 웅크리고 있었다.

하지만 에마뉘엘 마르코는 달랐다. 그는 넓은 챙이 달린 모자를 쓰고 있었고 걸으면서 마치 춤추는 곰처럼 몸을 흔들거렸다. 긴 가죽코트를 입었는데 내가 아는 바로는 코트 주머니 깊숙이 총이 들어 있다. 부츠 안에는 발리산(産) 투검을 꽂아 두었다. 에마뉘엘이 원하는 자신의 이미지, 즉 '가볍게 보지 말아야 할 남자'가 풍기는 아우라에는 어울리는 장치다.

"제기랄, 그놈의 전화 목소리가 말이야, 친구. 여기로 전화가 와서 오늘 아침 9시부터 나를 찾아다녔다고 하는 거야. 자네를 죽이려면 어떻게 해야 하는지 묻더라고. 이봐, 자네 말이야, 세실, 쌍, 영거 말이야."

이렇게 말하고 나서 그는 정말 웃긴다는 듯이 굴었다. 담배 냄새 가득한 웃음을 꺽 꺽 쏟아 내더니 가래에 목이 막혀 컥컥대다가 꿀꺽 삼켜 버렸다. 그리고는 다시 내게 초점을 맞추려고 애썼다.

"그놈은 정말 사람을 잘못 골랐지 뭐야. 무엇보다 자네가 뭐 죽여 버릴 만큼 중요한 존재도 아니고. 또 그렇다고 해도 누가 자네를 죽이라고 5천 달러나 주냔 말이야, 대체? 그래서 우린 여기 앉아서 이유가 뭔지 생각해 내려고 했단 말일세, 세실. 자넨 뭐 거물이라곤 한 사람도 모르지 않나? 자네의 적이라고 해 봐야 경찰 아니면 한심한 떨거지들인데 말이야. 경찰이야 언제든 원하기만 하면 자네를 처리할 수 있고, 떨거지들은 그럴 여력도 없지."

술집 안에 왁자지껄 한바탕 웃음소리가 났다. 바텐더는 낄낄거리면서 축축한 행주로 바를 계속 닦고 있었다.

"나야 늘 안전하지."

"그 점이야 걱정할 필요 있나? 그저 그 누군가가 신경 쓰이는 것뿐이야. 내 술 한잔 사지."

그는 내게 등을 돌리고 앉아서 바텐더 쪽으로 크게 소리를 질렀다. 바텐더는 티브이 밑쪽에서 계산대 위로 몸을 기대고 금발의 여자에게 말을 걸고 있던 참이었다. 그 여자는 울면서 손가락으로 술잔을 젓고 있었다.

'북극'은 진지하게 술 마시는 곳이었다. 높은 천장에, 좁고 긴 이 술집에는 손님들이 뿜어내는 담배 연기가 여름철 안개처럼 피어 올랐다. 거울이 있고 술병이 죽 늘어서 있었다. 하지만 박제된 동물 머리 하나 없었고 산호초 위에 걸린 배 그림조차 없었다. 달랑 맥주회사 표지 하나 달려 있었는데 사냥꾼이 언덕 위에 이제 막 올라선 수사슴을 쏘려고 조준하는 장면 뒤로 흐릿한 빛이 발산되었다.

이곳에서 유일하게 영광스러운 물건은 중앙에 놓인 병들 위에 놓인 8인치짜리 농구 트로피이다. 트로피에 새겨진 글자는 이미 퇴색되어 있었다. 바텐더 중 누구도 트로피를 받은 사람이 누군지, 또 언제 받은 건지 몰랐다. 화장실 문 근처의 유일한 가죽의자가 있는 칸막이 좌석은 아래가 찢어져서 거기 앉으면 누구든 기묘하게 소파 안쪽으로 푹 꺼져 들어갔다. 뒤쪽에 있는 화장실은 가까이 다가가면 소변기 안에 넣어두는 둥근 방취제 덩어리 냄새가 강하게 풍겨 왔다. 나는 언젠가 벌건 대낮에 저 화장실 중 한 곳에서 잠이 깬 적이 있었는데, 그때 천장에 걸린 담배 색깔을 띤 종유석 같은 것을 봤다.

'북극'에서는 생수를 주지 않고, 바텐더들은 고객의 정보를 외부인에게 건네지 않는다. 정보를 알아내려면 소환장이 필요하다.

금발의 여자 옆에 큰까마귀처럼 검은 머리칼의 여자가 앉아 있었다. 파란색 '북극술집' 점퍼를 입고 있었는데, 머리를 바에 올려놓고 두 팔로 머리를 감싸고 있었다. 그녀의 한 손에는 담배가 들려 있었고 다른 손에는 5달러 지폐가 꽂혀 있었다. 그녀가 딸꾹질했다.

바텐더가 레몬 한쪽에 쓴맛을 내는 나무껍질을 넣고 소금을 뿌린 후 그녀 앞에 놓고 말했다.

"루실? 이거 먹어요."

그녀는 얼굴을 들고 도통 뭔지 모르겠다는 표정으로 쳐다봤다. 마치 그가 새벽 4시에 그녀의 집 현관에 나타난 것처럼 굴었다. 뭘 먹는지도 모른 채 그녀는 레몬을 먹었다.

"뭐야, 씨" 그녀는 말했다. 숨을 깊이 들이쉬더니, 담배를 쳐다보고는 비벼 껐다.

북극에서 살아가려면 햇빛을 최대한 피하고 밤의 무리가 몰려올 때까지 버텨 살아남아야 한다. 그렇게 밤이 오면 뭐든 가능해진다.

루실이 앉아 있는 곳에서 그리 멀지 않은 한구석에 이 술집의 유일한 아이콘이 놓여 있었다. 작은 성화(聖畫)이다. 술집의 옛 주인은 러시아 정교를 믿었다. 그가 술집에 러시아식 성상(聖像)을 놓아 두었는데 그게 문제가 되어 주교가 직접 술집에 와서 가져갔다. 그 뒤 술집 주인은 도서관 책에서 발견한 그림을 주문을 했다. 술집 제일 끝 쪽에 그림을 새겨 넣고 깨지지 않는 유리로 덮어서 핫도그 구이기계 아래쪽 벽에 단단히 잠가 두었다. 유리에는 긁힌 자국이 생겼지만, 아무도 낙서는 하지 않았다. 주교는 이 새 형상에 대해서 고작 책에서 찢어낸 종잇조각에 불과하다며, 성상이 아니기만 된다고 했다. 그는 다시 술집에 몸소 오려 하지 않았다. 그럴 기력도 없었다. 게다가 그림을 그린 사람은 이탈리아인이었다.

그림은 안토넬로 다메시나(Antonello da Messina)가 그린 예수십자가형을 재현한 소품이었다. 나는 예전에 하루 종일 이 그림을 바라본 적이 있었다. 그리고 이 술집에서 술을 마실 이유 중 하나로 이 그림을 꼽게 되었다. 독일의 르네상스 종교화가 그뤼네발트(Grünewald)도 십자가처형과 부활의 황홀경을 재현하는 그림을 두 편 그렸다. 다메시나의 예수는 그 어디 중간쯤에 있었다. 피곤함에 지쳐 얼굴을 한쪽으로 돌리고 있는 모습은 아름다울 뿐 아니라 뭔가를 기다리는 모습 같았다…… 물론 슬퍼 보였다. 골고다 너머의 언덕은 올리브나무의 활활

104

타오르는 듯한 초록빛으로 반짝였고, 하늘은 아침이 밝아 오는 듯 우 윳빛 푸른색이었다. 도대체 누가 저런 지구를 떠나고 싶어 한단 말인 가?

술집의 천장은 검은 페인트로 칠해져 있지만, 담배 연기가 그 위에 얼룩을 만들고 있는 것 같았다. 의자에 놓인 쿠션들은 붉은 가죽이었 고 맥주라는 글자로 된 전등 판은 손님들의 피부를 밝게 해 주었다. 마 치 곤충을 죽이려고 만든 램프 같았다.

루실은 다메시나의 그림 앞에서 머리를 숙이고 엎드린 채 앉아 있 었다. 5달러 지폐는 여전히 손가락에 껴 있었다. 그녀의 딸꾹질은 멈추 지 않았다.

"제기랄, 젠장."

에마뉘엘 마르코는 버번과 물을 내 앞의 바에 올렸다. 시계를 봤다. 오후 2시 30분이었다.

"도대체 왜 자네를 죽이려는 거야?"

"몰라. 아버지한테 복수하려는 거겠지."

"말도 안 돼. 자네 아버지 마음을 상하게 하려고 자네를 죽인다고?"

다시 또 그 가래를 삼키는 웃음이 들렸다. 마르코는 내가 좋아하지 않는 부류의 사내였다.

"이봐, 나도 판사 소식을 들었어. 안됐네, 정말." 그의 웃음은 이제 억지로 참는 것 같은 비웃음이 되었다.

"루이스 빅터에 대해 아는 게 없나?"

에마뉘엘은 바 밑으로 소총을 겨냥하는 시늉을 했다.

"이봐, 그는 정말 최고였지. '짱'이었어. 그 원주민 자식은 진짜 총을

105

잘 쐈어. 내가 본 중에 최고야. 우리 아버지도 그렇게 잘 쏘는 걸 본 적 없다고 했지. 그 자식이 45-70구경을 사용했는데 옛날 군대에서 쓰던 거잖아. 루이스를 죽인 그 미친놈은 정말 덩치가 큰 개자식이라고 들었어. 아주 몸집이 컸다고. 아마 곰 같을 거야. 자기 형제 곰의 죽은 영혼을 위해 복수하려고 한 거 아닐까. 어쨌든 루이스 빅터를 죽이려면 아무래도 정말 어마어마하게 크고 완전 꼴통이어야 할 거야."

"빅터가 경찰과 무슨 문제 있었나?"

"별로. 아마 폭행이나 음주운전 정도. 그렇지만 별거 아니었지. 위험한 것도 아니었고. 낚시 사냥 쪽 경찰하고도 깨끗했어. 사냥은 루이스의 목숨이었으니까. 허가권을 잃을 수는 없었을 거야. 스텔라에 살았을 때 뭔가 문제가 있었다고는 들었네."

"어떤 문제였는데?"

"잘 모르지만 어쨌든 대단한 건 아니야. 금방 지나갔지. 여기까지 따라오지 않은 걸 보면."

"애들은 어때?"

"쥐 죽은 듯 조용하지. 루이스보단 잘난 애들이지. 알잖아, 정상이란 말이지. 랜스는 총도 잘 쏴. 정말 총에 일가견이 있지. 하지만 아버지처럼 그런 쪽 일로 손을 더럽히려고 하지는 않아."

"친구 월터 로빈스에 관해서 아는 거 있나?"

"내가 아는 건 그냥 옛날 일 정도야. 듣기로는 로빈스가 스텔라에 살 때 루이스 여자를 건드렸다고 하던데. 로빈스도 오죽 사냥을 잘했잖아. 여기 남동부에서 사냥업을 하고 싶어 했지. 그런데 허가증을 못 받았어. 내가 알기로는 루이스가 사냥위원회에 손을 써서 로빈스가 가이드 허가를 받지 못하게 했다지 아마. 뭐 굳이 경쟁을 끌어들일 이유가 없었겠지."

"로빈스가 사용하는 총은 뭔지 아나?"

"젠장 내가 어떻게 그걸 알겠어?"

"자네에게 오늘 아침에 전화한 사람 목소리를 기억해?"

"전혀. 이봐, 내가 말했지. 그냥 나를 가지고 논 거라니까. 그 목소리는 허스키하고 뭔가 억지로 만들어 낸 것 같았어. 내 친구 중 한 놈이 나를 데리고 장난친 거야. 걱정 마, 친구. 그런 걸 신경 쓴다니 웃기네, 자네."

나는 바에 5달러를 놓았다. 바텐더에게 루실의 택시비로 쓰라고 했다. 그리고 길 반대편으로 건너가서 엘리트층에겐 조롱거리일 뿐인 그 술집을 바라보았다. 에마뉘엘은 내가 자리를 뜨자 예의 춤추는 곰 같은 짓을 시작했다. 두 팔을 두 명의 관광객 여자에게 둘렀다. 여자들은 당황한 표정을 지었다. 확실히 그들은 술집을 잘못 찾아온 것이다.

비는 그쳤다. 주노를 내리누르는 산 중턱 가까이 경사진 부분을 볼 수 있었다.

주노는 20세기 초엽 금광이 발견되면서 세워진 도시다. 옛 다운타운 지역은 여전히 금광도시의 느낌을 간직하고 있다. 거리에는 좁고 낡은 목조건축물들이 들어서 있는데 빅토리아조의 풍요로움이 느껴지는 건축선을 형성했다. 도시 전체는 산의 옆 자락에 붙어 있다. 고속도로 쪽 외곽에 쇼핑몰과 효율적으로 디자인된 집들이 알래스카의 주도(州都)에 사는 시정부 공무원들을 수용하기 위해 들어서 있다. 그 주변의 숲은 잘 관리되고 있다.

옛 다운타운 지역은 국제적인 요식업과 에스프레소 상점들로 붐비고 있었다. 하지만 여전히 밤늦은 시간이면 이곳에서 한때 판자를 대어 만든 거리 위로 덜컹거리며 지나가던 금광 트럭 소리를 들을 수 있다. 이따금씩 노르웨이 출신 광부들의 웃음소리도 들을 수 있다. 매춘부들의 숙달된 사랑의 속삭임과 함께 반쯤 열린 창문에서 웃음소리가 들려온다.

'북극' 건너편에 서 있는 호텔은 사람들이 세기 전환기에 세워진 것이라고 믿도록 복원되어 있었다. 두꺼운 카펫이 깔렸고 영국식 '골동품'과 납 처리된 유리 속 곤충들이 문가에 놓여 있다.

로비 한쪽에 있는 술집은 세력가들의 회합장소여서, 계약하거나 계약을 성사시키는 사람으로 보이길 원하는 사람들이 자주 와서 술을 마신다. 여기선 물론 생수를 마실 수 있다. 바텐더는 근무 교대할 때 포옹으로 인사한다. 주크박스에는 조지 윈스턴과 빌리 할리데이의 노래가 흘러나오고, 언제나 낮은 배경음악으로만 연주된다.

나는 구석 테이블에 앉았다. 참나무 합판으로 만든 테이블 중앙에는 푸른색 허리케인 램프가 놓여 있었다. 나는 메이커스 마크(버번)와 물을 주문했다. 그런 뒤 내게 도움이 될 만한 사람이 들어오길 기다렸다.

***

스텔라. 나는 지난 6개월 동안 스텔라로 갈 이유를 찾고 있었다. 내가 만나고 싶은 두 사람이 스텔라에 있었다. 그래서 나 자신에게 설득했다. 아마도 그곳에 가면 루이스 빅터와 월터 로빈스의 관계를 설명해 줄 단서를 찾을 수 있을 거라고.

　스텔라에는 에드워드가 있었다. 적어도 내가 들은 바로는 그랬다. 에드워드와 나는 고등학교 때부터 친구 사이였다. 그는 유픽(Yupik) 에스키모였고 시애틀 출신이다. 싯카에 있는 원주민 기숙학교에 들어갔지만 쫓겨났다. 이후 주노로 이주해서 주 의회에서 일하는 삼촌과 살았다.

　우리는 가을마다 함께 사냥하러 다녔다. 주노의 부둣가에서 만나 장비를 배에 넣고 작은 섬으로 건너갔다. 방수포와 텐트를 싣고 갔지만 섬 개척입주자의 농장 주변이나 탄광지에 흩어져 있는 오두막에 들어가서 지냈다.

　위스키도 챙겨 가서 젖은 나무의 열기를 뿜어내는 녹슨 원통형 난로 앞에 앉아 위스키를 병째 주고받았다. 아직도 기억난다. 위스키와 말라 가는 나무, 오두막 구석에 놓인 젖은 나무, 그루터기 위에 올려놓은 설거지물이 담긴 도금된 양동이와 등유 랜턴에서 타오르는 불 냄새. 탄환이 장전되지 않은 총이 스토브 위쪽 한구석에 박힌 못에 걸려 있었다.

　우리는 위스키병을 나누면서 동물에 관해 이야기했다. 위스키병의 무게가 가벼워져 갈수록 우리의 행동은 점점 거칠어졌고 동공은 확장되어 갔다. 마치 우리가 하는 이야기를 스스로 확대하고 있다고 상상했다. 동물과 낱말이 서로 섞이면서 오두막을 가득 채웠다.

　술을 마시면서 이야기할 때면 언제나 말이 애매하게 불만족스러운 시점이 온다. 내게는 감상적 로맨스인 것이 에드워드에게는 분노의 역사였다. 술을 마시지 않을 때 에드워드의 언어는 강한 스타카토로 들렸다. 그의 말은 음악적이었고 타악기 소리 같았다. 그러나 술에 취하면 흥에 겨운 재즈연주자처럼 발음이 흐릿해졌다. 간이침대에 누워 우리는 젖은 오리나무 위에서 불타오르는 푸른빛을 바라보았다. 불이 타들어 가는 소리를 배경으로 에드워드는 플란넬 침낭 안에서 몸을 죽편 채 담배를 피웠다.

"너는 사냥에 대해선 아무것도 몰라. 백인들은 마치 직장을 구하듯이 사냥을 하지. 모르겠어? 연어는 강을 따라 올라오고 겨울에 사슴은 강을 따라 내려가. 너희 백인들은 그게 마치 회의 시간에 맞추어서 오는 것 같다고 생각하지. 열심히 일한 돈으로 비싼 장비를 사들이고……. 자기들이 참 잘하고 있다고 생각한단 말이야."

그는 똑바로 앉으려고 했다. 나는 그의 팔꿈치가 간이침대 바닥에 쿵쿵 부딪히는 소리를 들었다.

"내 형제들은 사냥꾼이야. 이 세상에서 가장 추운 곳에서 사냥해. 춥고…… 크고…… 아주 크지. 행운을 기다려야 해. 아니, 아니야……. 아마 은밀함 같은 거야. 내 형제들은 행운에 대해 잘 알아……. 형들의 감각은 모두 대기로 사라져. 마치 바람처럼 그 속을 움직이는 거야. 곰이나 말코손바닥사슴에 대해 절대 나쁘게 말하지 않아. 행운을 기원하는 거지. 어딘가 따뜻한 피가 흐르고 있어서 마치 일체 모든 것이 그 냄새를 맡을 수 있는 거야. 내 형제들은 곰에 대해 잘 알고 있어. 아직 보지도 못한 곰들을 말이지. 집중, 집중해야 하는 거야. 그리고 행운을 기다려야 해. 그냥 아무렇게나 그놈들을 만나선 안 돼. 아무리 열심히 준비해도 말이지."

그는 다시 몸을 누였다. 그의 머리가 간이침대에 세게 부딪혔다. 그는 눈을 감은 채 술병을 팔로 부둥켜안았다. 불운에 신물이 난 그의 목 뒤로 땀이 흘러내렸고 스토브에선 젖은 나무가 쉭쉭 거리면서 연기 나는 불꽃을 터뜨리며 타고 있었다.

사설탐정인 나는 직업적으로 사냥을 해야 할 운명이었다. 기록을 확인하고 파일을 찾아다니고 목격자들과 면담하며 내 손에 들어올 정보를 기다린다. 그러나 때로 나는 은밀한 매복을 상상했고 내 먹잇감이 숨 쉬는 공기를 냄새 맡고 그가 걸어 다니는 땅을 느끼면서 그의 생각을 이해하려고 애썼다. 물론 나도 잘 알고 있지만, 그건 환상이었다. 또 술에 취해 있는 상태에선 유지하기 불가능한 임무였다. 술에 취하면 내 감각은 허영심과 연민으로 흐려졌다. 다른 무엇도 아닌 바로 아름다운 금발여인을 향한 향수 말이다.

그 오두막에서 우리는 잠이 들 때까지 잭 다니엘스를 병째 들이켰다. 에드워드는 병을 집어서 공중에 대고 건배를 했다. 그는 기숙학교에 있을 때 선생들이 정말 그가 술주정뱅이가 되기를 바랐다고 했다. 이유는 몰랐지만, 그들이 진짜 그렇게 원했다고 믿었다. 그래서 자신이 학교에서 쫓겨난 게 부당했다고 말했다. 그들이 내가 해 주기를 고대하고 원했던 일을 내가 했다는 이유로 쫓겨나다니 말도 안 돼.

대학을 그만둔 뒤 나는 뭔가 배우고 싶었다. 머릿속에 음악과 신성한 예술에 관한 사실들을 채워 넣으면 내가 나 자신에게 느끼고 있던 두려움이 남김없이 빠져나가서 머릿속과 가슴이 가벼워질 것 같았다. 물론 그런 일은 일어나지 않았다. 북아프리카의 어떤 길가에서 갈대로 만든 피리와 헨리 밀러(Henry Miller)의 소설이 든 가방을 들고 엄지손가락을 내밀고 서 있을 때 이미 내 뜻대로 되지 않으리란 걸 알고 있었다.

그저 들고 다니기 낯 뜨거운 것들을 좀 더 많이 얻게 되었을 뿐이었다.

에드워드는 캔자스주에 있는 대학에 다니다가 마을로 돌아왔다. 자기 할아버지가 이해할 수 있는 종류의 삶을 살기로 결심했던 것이다. 노스 슬로프에 정착해서 일꾼들에게 도넛을 만들어 파는 상점의 부엌일을 하면서 식료품 저장소 구석에서 버번을 마셨다. 그는 아무 사고도 치지 않았다. 백인 고용주들은 그저 그가 술에 병들었을 뿐이라고 했다. 소문에 따르면 그는 방향을 선회해서 자신의 병을 되돌려 줬다고 했다. 그는 술을 끊었다.

엿이나 먹으라지.

***

술집 아래층에는 6명이 있었다. 나는 신문을 읽으면서 커피를 여러 잔 마셨다. 오후 5시 30분쯤이었다. 곧 저녁식사 직전 손님들이 어슬렁거리며 들어올 것이다. 건강한 전문직종의 젊은이들은 모직 바지와 플리스 재킷을 입고 있다. 변호사들을 찾기에 좋은 술집이다.

나는 꿈꾸는 상태와 매복 사이에서 협상했고, 버번 한 잔을 더 주문했지만……. 커피에 넣어 마셨다. 아마 곧 커피 마시기에 너무 늦은 시간이 되면 버번을 다시 마시게 될 것이다.

싸이 브라운이 들어왔다. 좁은 옷깃이 달린 실크 원단 스포츠셔츠를 입고 얇은 빨강 타이를 매고 있었다. 그는 계단의 상인방과 문설주에 서서 술집 안을 찬찬히 바라보았다. 술집에 앉아 있는 한 사람 한 사람을 확인하면서 해마처럼 양 끝이 축 처진 콧수염을 잡아당겼다.

그의 검은 두 눈이 푸른색 재킷과 흰색 새틴블라우스를 입은 여자에게 멈추었다. 그 뒤 내 쪽으로 옮겨 왔다. 우리는 서로 시선을 교환했다. 그는 다시 여자를 바라봤다. 내 쪽으로 걸어오면서도 여자를 찬찬히 검토했다. 여자에게서 눈을 떼지 않은 채 그는 내 앞자리에 앉았다. 여자는 지갑을 열어 라이터를 찾았다. 그녀는 양쪽 가슴 사이에 기분 좋은 그림자를 드리운 진주목걸이를 걸고 있었다.

"내 고객과 면담하려면 내 허락을 받아야지, 엉거."

"자네가 썩 일을 잘한 듯싶네. 침이 마르도록 자네 칭찬을 하던걸."

"물론이지."

"내가 요청했으면 허락하겠어?"

"아니."

"그러면 술 한잔 사. 그리고 왜 자네가 디디 로빈스를 죽였는지 말해 봐."

"농담 마, 엉거. 이미 당한 걸로도 충분해."

그는 의자에서 몸을 비틀면서 우리가 대화를 시작하고 난 뒤 처음으로 나를 쳐다봤다.

"제발 자네 옷 좀 제대로 갖춰 입으라고. 왜 그렇게 늘 추레하게 다녀?"

그는 똑바로 몸을 세워 앉은 뒤 재킷의 어깨 부분을 털어냈다. 마치 내 옷에서 공기를 통해 세균 같은 게 날아간 듯 굴었다. 그러고는 왼쪽 손을 들더니, 손가락을 웨이트리스를 향해 튕겼다. 내 눈을 의심할 정도의 행동이었다. 그는 다시 몸을 뒤로 기대며 앉았다.

"디디 로빈스는 익사했어. 도대체 내가 왜 그녀를 죽이겠어? 디디는 해변가에서 둘이 싸운 걸 본 유일한 목격자였고. 정당방위를 입증할 목격자였다고."

"배에 있던 빅터의 아이들은 어때?"

"애들은 그때 배 아래쪽에 있었어. 뭘 들은 것도 본 것도 없었고. 다음 날이 되어서야 루이스가 실종된 걸 알았지."

"월터 로빈스는?"

"디디 로빈스는 배심원에게 저녁을 먹은 뒤 아빠가 술을 마셨다고 증언했어. 배 밑 선실로 내려가서 잠을 잤지. 다음 날 아침까지 갑판에 올라오지 않았어."

"루이스와 월트의 관계에 대해 아는 게 있나? 사이가 좋았나?"

"미치겠군, 정말. 자네는 참 재미없어. 탐정질 따위는 집어치우고 로스쿨이나 가지 그랬어? 아버님 생각은 안 하나?"

"늘 생각하지. 루이스에 대해서나 말해 봐."

"좋아. 루이스는 전형적인 알래스카 원주민이야. 강하고 자존심 센 틀링기트 남자였지. 총을 잘 쐈고 사냥감을 찾는 데도 귀신같았지. 정당방위를 내세우려고 루이스에 대해 샅샅이 뒤졌는데, 싸움꾼은 아니었어. 그 왜 덩치 큰 사람 중에는 정말 덩치가 아주 커서 아예 싸움조차 할 필요가 없는 사람, 알지?

스텔라에서 연루된 사건이 딱 하나 있었어. 술과 관련된 사건이었을 거야. 가정폭력 같은 거였는데, 아마 성추행과 연관되어 있을 거야. 근데 구체적인 기록을 구하기는 어려웠어. 법적으로 익명을 보장하는 원칙 때문에 자료 개방이 되지 않았지. 로빈스와 에마 빅터 사이에 가십이 있긴 했지."

"그거 루이스의 가장 친한 친구가 그의 아내와 잤고, 그래서 아내를 때렸다는 거지. 형사소송이 있었나?"

"나는 아내를 때렸다고 하지는 않았어. 어쨌든 잘 넘어갔지. 상담받고 알코올중독관리프로그램, 집행유예 1년. 그쪽에 사는 치들은 절반도 해내지 못하는 거였지. 루이스는 그 사건 이후 술을 끊었어. 10년간 술을 마시지 않았어. 사람들은 루이스를 완벽한 신사라고 했어. 나쁜 얘기는 전혀 없어. 사건도 없었지.

물론 이런 내용은 재판에 도움이 되진 않았어. 그치는 어쨌건 간에 소소한 위반사건 하나만 빼면 잘 지내왔어. 게다가 자신이 저지른 잘못을 보상하려고 정말 중요한 결정을 했지."

"중요한 결정?"

"술을 끊었단 말이야. 자네 최근에 술 끊은 사람 본 적 있어?"

웨이트리스는 버번 한 잔과 물, 그리고 수입맥주와, 아일랜드산 워터포드(Waterford) 잔의 모조품을 가져왔다. 싸이는 가짜 워터포드 잔을 기울여서 맥주를 조심조심 따랐다.

"월터 로빈스는 어땠어?"

"루이스의 아이들에게 거의 삼촌과 다름없었어. 그런데 최근에 사이가 좀 멀어졌지 아마."

"스텔라에서는 뭘 했어?"

"루이스는 여름 툰드라를 좋아했어. 가족 모두 낚시캠프를 했지. 듣기론 루이스가 관련된 연애사건이 있었던 것 같아."

"월터 로빈스와 빅터의 아내 말인가?"

"잘 들어 영거. 불륜을 저지른 건 루이스야. 내가 들은 바론 그래."

"그걸 로빈스가 어떻게 받아들였나?"

"젠장, 자네 그 뭐 '질투를 못 이겨 연인이 남편을 살해했다', 그런 상투적 이야기로 빠지는 건 아니지? 월트가 이 사건과 관련된 건 아무것도 없어. 월트의 딸은 월트가 배 밑에서 자고 있다고 했어. 밤새 내내 선실 침대에서 말이야."

"그리고 딸이 죽었지."

"제기랄, 영거, 정신 좀 차려. 그 사람 딸이 뭔가를 얘기할 거리가 있었다면 지방검사나 배심원에게 했을 거라고 생각하지 않나?"

"자넨 아버지를 살인자라고 고발한 적 있나, 싸이?"

"아니. 이봐, 왜 자네 누이가 뉴 헤이븐(New Haven)에서 교수가 된 줄 아나? 정말 좋은 변호사야. 게다가 돈도 아주 많이 벌 수 있었는데 말야."

"물론이지. 말이라고 하나. 앨빈 호크스는 루이스하고 어떻게 일하게 되었나?"

"누구 아는 사람의 먼 친척이었다지. 로빈스와 관련이 있을지도 몰라. 그렇다고 자네 이론에 무슨 도움이 되나?"

"호크스의 기록을 읽었네. 몇 가지 마약 관련한 것만 빼고는 깨끗하더군. 과거에 정신 병력이 있었다고 생각하지 않았나?"

"전혀. 주정부는 여전히 호크스에게 어떤 문제가 있다고 생각하지 않아. 그전에도 기록이 있었던 건 아냐. 호크스의 엄마는 그가 '어려움'을 겪었다고 했지. 거 왜 누군가 교도소에 가게 되면 가족이나 친지가 기자들에게 하는 얘기 있지 않나? 자네 그 사람을 직접 만났잖아. 어떻게 생각해? 가짜행세를 하는 것 같은가?"

"우리 모두 가짜행세를 하지, 싸이. 어떻게 그를 교도소까지 가게 했나? 합리적 의심을 제기할 거리가 없었나?"

"이봐 잘 들어, 영거. 사실이라고 해 봐야 몽땅 불리했어. 자기 고용주를 곰에게 갖다 바친 미치광이만 있을 뿐이라고, 젠장. 어떻게 생각해, 자네는? 그 잘난 자네 누이라면 이 불리한 사실들로 뭔가 만들어 볼 수 있다고 생각하나?"

"그렇게 자기합리화하려고 하지 말게. 그러니까 호크스 가족은 어려움을 겪고 있던 아들에게 신선한 공기 치료법을 받게 하려고 했고, 그래서 알래스카에서 일하면 그가 좀 달라질 거라고 기대했겠지. 고용주와 맞서 진짜 남성이 되었는데, 머리가 돌아 버려서, 자기가 그 사람을 죽였다고 생각한 거야. 이제 교도소에 갔고 재판 하루 전에 그에게 유리한 증언을 해 줄 유일한 증인이 죽어 버린 거라고."

"그건 자살이야."

"디디 로빈스에 관해 뭐 더 아는 게 있나?"

"별로. 뭐 좀 알게 되면 알려 주겠네."

"만일 자살이라면 왜 그렇게 애써 물에서 나오려고 했을까?"

"그 여자가 무슨 생각으로 그랬는지 나는 몰라. 물이 생각보다 차가웠겠지. 아니면 마음을 바꿨던가."

"왜 그럼 둑에 있는 사다리 쪽으로 헤엄쳐 가지 않았지?"

"이런 식으로 몰아가지 말라고, 제발……. 전문가들이 자살의 경우 예측 불가능한 게 많다고 해. 반사행위라는 거야. 자살을 시도하는 사람 중 일부만이 살아남는다는 거야."

"전의식적 자구책이라는 거군."

"어젯밤 싯카에서 총격사건이 있었다며?"

"응."

"피해자가 자네 룸메이트라던데, 이 죽은 여대생 따위는 집어치우고 그 사건이나 해결하시지?"

"아니, 이 일, 보수가 얼마나 쏠쏠한데. 이봐, 디디의 부검 사진을 보고 싶어. 자네가 가진 전화번호 몇 개와 여행기록이 필요해. 내일 스텔라로 갈 거야. 사무실에 일찍 나오나?"

"옛 애인 만나러 가려고? 그 여자 아주 예뻤지. 나는 자네가 그 여자를 그렇게 마구잡이로 대한 이유가 정말 궁금해."

"자네, 지금 내 감정을 봐 주려고 하는 것 같은데, 마치 과거 일처럼 그 여자 얘기를 할 필요는 없어. 나는 자네가 빅터와 월트, 디디 로빈스에 관해 가진 자료를 원해. 내일 일찍 다시 만나세."

"그러던지. 내일은 늦게 출근할 텐데."

"그래? 그렇다면 일하러 올 때쯤 사무실이 엉망이 되어 있을걸."

그는 손을 쫙 펴고 어깨를 으쓱했다. 푸른 재킷을 입은 여자는 손가락으로 바를 두들기면서 타이완산 참나무로 만든 술집 시계 구조를 살피고 있었다. 싸이는 테이블에서 의자를 밀고 일어섰다.

"그럼, 담에 봐."

그는 여자에게로 걸어갔다. 나는 문 쪽으로 가면서 그가 그녀에게 지역의 극단공연에서 못 본 얼굴이라고 말하는 걸 들었다. 그녀가 대답하기도 전에 그는 오늘 멋진데, 했다.

나는 계단을 올라야 하는 싸구려 방을 얻었다. 창문이 거리로 나 있어서 방값이 쌌다. 화장실이 없어서 홀 끝에 있는 공유화장실을 써야 했다. 카펫에서 곰팡내와 담배 냄새가 났다. 전화도 티브이도 없었고 자잘한 가짜 골동품과 고장 난 싱크대가 있었다. 1998년부터 작동하지 않은 것 같았다.

나는 층계를 올라갔다. 1층 계단참의 그림자 안에 젊은 커플이 서로의 눈을 깊이 들여다보면서 낡아 빠진 러브소파에 앉아 있었다. 내가 3층으로 터덜터덜 걸어 올라갈 때 여자가 급히 말하는 소리가 들렸다.

"난 당신 삶을 복잡하게 만들고 싶지 않아. 그리고 난 말이지……."

3층의 층계참을 돌면서 열쇠를 꺼냈다. 번호를 확인하고 열쇠를 돌렸다. 그러자 대구경 소총의 방아쇠가 당겨지는 금속성 소리가 들렸다. 문가 쪽에 그림자가 움직이는 것이 보였다. 내 머리통을 슬쩍 미는 파이프를 느꼈다.

천천히 몸을 돌렸다. 에마뉘엘 마르코가 스미스 앤드 웨슨 44구경 매그넘 뒤에서 나를 보며 웃고 있었다. 기름기 흐르는 검은 머리카락이 그의 얼굴에 얹혀 있었다. 입을 부르르 떠는 떠돌이 개처럼 웃었다.

"총 좋네, 매니. 근데 티브이를 너무 많이 본 것 같아."

"이봐 세실. 내가 깜박 잊고 말 안 했는데 말이야, 그치가 제안한 걸 내가 받아들였거든."

나는 그를 향해 천천히 한 발 내디뎠다.

"저기 말이야, 에마뉘엘, 자넨 몇 가지 실수를 저질렀어. 첫째 도대체 누가 자네에게 청부살인을 맡길까? 자네를 고용한 사람이 누군지 말해 주면 1만 달러를 줄게. 자네도 알다시피 누이가 부자라서 그 정도 돈을 줄 수 있거든, 내가."

나는 한 발 더 내디뎠다.

"웃기지 마. 난 몰라. 그냥 전화로 통화했을 뿐이야. 쓰레기통에 놓아둔 선수금을 가져왔어. 이제 나머지 돈을 받을 거야. 어쨌든 자넬 죽이라면서 돈을 주는 사람이라면 돈만 받고 일을 하지 않으면 나를 죽이겠지. 게다가 말이야, 1만 달러를 받기로 했거든."

이제 그의 등이 벽에 닿았다. 총은 내 목을 겨누었다.

"협상 잘했네. 그놈들이 자네에게 남은 돈을 줄 것 같은가? 돈을 떼먹히면 어떻게 할 건가? 공정거래 사무실에라도 갈 텐가?"

나는 한 발 더 앞으로 갔고 이제 그와 바싹 붙어 있어서 총이 내 목을 눌렀다. 그는 내 가슴 쪽으로 총구를 겨냥해야 했다.

그는 티브이를 많이 봤기 때문에 호텔 복도에서 총을 쏘면 발소리를 내지 않고 호텔을 빠져나가기 어렵다는 것을 알고 있었다. 그의 앞니 하나가 깨져 있었는데 총구 뒤에서 나를 바라볼 때 깨진 앞니 틈새로 혀를 초조하게 날름대고 있었다. 그동안 자잘한 범죄자라는 자신의 위치에 만족하며 살아왔던 터라 지금 살인범이라는 새로운 역할을 해야 하므로 초조하고 불안해하고 있었다.

"뒤로 물러서, 씨발!" 그는 내 가슴을 찔렀다.

나는 한 발 더 앞으로 나갔다. 숨결에서 페퍼민트 슈냅스(곡물주) 냄새를 맡을 수 있을 만큼 그와 가까워졌다. 44구경이 내 배 쪽을 향해 있었다.

"두 번째 실수는 말이야, 에마뉘엘, 자네는 하찮은 얼간이라서 아무도 죽일 배짱이 없다는 걸 모른단 말이지. 철 밥통인 주제에."

나는 몸을 앞으로 던져서 왼손으로 총구를, 오른손으로 공이치기를 잡았다. 오른손가락을 쭉 펴서 에마뉘엘이 총구를 당기는 순간 엄지손가락과 집게손가락 사이의 공간을 공이치기 밑으로 끼워 넣었다. 공이치기가 닫히면서 피부가 물렸다.

나는 그의 고환을 무릎으로 쳤다. 길게 가래가 끓는 헉 소리가 났고 목이 막힌 것 같은 소리도 몇 번 났다.

내 손에서 피가 조금 났다. 나는 총에 물린 피부를 빼냈다. 그리고 총의 실린더를 열고 총탄을 홀 바닥에 쏟아 냈다.

그는 웅크린 채 계단 쪽으로 움직이기 시작했다. 그의 머리 위를 총의 손잡이로 내리쳤다. 호둣빛 손잡이 중 하나가 부러졌고, 계단참의 가장자리로 떨어졌다.

사람들이 생각하는 것과는 달리, 한 사람을 의식을 잃을 정도로 세게 때리는 일은 힘들다. 게다가 한 사람을 거의 죽을 만큼 혹은 영구적으로 두뇌손상을 줄 수 있을 만큼 밀어 버리는 일은 몸서리 칠 정도로 기분 나쁘다. 그렇지만 나는 그를 두 번 두들겨 팼고, 그의 몸은 축 늘어졌다. 그의 손과 머리카락을 잡은 뒤 내 방문까지 질질 끌어왔다.

열쇠를 다시 찾아 문을 밀어 연 뒤 에마뉘엘의 몸을 끌어 안으로 들여왔다. 합판 옷장과 침대 발치 사이에 꼭 끼워 넣었더니 그의 머리통이 라디에이터 옆에 축 늘어졌다. 라디에이터는 지하실에서 누군가 미친 듯이 메시지를 보내기라도 하듯이 쿵쾅거렸다.

나는 스토브와 싱크대, 냉장고가 같이 들어 있는 가구 안에서 얼음 통을 가져와서 한 컵 정도 녹슨 물을 담았다. 그 물을 그의 얼굴에 부었다. 그는 움직이진 않았지만 눈썹은 떨렸다. 나는 그의 가슴께에 올라타서 내 얼굴을 코 가까이 다가갔다.

"이제 누가 나를 죽이라고 자네에게 돈을 주었는지 설명한다면 아주 집중해서 들어 줄 용의가 있어. 그런 뒤 자네를 죽일지 아닐지 결정할 거야."

"이봐, 정말 난 몰라. 사실이야. 어쨌거나 자네 겁을 먹긴 했나 보군?"

"돈은 어디 있어?"

그는 재킷 안쪽 주머니를 가리켰다. 그런 뒤 손을 다리 쪽으로 향했다. 나는 그의 부츠에 꽂혀 있던 투검을 뽑았다. 8인치 정도 되는 검은 날이 있었다. 전기기사의 테이프가 슴베 주변에 돌려 말려져 손잡이처럼 되었다.

나는 칼을 그의 목에 갖다 대고 눌렀다. 칼끝에 닿은 피부를 통해서 그의 맥박이 마구 뛰기 시작하는 것이 느껴졌다. 나는 그의 재킷에 손을 넣고 100달러짜리 지폐가 든 두툼한 봉투를 꺼냈다.

"누구도 내게 겁을 주라고 이렇게 많은 돈을 자네에게 주지 않아. 에마뉘엘, 자네에겐 정말 심각한 문제가 있어. 신뢰성 말이야. 이제 누가 자넬 고용한 건지 불어. 생각해 봐. 이건 정말 중요한 질문이야. 자네 목숨이 달렸거든."

칼 밑에서 피부가 터져서 핏방울이 목으로 흐르기 시작했다.

"신께 맹세하네. 난 정말 몰라." 그의 두 눈이 흐릿해졌고 머리가 앞뒤로 조금씩 흔들렸다.

나는 그의 어깨를 살살 만지면서 목에 있던 칼을 떼고 싱크대에 던져 놓았다. 강제로 윽박지르는 것은 티브이에서나 가능하지, 현실에서는 소용이 없다.

"에마뉘엘, 난 자넬 믿어. 정말이야. 하지만 자네가 내 뒤를 졸졸 따라다니게 놔둘 수는 없어."

나는 돈 봉투를 내 뒷주머니에 넣었고 총신을 들어 올려 그의 이마를 가격했다. 그는 신음을 뱉고 뒤로 쓰러졌다.

그는 계속 신음을 했고, 눈은 마치 버드나무 이파리처럼 흔들렸다. 나는 그의 몸을 침대와 창문 사이로 평행하게 옮겨 놓았다. 이제 그의 발이 라디에이터 가장자리와 마주했다. 다리를 모두 라디에이터 파이프 위로 올려두고 파이프와 벽 사이에 단단히 끼워 넣으려고 했다. 그는 상체를 바닥에 납작하게 붙인 채, 머리를 앞뒤로 흔들면서 여전히 신음소리를 냈다. 나는 침대에 올라서서 매트리스 위로 두 차례 발을 구르다가 앞으로 뛰어올라 그의 무릎 위로 착지하면 그 두 다리가 나를 잠시 받쳐 주다가 불쏘시개처럼 부러질 거라고 상상했다.

하지만 그렇게 하지 않았다. 에마뉘엘은 나를 죽이려고 한 얼간이었지만 사실 그를 좋아했다. 그래서 총을 바지 위쪽에 꽂은 뒤 그의 몸을 아래층으로 집어 던졌다.

8장

　경찰이 도착했을 때 2층 층계참에서 발견된 에마뉘엘은 그 자리에서 체포되었다. 물론 그가 범죄자라는 것을 경찰은 이미 알고 있었다. 경찰 조사를 통해 사건의 세부 사항이 드러날 것이다. 심문을 받으면 에마뉘엘은 입을 열고 지껄여 대겠지만 나에 대해선 함구할 것이다. 술집에서 청부살인에 대해 입을 놀린 건 잘한 짓이었다. 어쨌든 그의 바람대로 자신이 실제 살인을 저지르지는 않았으리라는 정황이 될 수 있기 때문이다. 하지만 그를 공격한 사람으로 나를 지목한다면 내 바람대로 청부 살인으로 지불된 돈을 그가 받았다는 사실이 드러날 것이다.

　이 문제에 대해서는 더 걱정할 필요도 없다. 아침에 나는 현금으로 숙박비를 지불하고 프랑스 제과점에 가서 크루아상과 에스프레소를 마시면서 「뉴욕타임즈 도서평론」을 읽었다. 신문에 실린 책 소개를 읽고 겉표지를 보고 나면 마치 내가 최신 유행하는 책을 읽은 것처럼 굴 수 있다. 주노에서는 이런 것들이 도움이 된다. 물론 싯카에선 별 소용 없다. 그래서 시집란을 죽 훑고 웬델 베리가 새 시집을 냈는지 확인한 뒤 웨이트리스가 정말 프랑스어로 말하는지 알아보려고 했다. 그녀는 내가 그녀의 전화기를 사용해서 전화를 몇 통 걸게 해 주었다. 메르씨.

전화국사업소의 여자는 내게 몇 가지 선의를 베풀어 주었다. 그녀는 물론 나와 직접 만나고 싶어 하지 않았다. 그래도 전화상으로는 친절했다. 그녀의 남편은 심리상담사에게 동업자의 15세 딸과 성관계했다고 고백한 뒤에 체포된 적이 있었다. 그때 내가 사건을 맡아서 교도소에 가지 않도록 도와주었다. 심리상담사와도 관계를 맺었다는 것을 증명해 보였기 때문이다. 그녀는 사건수임료를 많이 지불할 형편이 못되었다. 그래도 내게 무척 고마워하면서 도움이 필요하면 언제든 연락하라고 했다 뭐든 기꺼이 해 주겠다고 약속했다. 물론 서로 얼굴을 마주하거나 함께 있는 것이 사람들의 눈에 띄지 않는다는 조건이 따랐다.

그녀의 사무실로 전화했을 때 전화 받은 안내원에게 내 이름을 가짜로 둘러대었다. 그녀의 목소리는 전화를 받을 때 마치 노래 부르는 것처럼 들렸다.

"뭘 도와드릴까요, 닥터 페이스?"

전화를 건 사람이 나라는 걸 알자마자 목소리 톤이 바뀌었다.

나는 그녀에게 이름 몇 개와 날짜를 알려 주고 전화 통화기록을 요청했다. 그녀는 내게 협조하겠다고 대답한 뒤 마지막 통화 이후 내가 어떻게 지냈는지도 묻지 않고 전화를 끊었다.

나는 공항에서 일하는 친구에게도 전화했다. 양육권과 납치에 얽힌 사건을 맡았을 때 그녀를 만났다. 우리는 친밀하지만 플라토닉하게 만나는 관계에 대해 한참 이야기를 나누다가 멍청하게도 '원 나잇'을 하고 말았다. 이번에는 내 진짜 이름을 사용했다. 내가 누군지 알아본 그녀의 목소리가 밝아졌다. 나는 그녀에게 내가 얻고 싶은 여행기록을 알려 준 뒤 전화회사에서 일하는 여자가 그녀의 사무실에 봉투 하나를 전달할 거라고 알려 주었다. 아마도 전달자는 모자를 쓰고 트렌치코트를 입고 검은 안경을 쓰고 있을 테지만 별 걱정할 건 없다고 해 주었다.

그 뒤 그녀는 스텔라행 비행기 예약을 해 주었다. 금연석에 칸막이 벽이 있는 통로 좌석이었다. 나는 저녁을 사고 영화를 보고 그다지 복잡할 것 없는 친밀한 성적 만남을 그녀에게 약속했다. 그녀는 약혼자가 영화를 골라 준다면 그 제안을 받겠다고 했다. 나는 동의했다.

주지사의 공관을 지나 구불구불한 거리를 따라 내려갔다. 공관에는 웅장해 보이는 기둥과 토템폴이 있었다. 언덕 밑까지 걸어 내려가야 했다. 언덕에 놓여 있는 계단으로 가지 않고 주정부 건물의 승강기를 탔다. 승강기 안에는 남자 셋과 여자 두 명이 정치 이야기를 나누고 있었다. 그들의 손에는 천으로 만든 서류 가방이 들려 있었다. 모두 비싼 옷을 입고 있었는데, 천연양모와 청동지퍼, 그리고 나일론 오버코트였다. 고무부츠를 신고 아래위가 붙은 작업복을 입은 남자도 있었는데 그의 손가락 관절에는 상처 딱지가 있었고 턱을 따라 긴 기름 자국이 나 있었다. 그는 손에 서류를 들고 있었고 문 위에 달린 숫자가 깜박이는 것을 거의 공포에 질린 듯이 쳐다보고 있었다. 이곳 주정부 건물에서는 지표면에 발을 딛는 걸 종종 잊게 된다.

주노에 오래 살아온 주민 일부는 이 도시로 유입된 여피족(1980년대에 등장한 전문직종의 젊은 도시인을 일컫는 신조어)에 대해 뒷담화를 즐긴다. 이 젊은 변호사들과 경영학 석사 출신 무리가 시애틀이나 샌프란시스코의 취향을 이 비교적 짧은 역사를 가진 탄광도시로 가져왔다. 물론 고사리나 관엽 식물로 실내를 장식한 현대식 술집과 에스프레소 가게, 소금에 절인 훈제연어와 함께 먹는 베이글 샌드위치를 비롯해서 큰 넙치 엔칠라다를 파는 노점상도 있었다. 분명 예전과 달라졌다. 하지만 예전과 거의 다를 바 없기도 하다. 그저 음식이 좀 나아졌고 예쁜 여자들이 많아졌을 뿐이다.

싸이의 사무실 안내원은 책상 위에 내게 건네줄 커다란 마닐라 봉투를 준비해 두고 있었다. 그 봉투를 안내카운터 너머로 건네면서 그녀는 죄송하다고 했다. 브라운 씨는 법정에 가야 해서 오늘 아침엔 당신을 만나기가 어렵겠습니다. 나는 그의 단골 바바리코트가 참나무 옷걸이에 걸린 것을 보았고 뒤편에 있는 사무실로부터 웃음소리를 들었다.

에마 빅터와 만날 약속 시간까지는 두서너 시간쯤 남아 있었다. 프랭클린 스트리트에서 음식가판대 옆에 서 있는 여자에게서 건포도시나몬 베이글을 샀다. 엘비스 코스텔로(Elvis Costello)처럼 커다란 뿔테안경을 쓴 그녀는 만돌린 연주를 연습하고 있었다. 나는 손가락에 묻은 크림치즈를 빨아 먹으면서 스윙박자로 편곡된 〈선원의 혼 파이프〉의 엉터리 연주를 여러 차례 들었다.

해가 나왔다. 도시의 가장 높은 건물을 곧장 올려다보니 그 뒤로 돌출해 있는 바위들 위로 노랑 풀들과 작은 폭포들을 볼 수 있었다. 아름다운 아침이었다. 풍경이 눈에 확 들어오니 주노가 실제보다 더 작고 덜 세련된 마을처럼 보였다.

에마뉘엘에게 내가 한 짓이 떠올라 마음이 편치 않았다. 그래서 법원의 도서관으로 가서 구석 자리를 잡고 앉아서 5천 달러의 일련번호를 적었다. 그 뒤 택시를 잡아타고 병원으로 가서 2천5백 달러가 든 봉투에 회복을 기원한다는 메시지를 넣어 두고 왔다. 적어도 나를 죽이려고 시도했다는 점에서 반값 정도는 받을 만했다. 나머지 2천5백 달러는 택시비로 챙겼다.

티 항구까지는 22마일 정도 거리였다. 빙하의 입구를 지나서 해안을 따라 구불거리는 길을 구석구석까지 돌아가야 했다. 택시 운전사는 처음엔 빈 차로 돌아 나올 일 때문에 꺼려했지만 스케줄을 확인하더니 오크 만에 곧 페리가 도착할 예정이라 손님을 태워 나올 수 있을 거라는 요량으로 승낙했다. 택시 운전사를 설득하기 위해 20달러를 얹어 준 것은 물론이다.

길의 끝에서 물가로 긴 계단을 내려가야 했다. 집은 해면 간척지 위에 말뚝을 박아 세웠다. 나무판자로 만든 통로는 긴 둑까지 이어졌다. 60피트짜리 낚싯배 스타일의 대형 요트가 둑에 묶여 있었고, 그 옆에는 1단 엔진을 단 수상비행기가 정박해 있었다. 집은 나이 들어 잿빛이 된 참죽나무로 지었다. 바람을 피해서 측면으로 언덕 안쪽에 집이 있었다. 물가에서 보면 집은 숲과 나란히 섞여 있는 모습이었다.

앞 현관은 손으로 다듬은 두 개의 참죽나무 판자로 만들었다. 문에는 청동으로 만든 사슴머리 모양의 문고리가 달려 있었다. 그 문고리를 잡고 두드리자 여자의 목소리가 안쪽에서 들려왔다. "열렸어요!"

에마 빅터는 항구를 내려다보는 큰 전망 창 옆의 장작더미 위에 앉아 있었다. 그녀는 내가 도착하기 전부터 낚시용 릴을 손질하고 있던 것처럼 보였다. 불을 피우는 기름 캔과 깨끗한 면 행주를 손에 들고 있었다. 푸른색 스웨터를 입었는데 붉은 머리카락은 쪽진 형태로 뒤로 묶여 있었다. 그녀의 피부는 밝은 흰색이었다. 마치 낡은 원고지 색 같 았다. 눈동자는 작고 고운 모래 형태의 초록빛이었다.

"저쪽에서 강치가 정어리를 먹고 있어요."

그녀는 손으로 가리켰다. 그녀의 손은 떨림이 없었다. 그녀가 매우 안정적으로 플라잉낚싯대를 들고 있는 모습을 상상했다.

갑판이 있는 곳 너머에 강치들이 원환 모양으로 날쌔게 물속으로 미끄러져 들어갔다. 물에서 나올 때도 물 표면은 전혀 동요가 없었고 입 안에 은빛 물고기를 문 채로 씹어 먹고 있었다. 독수리 한 마리가 둑을 지탱하고 있는 말뚝의 꼭대기에 앉아 있었다. 독수리는 강치들이 있는 물가를 주시하고 있었고 살짝 깃털이 날렸다.

"강치도 먹어야 살죠. 정어리라도 말이에요. 그 사실이 정어리에겐 기분 나쁠진 모르겠지만 적어도 정어리에겐 생각이라는 게 없겠죠. 아 니면 영거 씨, 당신은 정어리가 생각할 수 있는 것 같아요?"

"그래봐야 잠시 놀랄 뿐이라고 생각합니다만."

그녀의 발치에 커다란 갈색곰 가죽이 카펫으로 깔려 있었다. 머리 통에 달린 두 개의 작은 눈은 마치 커다란 해골 안에 가운데로 몰려 서 뚫린 작은 구멍 같았다. 으르렁거리는 이빨 뒤로 돌돌 말린 플라스 틱 혀가 있었다. 주둥이는 정사각형이었고 빵 덩어리만큼 컸다. 박제사 가 주둥이를 생생하게 보이려고 그랬는지 약간 주름이 졌다. 그렇지만 생명을 잃은 작은 눈은 어쩔 도리가 없었나 보다.

"사냥하시나요, 영거 씨?"

"별로 잘하진 못합니다. 가끔 나가긴 하죠."

"그렇군요." 그녀는 내가 마치 어떤 중요한 리트머스시험지 테스트를 통과하지 못했다는 듯이 웃었다.

"루이스는 대단한 사냥꾼이었지요. 아시겠지만 전 샌프란시스코 출신이에요. 자라면서 정말 대단한 광경을 많이 봤지요. 샌프란시스코는 정말 아름다워요. 제 어린 시절엔 적어도 그랬죠. 당시 그곳의 언덕은 아무것도 없는 야생 상태였어요. 여기처럼 말이죠. 공기는 달콤했고 가끔 신비스럽기까지 했어요. 다른 곳에선 절대 살 수 없을 줄 알았어요.

가족이랑 알래스카 여행을 했을 때 루이스를 만났어요. 그와 사랑에 빠졌고, 그해 첫 겨울을 함께 보냈어요. 오빠들은 제가 대학에 있는 줄 알았지만 난 이곳으로 왔어요. 당시에 루이스와 나는 모든 걸 같이 했어요. 영거 씨, 당신이 그런 경험을 해 보신 적 있는지 모르지만 말이에요. 두 발을 공중에 띄어 놓고 그곳에 매달려 있게 하는 그런 종류의 사랑이요."

나는 고개를 흔들었지만 그녀는 만 쪽을 뚫어지게 바라보고 있었다. 그녀는 내 쪽에서 살짝 떨어져 몸을 돌렸다.

"그날을 기억해요. 루이스가 놓아둔 덫을 확인하러 같이 북쪽으로 산책을 했어요. 도중에 날씨가 나빠졌죠. 날도 어두워지고 루이스는 오두막으로 제시간에 돌아가기엔 너무 멀리 와 버려 위험하다고 생각했어요. 저는 추위에 지쳐 있었죠. 도대체 우리가 어디서 뭘 하는 건지 도통 알 수가 없었어요. 루이스가 쉴 곳을 찾다가 나무 그루터기 아래 바람이 돌아나가는 곳에 빈 공간을 발견했어요. 우리는 무거운 신발을 벗고 눈 쌓인 입구를 파고 들어갔어요. 그곳은 캄캄하고 고요했죠. 루이스가 하나 남은 초를 켰어요…… 아, 그곳은 마치……"

그녀는 다시 방 쪽으로 고개를 돌려 바라보았다. 손을 천천히 눈앞에 가져와 마치 자신이 지금 보는 환영을 만지는 듯이 움직였다.

"그곳은 마치 다이아몬드를 촘촘히 박아 놓은 성당 같았어요. 촛불에 눈이 화려하게 빛났죠. 공기는 정지했고 바람 소리가 눈 지붕 위로 희미하게 들렸어요. 나는 그의 품을 파고들었어요. 우리는 그 눈 동굴에서 처음으로 사랑을 나누었어요, 영거 씨."

그녀는 나를 똑바로 바라봤다. 과거의 기억에 빠져 있는 듯했지만, 직설적인 표현이 가져오는 효과를 의식하고 있었다.

"사랑을 나눌 때 우리의 숨결이 눈 위에 두꺼운 막을 만들었죠. 그리고 가장 아름답고 평화로운 잠에 빠져들었어요. 잠에서 깨어났을 때 더 이상 나는 샌프란시스코로 돌아갈 생각을 하지 않았죠. 내 인생을 통째로 루이스에게 준 거예요."

그녀는 회상을 멈추고 다시 현실로 돌아와 방을 가로질러 나를 뚫어지게 바라봤다.

"영거 씨, 죽음을 곰곰이 생각하는 게 건강하다고 보시나요?"

"어떤 죽음이고 왜 생각하느냐에 따라 달린 문제겠지요."

"남편이 이 곰을 잡았죠." 그녀는 발밑의 곰 가죽을 툭 건드렸다. 발가락이 곰의 송곳니 하나를 쳤다.

"바로 우리가 결혼한 해였어요. 애드미럴티 섬의 몰 항구(Mole Harbor) 근처였어요. 월터 로빈스도 함께 있었죠. 곰이 루이스를 거의 죽일 듯이 공격했어요. 사실 그래 봐야 총에 흠집을 낸 것뿐이죠. 그런 거에 두려워할 루이스가 아니었어요. 그땐 아주 어렸고 참 재미있는 남자였죠."

실내 벽난로 위에는 루이스 빅터의 사진이 놓여 있었다. 그는 북쪽

131

어느 강의 흰색 물속에 깊이 잠긴 채 서 있었다. 물의 표면에 꼬리로 요동을 치고 있는 대왕연어를 낚싯대의 릴로 잡아당기고 있었다. 마치 사진사가 요청이라도 한 것 같은 포즈였다. 루이스의 앞 팔은 검고 근육이 있었다. 그는 이를 악물고 있었다.

"시어머니가 당신을 고용했다는 게 놀랍진 않지만, 그렇다고 달갑진 않아요. 시어머니는 도대체 당신이 찾아낼 게 뭐가 있다고 생각한 걸까요?"

나는 그녀를 마주하고 소파에 앉아 있었다. 창문 너머 넓게 펼쳐진 물의 풍경이 들어왔다.

"진실을 모두 찾아내길 원하십니다."

"당신은 원주민 아니죠, 영거 씨? 원주민에 대해 알고 계신 게 있나요?"

"아는 게 별거 없다는…… 그 정도는 압니다. 누구도 넘겨짚어선 안 된다는 것쯤은 안다고 해 두죠."

"그 정도면 대부분 사람이 아는 것보단 많이 안다고 볼 수 있죠. 하지만 당신도 뭐가 진실의 전부인지, 그분께 진실로 느껴질 것이 뭔지도 모르면서, 어떻게 늙은 원주민 여자인 시어머니에게 모든 진실을 찾아줄 수 있나요?"

"어떤 게 진실의 전부로 여겨질지는 저로선 당연히 모르겠지요. 하지만 전 호기심이 많은 편이라 오직 한 가지 선택권밖에 없습니다. 그건 계속 앞으로 나아가면서 질문을 던지는 것입니다. 누군가 질문을 회피한다면 그 사람이 뭔가 숨기는 게 있다는 걸 알게 될 것이고, 그러면 계속 압박하겠지요. 누군가 제게 모든 걸 알려주고, 이후 아무것도 숨긴 게 없다는 게 확인되면 그때는 더 이상 찾으려고 하지 않겠지요. 제겐 그게 진실이란 것입니다. 하지만 누군가가 나를 막으려 든다면, 계속 찾아다니겠지요."

독수리가 말뚝에서 날아서 공중으로 올랐다. 마치 보이지 않는 파도의 정면을 타고 내려가듯이 날아가 물에서 반짝거리는 물고기를 집어 올렸다. 독수리의 날갯짓은 힘이 들어가 있어서 잡은 고기와 함께 날아가 버릴 듯했다.

"그럼 내가 질문을 하나 하지요. 당신이 질문을 회피하는지 보고 싶군요. 시어머니에게 얼마를 청구하나요?"

"뭐라고요?"

"엉거 씨, 당신에 대해 좀 알아봤어요. 좋은 가문 출신이더군요. 아버님이 판사였죠?"

나는 고개를 끄덕였다.

"청렴하신 분 같았어요. 노인에게 돈을 갈취하는 짓 따위를 하라고 가르치진 않으셨을 것 같은데."

"빅터 부인, 죄송하지만 내 고객과의 계약은 비밀입니다."

그녀는 창문 밖을 내다보고 미소 지었다.

"당신은 직업상 그렇겠지요. 하지만 오해하지 마세요. 제 시어머니는 한창때는 똑똑하신 분이었어요. 그런데 지금은 나이가 드셔서, 아시잖아요."

그녀는 집게손가락으로 자신의 관자놀이 쪽을 두들겼다.

"어머님은 예전처럼 그렇게 현명하지 않아요. 나이 들면 돈을 노리고 덤벼드는 사람들에게 쉽게 넘어가죠. 양로원에 있는 간호사들이 시어머니가 어떻게 지내는지 제게 알려옵니다. 그래야 제가 그분을 보살펴 드릴 수 있으니까요. 지난밤 여기서 당신에게 전화를 한 건 어머님이 당신을 고용할 거라는 얘기를 들어서였어요."

"제게 전화를 하셔서 도와 달라고 하셨죠. 수임료는 공정가격입니다."

이 말을 할 때 나는 배 속이 쑥 꺼지는 느낌이 들었다. 이를 악물지 않도록 조심했다.

"제가 이 일을 맡지 않기를 바라는 이유가 따로 있으신지?"

"이봐요 젊은 분, 내 말 잘 들어요."

그녀의 목소리가 굵어지면서 쉿 소리가 났다. 그녀의 눈은 더 어두워졌고 가운데로 몰리는 듯했다.

"남편은 죽었어요. 또 살인범은 교도소에 있지요. 도대체 당신에게 돈벌이가 된다는 것만 빼면 이 일을 다시 들추는 게 무슨 소용이 있나요? 우리 가족은 엉망진창이 되었어요. 사생활은 계속해서 침범당했고, 가족의 삶은 완전히 박살이 났죠. 우리가 바로 희생자라고요, 젠장! 교도소에 있는 놈은 저 길 끝 감방에 들어앉아서…… 손재주를 부려 뭐가 만들고 있거나 티브이나 보고 있겠죠. 그는 우리가 슬퍼하는 거에 10분의 1도 슬퍼하지 않아요. 당신이 뭔가 도움이 되고 싶다면, 그놈한테 뭐라도 하세요. 우리가 느끼는 것처럼 그놈도 느끼게, 아니 훨씬 더 많이 느끼게 뭔가 해줘 보란 말이에요."

그녀는 울지는 않았지만 나를 계속 주시하고 있었다.

"그놈은 살아 있어선 안 돼요. 살아서 얘기를 나누고 웃고 음식을 먹다니요! 우리가 이렇게 고통을 받고 있는데 그놈은 절대 일말의 기뿜도 느껴서는 안 된다고요. 지난 몇 년간 우리는 고통스러웠어요. 보통 여자들처럼 말이에요. 우리는 법에 희롱당했어요. 가족, 가족이야말로 내 목숨을 내놓을 만큼 소중한 거예요, 영거 씨⋯⋯."

그녀는 집게손가락을 내 코 쪽을 향해 고정하고 말했다.

"가족이 내 목숨을 내줄 만큼 소중하다면 누군가를 죽일 수도 있는 거지요."

"지금 앨빈 호크스의 죽음에 대해 말하는 겁니까?"

"그래요. 그거예요. 나는 매일 그가 죽기를 원해요. 하지만 가족에게 못된 짓을 한 사람들을 벌주는 사람은 없어요. 시어머니와 가족을 위해 뭔가 쓸모 있는 일을 하고 싶어요? 그러면 앨빈 호크스를 죽여줘요. 다만 우리 가족의 이름을 더럽히진 말아요."

강치들은 어디론가 가고 없었다. 물 위에는 조금씩 일렁이며 넓어지는 물결만이 출렁거렸다. 나는 곰을 바라보았다. 곰은 죽은 모습으로 코믹하게 으르렁거리면서 나를 올려다보았다. 째깍째깍, 시계 소리가 들렸다.

"자녀분들과 얘기해도 될까요?"

나는 대답을 기다리며 눈을 감고 싶었다.

"애들은 여행 중이에요, 영거 씨. 그리고 내 대답은 '노'예요. 내가 할수 있는 모든 방법을 동원해서 당신이 절대 애들과 만나지 못하게 할거예요. 오후에 내 변호사에게 연락하겠어요."

"그러면 왜 제게 전화를 걸어서 여기까지 오라고 한 건가요?"

"영거 판사님의 자제분을 직접 만나보고 싶었어요. 이 말도 안 되는 조사를 당장 그만두라고 말릴 수 있는지 보고 싶었고요."

"빅터 부인, 월터 로빈스에 관해 얘기해 주시죠."

"사건이 일어나던 당시부터 우리 주변에서 떠도는 그 추잡한 소문을 이미 들으셨으리라 짐작하는데요. 월터 로빈스는 우리 가족의 존엄성은 전혀 존중하지 않은 그렇고 그런 놈들과 똑같아요. 스텔라에서 몇 년 전에 있었던 일에 관련된 소문도 들었겠지만 그건 내 아이들이나 나와는 전혀 상관없는 거예요."

독수리는 이제 다시 수상비행기 옆쪽 말뚝으로 돌아와 앉아서 잡은 물고기를 발톱으로 꽉 쥔 채 부리의 끝으로 뜯어먹었다.

"영거 씨, 내 아이들과 내가 바로 피해자예요. 우리 생활이 더 이상 방해받지 않기를 바랍니다."

"한 가지 더 물어보겠습니다. 빅터 부인, 당신의 계획은 뭔가요. 계속 사냥 가이드 일을 할 건가요?"

"질문이야 멋대로 하세요. 하지만 이제 그만 나가요. 비행기도 보트도 내겐 필요가 없어요. 그것들을 팔아서 먹고살 수입을 마련할 계획입니다."

"로빈스에게 팔 생각입니까?"

"누구든 내가 원하는 사람에게 팔 수 있어요. 하지만 당신 그 말투는 거슬리네요. 이제 가 보시죠."

"당신 아들, 랜스는 어떤가요? 사업을 물려받진 않나요?"

"내 아이들이 무엇을 하든 그건 당신 알 바가 아니에요. 잘 가세요, 영거 씨."

나는 그 집에서 느릿느릿 걸어 나왔다. 점심을 얻어먹을까 생각도 해 봤으나, 그렇게 하지 않았다. 택시도 부르지 않았다.

계단참 옆의 길 한쪽에 서서 차가 지나가길 기다리고 있었다. 숲 덤불 속에서 새 몇 마리가 재잘거리고 있었다. 큰까마귀나 지빠귀일 것 같았다. 아래쪽 바위에는 물이 철썩거렸다. 나는 시야에서 살짝 가려진 낮은 뿌리 쪽에서 곰이 어슬렁거리는 모습을 상상했다. 30분쯤 지나자 겨우 차 한 대가 길을 따라왔다. 그 차는 바람을 일으키며 나를 지나쳐 갔다. 짐짓 위험해 보이는 히치하이커에게 나타나는 도플러효과였다. 마침내 수다스러운 목수가 트럭을 세웠다. 그는 오크만의 상점까지 나를 태워 데려다주었다.

그날 아침 면도를 하지 않았고 손에는 총에 물렸던 자리에 붕대를 감고 있었지만, 내 모습이 험상궂어 보인다고 생각하지는 않았다. 하지만 핫도그를 돌리면서 데워 주는 유리통 너머에 서 있던 10대 소녀는 내 행색을 보더니 인상을 찌푸리면서 공중전화를 가리켰다. 택시를 불러야 했지만, 대신 공항에 있는 친구에게 전화해서 내가 알려 준 목록에 두 사람의 이름을 더 첨가했다. 그리고 장거리로 싯카의 파이오니어 홈에 전화했다.

간호사가 약 2분가량 기다리게 한 뒤에야 빅터 여사의 목소리가 전화선 저쪽에서 들려왔다. 나는 내 이름을 밝혔다. 부인이 내 목소리를 기억할 것이라 기대하지 않았지만, 그녀는 내 소개를 중간에 끊었다.

"부인, 당신 며느리가 이 사건을 다시 파헤쳐지기를 바라지 않습니다. 제가 당신 돈을 노리고 이 사건을 맡았다고 합니다. 당신 가족에게 전혀 도움이 되지 않는다고도 했습니다."

"그 애랑 나는 생각이 같지 않아요."

"빅터 부인, 아드님께서 혹시 가정생활에 어떤 문제가 있다고 말한 적이 있었나요?"

전화선 저쪽에서 긴 침묵이 이어졌다. 얕은 숨소리가 들려왔다.

"내 아들은…… 나쁜 짓도 했죠. 당신에게 얘기할 수 없는 그런 일이에요."

"모든 진실을 알아내라고 절 고용하지 않았습니까?"

또다시 침묵이 이어졌다.

"전화로는 얘기할 수 없어요. 여기 간호병동에 서서 할 수 있는 얘기가 아니오."

"알겠습니다. 스텔라로 가는 중입니다. 거기서 제가 뭘 찾아보면 될까요?"

"영거 씨, 난 아는 게 없소. 당신이 얼마나 괜찮은 사냥꾼이냐에 달렸겠죠."

돌아가는 대로 만나러 가겠다고 그녀에게 말했다.

전화를 끊기 전에 그녀는 덧붙였다.

"얼마든 내겠소. 난 무조건 진실을 알아야겠어요. 얼마를 주면 될까요? 나도 돈을 마련해야 하니까."

"2천5백 달러를 받으려고 했는데, 이미 그 돈은 지불된 셈이 되었어요."

"누가 줬소?"

작은 틀링기트 부족 어린아이가 달리 바덴(Dolly Varden) 송어를 지느러미 쪽으로 든 채 이 구역의 경계에 서 있던 공중전화 부스를 톡톡하고 쳤다.

"그게 누구인지는 스텔라에서 알아보려고 합니다."

내가 공항으로 갈 택시를 부르는 동안 아이는 점점 더 세게 두드렸다. 큰까마귀가 주차장에 서서 아이의 손에서 흔들리고 있는 달리 바덴을 지켜보고 있었다.

9장

어떤 질문은 그 자체로 너무도 우아해서 오직 질문을 던질 뿐, 대답하려는 노력이 어떤 순간에서부턴가 고작 훼방 놓는 것에 불과하다고 여겨진다.

알래스카에서는 그처럼 시간낭비를 하는 것 같은 질문 중 하나가 '진짜 알래스카'는 어디인가이다. 하인즈(Haines)를 기준으로 북쪽에 사는 사람들 대부분은 알래스카 남동부를 샌프란시스코의 외곽지역 정도로 간주한다. 이 지역에는 마약에 찌든 사기꾼과 관료들이 살고, 어떤 어려움에도 꿋꿋한 벌목꾼과 어부들이 있다. 사기꾼과 관료들은 현대 아메리카 대륙의 북부지역에 사는 백인 주민의 이미지를 갖고 있다. 400파운드쯤 나가는 오클라호마의 건축계약자들은 피부색이 검은 인종을 남북전쟁 이전 시대의 태도로 다루고 50파운드짜리 금덩어리 시곗줄을 차고 다닌다. 앵커리지는 바로 이런 진창의 중심부이다.

앵커리지는 너무 빨리 성장한 나머지 스스로 추스를 만한 능력을 미처 갖추지 못한 곳이다. 오늘날 그곳의 건물들은 거의 북극 근처에 기념비처럼 세워진 토스터처럼 보이고 건물의 표면은 마치 주변 환경의 아름다움을 훔쳐서 반사하고 있는 것 같다.

앵커리지는 20세기에 깊숙이 엉덩이를 들이밀고 있었다. 시가지의 술집에서는 와이드스크린 티브이에서 로스앤젤레스 미식축구팀 램즈(Rams)의 경기를 시청하는 정신 나간 레드넥(주로 미국 남부지역 농촌 출신 백인남성)이 연극 《고도를 기다리며》를 상연하러 극지 마을을 순회할 준비를 하는 예술행정가와 나란히 앉아 있는 모습을 볼 수 있다. 두 사람 다 길가 한쪽에서 꽁꽁 싸맨 채 잠들어 있는 에스키모 남자를 피해서 걸어가지만, 아마도 그중 예술행정가는 역사의 아이러니를 다소 느낄지도 모르겠다.

'진짜 알래스카'의 문제에 관해서 불붙은 논쟁 중 이글 리버(Eagle River)에서 온 여자가 테나키 스프링스(Tenakee Springs)에서 온 남자에게 이렇게 말했다.

"좋아, 당신 잘난 척하는데 말이야, 앵커리지가 알래스카 도시가 아니라면 도대체 뭐란 말이야?"

이야말로 우아한 질문이다. 비행기가 착륙을 준비하면서 이 도시 위를 날아가는 동안 내 마음속에선 수차례, 마치 도시설계사의 주문처럼 이 질문을 되뇌었다. "그래, 정말 뭐지?"

앵커리지에는 만나고 싶은 사람이 여럿 있었지만, 시간이 충분하지 않았다. 머리를 한 대 얻어맞고는 폴란드 말을 할 줄 알게 된 화가가 있었고, 스페나드 인근 멋진 교외의 한 트레일러에 살면서 서해안에서 만돌린을 가장 잘 연주한다는 사람이 있었다. 그리고 460파운드짜리 벤치프레스를 할 수 있는 하수처리장 엔지니어도 있었다. 하지만 비행기 환승 시간은 오직 30분이었다.

앵커리지로 향하는 비행 도중 항공회사 정보 파일을 읽었다. 토드가 총에 맞은 시각에 주요 용의자 중 누구도 싯카로 들어오거나 나간 사람은 없었다. 월터 로빈스도 빅터 가족의 그 누구의 이름도 고객란에 없었다. R. 월터즈도, 빅터 랜스마저도 없었다. 예상한 대로였다.

스텔라행 제트기가 이륙하기를 기다리면서 앨빈 호크스의 의료파일도 읽어 봤다. 해가 지고 있었고 바깥 기온은 거의 얼어붙을 정도로 추웠다. 밖을 여기저기 둘러보았는데 수하물을 운반하는 사람들이 맥주 상자를 컨베이어벨트 위에 올리는 모습을 보았다. 스텔라는 술로 말하자면, 술에 절다 못해 술독에 빠진 곳이었다. 술을 파는 건 불법이었지만 술을 소장할 수는 있었다. 그래서 사업차든 관광이든 앵커리지를 다녀올 때면 수하물 규격을 초과해서 술을 들여오는 건 필수였다.

당신이 알래스카의 남동부에 산다면, 태양을 등지고 산을 마주하고 있는 풍경에 익숙할 것이다. 앵커리지 인근 지역은 그런 의미에선 숨통이 트인다. 지평선은 넓고 확 트였다. 산은 조수간만의 평지에서부터 경사가 시작되어 앵커리지를 컵 모양으로 에워싸지만 쿡 인렛(Kook Inlet)의 얕은 물 쪽으로 몰아세우지는 않는다. 주노에서와는 달리 앵커리지에선 이착륙할 때 더 안전한 느낌이 든다. 주노에서는 산들이 다닥다닥 붙어 있어서 활주로를 지나쳐 달려가면 마치 화강암의 그물에 잡힐 것 같은 느낌을 받게 된다.

스텔라까지는 제트비행기로 약 1시간 정도 걸린다. 승무원들이 뜨거운 프렛즐과 음료를 제공한다. 내 자리에서 대각선 방향으로 젊은 비즈니스 커플이 앉아 있다. 남자는 스코틀랜드산 수제 트위드 재킷에 회색 바지를 입었고 여자는 갈색 실크 블라우스에 스카프를 두르고 푸른색 플란넬 스커트를 입었다. 두 사람 모두 가죽으로 된 굽이 낮은 신발을 신고 자주색 파카를 입었다. 그들은 백포도주를 주문했고, 남자가 가죽가방에서 꺼낸 문서에 관한 얘기를 나누고 있었다.

그들 뒷좌석엔 에스키모 커플이 시끄럽게 소리 지르는 아기를 데리고 있었다. 부부는 플란넬 셔츠에 나일론 잠바를 입고 있었다. 남자가 소리 지르는 아기를 안고 미소를 지으며 노래를 불러 주었다. 아기는 플란넬 파자마를 입었고 머리카락은 새끼 거위의 털처럼 부스스하게 일어선 채 머리 위쪽에 켜진 독서용 불빛 아래에서 빛나고 있었다. 아기의 아버지는 유픽 언어로 낮게 노래를 불렀다. 스튜어디스가 이륙 시 기압이 바뀌어서 아이의 귀가 아플지 모르니 뭔가 빨 것을 아이에게 주라고, 너무 큰 소리로, 그리고 뻔질나게, 아기 아빠에게 말했다. 아기 아빠는 예의 바르게 웃어 보이며 계속해서 노래를 불렀다. 전문직 커플이 인상을 찌푸리며 뒤쪽을 흘끔거렸고 머리를 맞대고 뭔가 숙덕거렸다.

나는 프렛즐 두 개를 먹고 잭 다니엘스 한 잔을 마셨다. 자료 읽기를 마치고 창문 밖을 내다보았다. 우리는 산 위로 북서쪽으로 쿠스코큄(Kuskokwim)의 델타지역을 향해 날아가고 있었다. 밖에는 눈 덮인 산정상의 윤곽만 보였다. 정상의 북쪽으로는 희미하게 흔들리는 불빛이 보였는데 아마 캠프파이어일 것이다. 지상의 기온은 섭씨 영하 18도였고 비행기 바깥 기온은 영하 45도였다.

앨빈 호크스는 건장한 젊은 청년이었다. 그는 사고로 한 차례 부상당했다. 트랙터가 지지대에서 미끄러졌을 때였는데, 그 외에는 크게 아픈 적이 없었다. 멀미가 심해서 빅터와 일하면서 약을 먹은 적이 있었다. 호크스의 멀미에 관해 몇 개의 기록이 남아 있었다. 루이스 사망 직전 마지막 주에 먹은 약을 포함해서 그가 먹은 약 때문에 시야가 흐려지고 귀 울림 현상이 나타났다. 다른 경우엔 이런 현상이 멀미약 때문이 아니라 '불안증'에 의한 것이라고 기록되어 있었다.

또 교도소에 수감되었을 때 공식적으로 측정한 기록에 의하면 덩치가 5피트 8인치에 150파운드였다. 루이스 빅터는 6피트 3인치였고 몸무게는 212파운드였다.

스텔라에 착륙했을 때 저녁 8시였다. 기온은 영하 10도. 계절로 말하면 스텔라지역이라고 해도 추운 편이었다.

수하물을 수령하는 곳은 작고 빈약했다. 양철지붕 아래서 기다리는 사람은 10명 남짓했다. 나는 가방을 기다릴 필요는 없었지만, 아는 사람이 있을지 잠깐 둘러보았다. 유픽 에스키모 남자가 절연 처리된 점프슈트를 입고 수화물을 카트에서 들어 던져 놓기 시작했다. 아무도 움직이려고 하지 않았다. 그가 맥주와 위스키 상자를 내려놓기 시작하자 사람들은 목표물을 향해서 다가갔다.

회색 모직 바지를 입고 늑대털이 달린 낡은 군용파카를 입은 남자가 내게 다가왔다.

"이봐, 세실."

그는 미소 지었고 우리는 예식을 치르듯이 악수를 했다. 내가 에드워드를 마지막으로 만난 것은 주류 밀매업자와 관련된 민사소송에서 그가 통역 일을 했을 때였다. 변호사는 '강간범'에 해당하는 유픽 단어를 알고 싶어 했다. 정확히 그 말에 해당하는 유픽어는 없었지만 우리는 법정과 증인 양측을 모두 만족시킬 만큼 적절한 표현을 찾아내었다. 소송에선 졌다. 에드워드와 나는 서로 만나지 못하고 보낸 시간을 보상하기 위해서 함께 사냥캠프를 며칠 다녀왔었다.

에드워드는 보기 좋았다. 온몸의 힘이 땅을 향해 있는 것처럼 그의 자세는 올곧고 단단했으며, 눈은 선명하고 악수에는 힘이 들어가 있었다. 소문은 사실이었다. 그는 술을 끊었다. 악수할 때의 태도, 걸음걸이, 목소리 톤에서 꽤 오래 술을 마시지 않았다는 것을 알 수 있었다. 뭔가 그에게서 집중력 같은 것이 느껴졌다. 적어도 어떤 새로운 면을 본 것 같았다. 일종의 장벽 같은 것. 불신감이나 보호막을 내려놓지 않겠다는 듯한 태도. 그는 내가 술을 끊지 않았다는 걸 알고 있었다. 어쨌거나 당장은 술을 끊지는 않을 것도 알았다. 다소 어색해서 이런저런 안부 따위로 시간을 보내는 대신 본론으로 곧장 들어갔다.

"에드워드, 해나 엘더라는 사람 알고 있나? 사회복지부에서 일하는데. 6개월 전에 이리로 왔고."

"예쁘게 생긴 여자지. 자네가 아는 사람인가?"

"옛 친구야. 어디서 사는지 아나?"

그의 눈가엔 웃음이 퍼졌고 멍청한 사람을 흉내라도 내듯이 머리를 긁적였다.

"아니, 몰라. 모르는 것 같아."

그는 웃으면서 내 가방을 밖으로 가져오라고 손짓했다. 나는 긴장이 풀리는 것을 느꼈다.

"근데 어쩌면 알 수도 있을 것 같네. 사촌을 만나야 해. 돈을 받아야 할 게 있어. 아직 오지 않았거든. 그래서 자네를 데려다줄 시간이 좀 있을 거야."

우리는 밖으로 나와 그의 트럭으로 걸어갔다. 어둠 속에서도 이곳이 평지라는 걸 알 수 있었다. 불어오는 바람만 느껴 봐도 충분했다. 귀와 뼛속까지 강하게 몰아치는 바람이었다. 나무나 태양의 기운은 느껴지지 않았다. 수평으로 불어오는 바람이 내 귀를 처음으로 내리쳤다. 남동지역에서 이곳으로 오게 되면, 본능적으로 발끝으로 곧추서서 잘 둘러보려고 한다.

델타지역에서는, 처음에는 텅 빈 것처럼 보여도 고도가 조금만 바뀌면 숨어 있던 것들이 모습을 드러내어 놀라게 된다. 마치 손재주 좋은 예술가처럼 툰드라는 우리의 관심을 저 먼 곳으로 이끌어가다가 갑자기 귀 뒤쪽에서 동전을 꺼내어 보여 준다.

우리는 교도소와 병원을 지나쳐 달렸다. 이 두 건물은 바람과 마주해서 낮은 자세로 서 있는 커다란 콘크리트 건축물이다. 주차장에는 가로등이 있었는데 눈 위로 원환 모양의 불빛 웅덩이를 쓸쓸하게 퍼뜨리고 있었다.

에드워드는 내게 가족 이야기를 해 주었다. 딸은 레슬링팀의 치어리더이고 아들들은 모두 학교에서 공부를 잘한다고 했다. 사냥 일은 갈수록 사정이 나빠지고 있는데 그 이유가 날씨 때문이지 아니면 자기가 늙어서 그런 건지는 모르겠다고 했다. 이 모든 이야기는 그의 입에서 나오긴 했지만 세세한 내용을 알기 위해선 내가 일일이 질문을 해야 했다. 그는 내 질문에는 기꺼이 대답해 주었지만 물어보지 않으면 억지로 이야기를 쏟아내지 않았다. 그는 해나가 사는 곳을 찾지 못하게 되면 자기 집에서 자라고 초대도 해 주었다.

우리는 강가를 따라 운전해 가다가 높은 방죽 하나에 도착했다. 그곳에 홀로 서 있는 집 한 채가 있었다. 가파르게 경사진 지붕과 문 옆에 각각 창문이 하나씩 있었다. 마치 어린아이 그림을 보고 지은 집 같았다. 창문에서 나오는 빛은 강가에 우유처럼 쏟아지고 있었다.

"여기가 그 집인 게 확실하네. 딱 보니 그녀가 살 것 같은 집이군."

나는 에드워드에게 연료비 정도를 지불하려고 했으나 그는 낄낄거렸다. 그 소리는 마치 딸랑딸랑하는 소리 같았고 입을 막고 웃었기 때문에 마치 그의 손에서 나오는 것처럼 들렸다. 그는 돈을 내 재킷 주머니에 도로 쑤셔 넣었다. 우리는 트럭 앞좌석에 그대로 앉아 있었다.

"차가 필요하면 전화해도 되겠나?"

그는 어깨를 으쓱하더니 머리를 흔들었다. 그는 트럭을 후진기어로 바꾸었다.

나는 어깨를 트럭 문에 대고 힘껏 밀었다. 바스락거리는 눈을 밟고 차에서 내렸다. 그는 차를 돌려 나갔다. 바람이 엔진 모터 소리를 빨아들였고, 차는 신속히 사라져 갔다.

나는 길가에 선 채 점점 추워지는 걸 느끼면서 왜 내가 여기에 서 있는지 이해할 수 없었다. 에드워드에게 해나에 관해 물었을 때만 해도 그녀를 만날 계획은 아니었다. 하지만 그가 나를 이리로 데려다준다고 했을 때, 굳이 거부하지는 않았다.

세상의 누구도 자기를 한때 사랑한 사람의 집 앞에 예고도 없이 도착하는 일이 똑똑한 짓이라고 말하진 않을 것이다. 살아있는 사람 중 누구도 이런 행동을 추천하진 않겠지. 특히 이 쿠스코큄 저지대의 기온이 영하 10도일 때는 더 그렇다.

그녀가 문을 열었다. 작은 독서 램프에서 흘러나오는 불빛이 어깨까지 내려온 머리카락을 뒤에서 비추었다. 현관 불빛은 그녀의 얼굴에 광채를 더해 주었다. 이 모든 일은 캄캄한 어둠 속에서 델타의 바람이 부는 동안 벌어졌다. 그녀의 두 눈이 내 눈과 마주쳤을 때 내 안에 어떤 공허감이 밀려왔다. 그녀는 노란 리본레이스가 목 주변에 달린 보랏빛 스웨터를 입고 있었다. 나는 그녀가 여전히 이리도 아름답다는 사실에 거의 웃음을 터뜨릴 뻔했다.

잠시 후 그녀가 숨을 토했다.

"세상에……. 여기 어떻게 왔어요?"

말은 그렇게 했지만, 그녀는 웃고 있었다. 나는 내가 아직도 봄을 맞이할 수 있을 것 같은 기분에 사로잡혔다.

"사건조사 중이오. 이곳에 볼일이 있어서."

우리는 거실로 들어갔다. 쇼팽의 야상곡이 작은 카세트테이프 기계에서 흘러나왔다. 그 곡은 그녀가 특히 좋아했던 것으로 한 구절 중간에 완전 음이 음조를 바꾸는 형식의 곡이었다. 벽에는 가장자리에 고정쇠가 달린 싸구려 패널이 걸려 있었다. 방에는 스토브 기름이 희미하게 떠돌고 있었고 생선 그을린 냄새가 났다. 테이블 위에는 유픽 원주민의 정령을 본뜬 가면이 걸려 있었다. 긴 목은 천정을 향해 커브를 그리고 있었고 얼굴 주변에 꽂힌 가느다란 꼬챙이 끝에는 작게 새겨진 형상들이 있었다. 이 형상들은 작은 크기의 물고기와 수달의 얼굴이었는데 기름 스토브에서 나오는 열기 속에서 춤추고 있었다. 그 반대편에는 모리스 그레이브스(Morris Graves)의 바다 새를 복사한 것이 걸려 있었다. 테이블에는 의자가 하나 딸려 있고, 작은 소파 구석에는 침낭이 둘둘 말린 채 놓여 있었다. 좁은 다락이 우리를 내려다보고 있었다.

"두 가지 질문이 있어요. 무슨 문제가 있나요? 그리고 여전히 술은 마시고요?"

"내 목숨을 노리는 사람이 있소. 솔직히 말하면 그들이 쏜 총에 토드가 맞아서 중상을 입었소. 여기까지 나를 쫓아오지는 않을 거요. 맞소, 아직도 술을 마셔. 하지만 이 두 문제가 지금 어떻게 연결된 것인지는 잘 모르겠소."

그녀는 의자에 앉았다.

"토드가요? 도대체 당신 무슨 짓을 한 거예요?"

그녀는 두 손으로 턱을 그러쥐었다. 그리고 몸을 앞뒤로 흔들었다.

"어떻게 한 거냐고요!"

"이봐⋯⋯. 내 말 좀 들어봐요. 제발 진정해. 나도 내가 여러모로 책임이 있는 거 알아. 또 내 책임이라면 기꺼이 감당할 생각도 있소. 당신이 떠나던 날, 내가 내뱉은 말들에 책임을 지겠소. 지금 그것 때문에 나보고 여기서 나가라고 한다면 그렇게 하지. 하지만 토드는 아니야⋯⋯. 그게 무슨 일인지 당신은 아무것도 모르지 않소. 당신은 그저 나를 판단하려고만 들지. 그러니 제발 그만둬⋯⋯. 그만두라고."

내 턱은 경직되었다. 그녀를 바라볼 수가 없었다. 뭔가 부글부글 끓어 넘칠 것 같아서였다.

창문을 내다보았다. 강둑에는 눈이 쌓여 있었고 얼음은 광활한 물의 흐름을 따라 천천히 흘러갔다. 비행기에서 싯카에 비가 내리고 있다는 얘기를 들었다. 이따금씩 나는 내 어린 시절부터 비가 오고 있다는 느낌을 받는다. 오늘 밤 달은 눈 속에 달라붙어 있는 아주 작은 풀더미에까지 그림자를 드리우고 있다. 구름 한 조각이 달 앞으로 지나간 뒤 달그림자는 가벼워졌다.

"헤나, 여기가 마음에 들어? 남동지역보다는 나은가?"

"달라요. 춥고, 마치 전혀 다른 나라 같아요."

그녀는 내 옆으로 와서 창문 밖을 내다보았다.

"이 추위는 비처럼 뼛속까지 들어오나? 가끔 내게 비는 참아 내야 할 슬픔처럼 느껴지거든."

나는 발밑으로 시선을 던졌다. 그녀는 내 어깻죽지를 손바닥으로 쓰다듬었다.

"그건 비가 아니에요, 세실. 슬픔이지. 우리 뭐 좀 먹어요."

그녀는 순록(Caribou) 스테이크 두 쪽을 구웠고 삶은 양배추와 치즈를 준비했다. 나는 샐러드를 만들었다. 그녀는 익을 대로 익어 버린 아보카도에 대해 아주 재밌는 이야기처럼 말했다. 아보카도는 작았고 멍이 들어 있었다.

이곳은 이상한 지역이다. 강가의 세상은 겨울의 황혼을 준비 중이다. 북쪽 어딘가에는 곰들이 순록과 말코손바닥사슴 기름 냄새를 풍기면서 언덕에 굴을 파고 있다. 들꿩은 바람을 피해 작은 둔덕 뒤에 웅크리고 있고, 고래는 해저 협곡의 모래톱 위에서 떠다니고 있다. 하지만 어디에도 이 시든 조그만 아보카도처럼 신기한 것은 없다. 멕시코 국경 근처 모래흙에서 길러 수확해서 포장한 뒤 트럭에 싣고, 바지선에 싣고, 다시 비행기로, 트럭으로 실어와 가게에 진열되면 누군가 구입해서 집으로 가져간다. 그 뒤 껍질이 벗겨진 채 지금 우리 앞에 놓인 것 같은 샐러드에 담긴다. 이제 우리는 순록 스테이크와 함께 그것을 먹을 참이다.

해나는 물을 마셨고 나는 아이스티를 마셨다. 목이 긴 병에 든 맥주를 냉장고에서 봤지만, 그녀는 권하지 않았다,

"또 사건을 맡아서 돈을 번다고요? 이제 성공한 것 같군요. 그런데 세실, 내가 이해 못 하는 게 하나 있어요."

그녀는 스테이크 한 점을 먹었다. 그녀는 포크를 마치 의사봉처럼 쥐는 버릇이 있었다. 포크를 들고 내 쪽으로 가리켰다.

"남자들끼리 동의해서 만든 법은 그게 뭐든지 가장 공격적이고 또 가장 능력 있는 남자들에게 유리하다는 건 사람들이 모두 알고 있죠. 그런데 당신은 공격적이지도 않고 재능도 없어요."

"하지만 말야……."

이쯤에서 나는 그녀의 다분히 연극적인 동작정지에 맞춰 아이스티를 한 모금 마셔 준다.

"침대에선 아주 능력 있지. 그리고 죽는 걸 무서워하지 않아."

"그래서 토드가 총에 맞은 건가요?"

지금 장난치듯 구는 것은 내게 도움이 안 된다.

"토드가 총에 맞은 것은 내가 루이스 빅터의 죽음을 캐고 있어서 누군가 그걸 막으려고 하다가 그렇게 된 거야."

"루이스 빅터? 그 사건은 이미 오래전에 해결되었잖아요."

"그런 것 같지 않소."

나는 테이블을 치웠다. 의자 대신 상자에 앉아 있었기 때문에 그것을 들어서 구석에 다시 가져다 놓았다.

설거지하면서 루이스 빅터와 앨빈 호크스, 토드의 총격사건에 대해 내가 아는 전부를 그녀에게 말해 주었다. 호텔에서 내가 에마뉘엘에게

저지른 짓만은 뺐다. 내 공격성에 대한 그녀의 의견을 지금 바꾸고 싶진 않았다.

해나는 내가 닦은 그릇의 물기를 뺐다. 나는 설거지를 끝내고 싱크대와 스토브 위를 닦기 시작했다. 화로 밑에 알루미늄으로 된 기름 거르는 부분이 찌꺼기로 두꺼웠다. 나는 화로의 불받이를 떼어내고 찌꺼기를 닦아 냈다. 철수세미를 달라고 했다.

"그럼 스텔라에는 뭐 때문에 온 거죠?" 그녀가 물었다.

그녀는 손을 뻗어 찬장 높은 곳에 샐러드 그릇을 올려놓고 있었다. 스웨터가 올라가서 배 부분의 둥근 곡선이 드러났다.

"빅터 가족이 여기서 산 적이 있소. 그때 뭔가 문제가 있었다고 들었어. 그 사건이 뭔지 알아보려고 해. 아마 당신이 좀 도와줄 수 있을 것 같소. 사회보장기록을 보고 싶거든."

"세실, 당신이 말하는 그 문제라는 게 가정폭력이나 성폭력과 관련된 것이라면 도울 수 없어요. 그 기록은 외부공개가 금지되어 있어요."

"알아. 하지만 당신이 그 기록을 볼 수는 있잖소? 그냥 기록을 읽어 봐요. 뭔가 있으면, 그게 뭔가 도움이 될 만한 것이라면 내게 말해 줘."

그녀는 천천히 고개를 흔들었다. 마치 그렇게 하고 싶은 마음이 발끝에서부터 서서히 차오르는 것 같았다.

"학대나 성폭행 같은 기록이 있는지 알고 싶은 거지요? 그 지저분한 일들을 나보고 들추어 내라고요?"

"해나, 나도 '이건 지저분한 일이야'라고 말하고 싶은 걸 참고 있어."

"물론이겠죠!"

그녀는 내 손에서 기름방지판 하나를 집어 갔다.

"기록은 읽어 볼게요. 하지만 기밀이라고 되어 있는 건 절대 알려줄 수 없어요. 세실…… 나는 할 수 없어요. 알아요, 당신이 그 알량한 당신만의 진실이라는 것을 찾아내는 일에 열중한다는 걸……"

"그리고 누가 토디를 쐈는지 알아내고 내 혐의도 벗으려는 거고……"

"맞아요……. 그건 당신이 해야 할 일이죠. 하지만 나도 내가 열심히 하려는 일에 대해 마찬가지로 강한 의지를 갖고 있어요. 나도 내 일을 중요하게 생각한다고요. 당신은 뭘 중요하게 생각하나요?"

"내게 설교라도 할 참이요? 어디 팸플릿이라도 있으면 줘 봐."

"아뇨. 설교하려는 게 아니에요."

그녀는 장난기 없이, 물론 나에 대한 일말의 존중감도 없이 바라봤다.

"나는 당신과 함께 있는 동안 뭔가 많은 것을 타협해 왔다고 느껴요. 용기와 헌신 같은 것이 어떤 것인지에 대한 나만의 생각을 바꿔 왔죠. 다시금 당신의 그 정의라는 것, 툭하면 바뀌는 정의의 기준에 말려들어 가고 싶지 않아요. 지금 당신이 여기 왔다고 해서 어떤 것도 타협하진 않을 거예요."

"빅터와 로빈스 가족에 대한 파일을 읽고 뭔가 문제가 있으면, 그래서 누군가가 나를 죽이려 한다는 것을 밝히는 데 도움 될 만한 게 있다면 내게 알려 주는 게 그렇게도 심각하게 당신의 신념을 손상한단 말이요?"

"말했죠. 한다고요. 그리고 내가 동의한 건 토디 때문이에요. 또 당신을 빨리 이 스텔라에서 내보내려는 거고요."

그녀의 손이 살짝 흔들렸다. 내 손에 들린 기름방지판을 하나 더 가져갔다.

"있죠, 내가 이걸 닦아 달라고 당신에게 부탁…… 하지도 않았다고요."

그녀는 싱크대 마개를 빼서 내가 만들어 놓은 비누거품이 든 물을 내버렸다. 그녀의 손가락은 미끈거리고 따뜻했다. 나는 냉장고 손잡이에 걸려 있던 접시닦이용 수건에 손을 닦고 가방의 지퍼를 열어 싸이브라운의 안내원에게 받아온 폴더를 꺼냈다.

"이 사건에 당신을 끌어들이려는 게 아니야, 해나. 하지만 이 사진 좀 봐 줘. 호크스 재판에서 증인으로 채택된 18세 소녀야."

나는 사진을 꺼내서 싱크대에 서 있던 그녀 옆으로 갔다.

"이건 디디 로빈스야. 벨링햄의 경찰은 그녀가 익사했다고 했어. 유부남이었던 남자친구의 아이를 가졌지. 벨링햄에선 그런 일이 꽤 심각한 사안인 모양이야. 하여간 이 사진 좀 자세히 봐."

해나는 사진을 찬찬히 들여다봤다. 내가 말을 하는 동안 그녀는 내 얼굴을 바라보았다. 그녀의 눈썹이 슬픈 물음표를 둥그렇게 그리고 있었다. 그녀의 눈은 마치 깊은 연못을 들여다보는 것처럼 초점이 맞추어져 있었다.

나는 그녀에게 부검사진과 경찰이 찍은 사진 몇 장을 보여주었다. 디디는 부둣가 나무판자 위에 누워 있었다. 그녀의 팔과 어깨는 살아 있는 사람이라면 참아 내기 힘든 자세로 몸통 밑에 뒤로 굽힌 채 젖혀 있었다. 바지는 열린 상태였고, 셔츠는 찢어졌다. 해나는 사진들을 넘겨 가며 부검사진을 보았다. 그녀는 깊은숨을 들이켰다.

"이 팔과 가슴은 왜 그런 거죠?"

"물에서 나오려고 애쓰다가 그런 거요. 말뚝 하나를 붙들고 있었지. 그 말뚝에는 따개비와 홍합이 다닥다닥 붙어 있었어. 나오려고 안간힘을 쓴 모양이요. 부두에서 떨어진 술주정뱅이가 이렇게 살려고 애쓰며 매달리는 모습을 전에 한번 본 적이 있어."

해나는 눈살을 찌푸렸다.

"하지만 여길 봐. 이마 위에 있는 상처를 자세히 봐."

"나오려다가 이마를 부딪칠 수도 있겠지요."

나는 사진을 불에 가까이 들었다. 우리는 이마를 맞대고 보았다.

"상처의 곡선을 봐. 중앙에 이 점들을 보라고. 가장자리에서 들어가 있어. 그건 구둣발 자국이야."

"당신은 정말 이 사진을 무정하게도 분석해 대는군요."

그녀는 나를 혐오스럽다는 듯이 쳐다보았다.

"당신이 오랫동안 날 떠나 있었던 마당에 내가 이 여자의 죽음을 슬퍼한다고 무슨 소용이 있소?"

"자살 유서를 남겼나요?"

"무섭고 우울하다고 쓴 메모가 있어. 죽고 싶다고 했지. 우울한 사람도 가끔은 살해당하기도 해."

"근데 왜 경찰관은 이 점을 조사하지 않았지요? 머리의 상처랑 그 다른 것들도 말이에요. 아니, 세실, 내 말은 당신이 범죄학 천재는 아니잖아요."

"내가 확실히 말할 수 있는 것은 경찰도 범죄학자는 아니라는 거요. 그리고 해나, 당신도 경찰을 알잖소. 경찰은 싸움이 나면 해결해야 하고 사건이 나면 출동해야 해. 이 사건이 살인사건이길 바라지 않아. 머리의 상처는 익사자에게 흔히 생기는 거고. 그저 조그만 증거지만 다 모아 보면 말이요…… 이상해 보이는 거지. 하지만 경찰들은 이렇게 이상한 것에 신경 쓸 시간이 없어."

"마치 당신에겐 그럴 시간이 많은 것처럼 들리네요. 그녀가 죽기를 바라는 사람이 누군데요? 누가 거기 있었나요?"

"몰라……. 모르겠어."

"그럼 아무것도 모르는데 어떻게 하려고요? 진척이 있긴 한가요?"

"젠장, 잘난 척하기는. 그 여자가 자살했다고는 생각하지 않아, 알겠어? 누군가 그녀가 증언하기를 원치 않았던 거요. 앨빈 호크스는 큰 벌을 받게 되어 있었고, 누군가 정당방위 주장이 먹혀들면 안 된다고 생각한 거요. 그래서 확실히 해 두려고 한 거지. 해나, 나는 루이스 빅터를 죽인 동일범이 디디 로빈스를 죽였다고 생각해. 살인을 또 저지른다고 해서 별로 달라질 게 없는 사람이 어딘가를 돌아다니고 있소."

그녀는 사진을 접시닦이용 수건으로 집어 들었다. 마치 사진에 피라도 묻어 있는 듯이.

"열여덟 살이었다고요?"

나는 고개를 끄덕이고 그녀에게서 사진을 가져왔다. 소파의 가장자리에 앉아서 뭐라고 말할지 곰곰이 생각했다. 충동적이었을 수 있다. 구체화되지 않은 생각이 갑자기 행동으로 나타난다. 당신이 삶에 대해 말하고 싶은 이야기의 놀라운 결말 같은 것. 당신 자신 계속해서 반복해 왔고 수정해 온 그 이야기. 그런데 어떤 판본에서는 당신이 누군가의 충동적 죽음에 대해, 혹은 당신 자신의 죽음으로 이르는 실마리를 따라가게 된다. 당신의 인생서사가 언제나 그곳에 이르는 것은 아니라

해도 이야기의 맥락에서는 그러하다.

나는 흩어진 사실들을 모으고 있었다. 그러나 하나의 이야기로 모이지 않았다. 자리에서 일어나 싱크대로 다시 걸어갔다.

"디디는 아버지의 배에서 갑판 선원으로 일했어. 그녀는 해변가에서 벌어진 몸싸움의 유일한 증인이었지. 증언하려고 했던 전날 밤 살해당한 거야. 호크스는 구치소에 있었고 그녀의 증언이 그에게 도움이 될 테니 그녀를 죽일 이유는 없었지. 호크스가 루이스 빅터를 죽였을지도 모르지만 그러려면 총을 든 전문 사냥꾼보다 자신이 60파운드나 가볍다는 사실을 무시해 버려야 해. 루이스는 당시 아주 몸이 좋았어. 게다가 루이스의 이마를 정확히 맞출 수 있는 행운의 한 방을 쐈어야 하는데, 그날 그가 복용한 약 때문에 앞이 잘 보이지 않았거든."

"하지만 당신은 호크스 자신이 루이스를 죽였다는 사실을 부인하지 않았다고 했잖아요. 법정에서 이 문제를 어떻게 설명할 건데요?"

"내 고객은 법정으로 가려는 게 아니야. 이건 매우 개인적인 문제야. 호크스가 하지 않았다면 어떤 일이 벌어진 걸까? 그날 밤 만에는 네 사람이 더 있었어. 디디 로빈스와 그녀의 아버지 월트. 노마 빅터와 랜스 빅터. 그러니까 당신이 그 기록을 봐 줘야 해. 나는 누가 루이스를 죽이고 싶어 했는지, 또 왜 그러고 싶었던 건지 알려 줄 만한 뭔가를 찾아야 해."

"나는 이미 대답했어요. 내일 확인해 볼게요."

그녀는 싱크대에서 떠나 머리를 벽에 기댄 채 스토브 가까이에 앉았다. 머리카락 한 묶음이 앞으로 쏟아져서 목 주위를 두르고 있었다. 규칙적인 맥박에 따라 머리카락이 움직였다.

그녀는 내가 오늘 밤 묵고 갈 거라는 걸 알고 있었다. 그녀는 나를 내쫓지는 않을 것이다. 에드워드를 불러서 나를 마치 쓰레기더미를 버리듯 데려가라고 말하지도 않을 것이다. 나는 기름 스토브 옆 바닥에서 잘 것이다. 그녀는 옥탑방에 누워 퇴비 통에 담긴 젖은 커피가루와 아보카도 껍질에서 풍기는 냄새와 함께 내 존재의 내음을 맡게 될 것이다. 그리고 아침에 여전히 그곳에 있을 나를 처리해야 한다.

나는 그녀가 이런 생각들을 마음속에서 떠올리고 있는 모습을 바라보았다. 그녀의 얼굴은 독서 램프의 희미한 불빛에 반쯤 비쳤다. 그녀의 왼쪽 뺨의 피부가 따뜻할 것이라고 상상했다.

디디 로빈스의 사진을 가방에 넣었다.

대답해선 안 되는 질문들이 있다. 하지만 나는 그런 질문이 무엇인지 결코 알지 못한다.

10장

사냥업계에는 몇 가지 속임수가 있다. 속임수는 긴요하다.

스텔라의 법원은 툰드라 위에 말뚝을 박아 세운 작은 갈색 건물이다. 회의실과 사무실, 법정, 그리고 사무원들이 일하는 사무실에 공공 문서들이 보관되어 있다.

그날 아침 법정은 동시다발로 언쟁을 벌이는 여러 사람의 목소리로 가득 찼다. 바깥 로비 한구석에서 청바지에 플란넬 셔츠를 입은 젊은 백인 여자가, 에스키모 남자에게 영어로 부드럽게 이야기를 하고 있었다. 그녀는 불항쟁의답변(항쟁을 원치 않는다는 의미로, 유죄를 인정하지도 반론을 펴지도 않은 입장을 내는 것)과 유죄 사이의 차이에 관해 설명하고 있었다. 남자의 눈은 부어 있었고 손 관절은 멍투성이였다. 그는 고개를 끄덕이고는 자기 손을 쳐다봤다.

나는 사건파일이 있는 카드목록을 보고 싶다고 했다. 여자는 나를 보고 활짝 웃었다. 그녀의 얼굴에 있는 주름살들이 다양한 원을 만들어 냈고 눈은 반짝 빛났다. 그녀가 내게 대답하기도 전에 전화벨이 울렸다. 나는 참을성 있게 벽에 기대서서 그녀가 전화를 끊을 때까지 기다렸다.

"목록은 새 컴퓨터에 있어요." 그녀가 말했다. "이름과 사건번호를 갖고 있나요?"

나는 그녀에게 루이스 빅터의 이름을 건넸다. 그녀는 빠르게 정보를 입력한 뒤 기다렸다. 아무 반응이 없었다. 그녀는 얼굴을 찌푸리더니 스페이스바를 두들겼다. 그리고 모니터를 바라보면서 기다렸다. 기다림의 시간이다.

"뭔가 있을 거예요. 이름을 몰라도 뭐든 나오거든요."

그녀의 친구 둘이 우리 쪽으로 왔다. 나는 그들을 도와서 스페이스바를 두들기고 전원코드를 비틀어 보면서 제대로 작동하는지, 잘 꽂혀 있는지 확인해 주었다. 스크린은 여전히 어두웠다. 마침내 그녀가 말했다.

"음, 자료실에 가서 찾고 싶은 걸 보게 해 드릴게요. 방은 크지 않아요. 니타가 안내해 줄 거예요."

니타는 잠긴 문이 있는 곳으로 나를 데려갔다. 그녀가 열쇠 꾸러미를 한참 동안 뒤적이고 나서야 자료실에 들어갈 수 있었다. 가로 20피트, 세로 30피트 크기의 공간에 바닥에서 천정까지 거의 50년 동안의 법정기록이 네 줄로 쌓여 있었다. 그녀는 커피주전자가 있는 곳을 보여주었다. 나는 곧 파일을 찾기 시작했다. 니타는 사무실로 돌아갔다.

파일 검토를 다 마칠 때까지도 컴퓨터가 작동하지 않으면 고쳐 주고 갈 작정이었다. 아까 컴퓨터 스크린의 반응이 없었을 때는 컴퓨터를 벽에 달린 플러그에서 빼고 모니터도 뺀 뒤 컴퓨터의 주 전원코드를 뺐다. 사무원들과 함께 서로 순서를 바꿔 컴퓨터 전선을 두드렸을

160

때 나는 전선을 계속 체크하는 척하면서 여자들이 다른 전선들이 팽팽한지 확인할 때 전선 한 개를 조금 느슨하게 해 두었다. 내 입장에서 보면 자료실에 혼자 있는 편이 더 낫다. 정작 자료실에 있으니 정보로 가득 찬 공간에 빠져 버린 느낌이 들었다.

월터 로빈스 파일을 찾았다. 파일에는 음주운전으로 법원에 왔던 기록만 있었다. 나는 로빈스의 파일을 파일 더미에 다시 집어넣었다.

1966년 루이스 빅터의 사건파일을 찾았다. 대배심은 2급 폭행죄를 고려했다. 메모와 발의서가 몇 개 있었다. 붉은 인장으로 봉해진 마닐라 봉투는 "기밀-공문서 아님"이라고 도장 찍혀 있었다.

내가 서류 더미 뒤로 돌아가서 조심스럽게 붉은 테이프를 떼어 내고 있을 때였다.

문이 열리고 니타의 고개가 쑥 들어왔다.

"필요한 거 찾았어요?"

"네, 고마워요." 나는 대답했다. 목소리에 기쁨의 어조를 담으려고 노력했다.

"잘됐네요." 그녀는 말했다. 내 쪽으로 다가오는 그녀의 발걸음이 들렸다. 테이프를 엄지손가락으로 단단히 다시 붙이고 발의안 중 하나를 읽기 시작했다.

"컴퓨터가 다시 작동해요. 제가 뭐 좀 도울까요?"

"음, 아니요. 괜찮아요." 나는 파일을 신나게 흔들었다. 손에 든 파일이 무겁게 느껴졌다.

"아, 네. 그래요." 그녀는 말했다. 그리고 덧붙였다. "여기 기밀문서가 있는지 확인하는 게 좋겠어요."

큰일 났군.

그녀는 파일에서 마닐라 폴더를 뺀 뒤 쓸데없는 법문서만 내게 돌려주었다.

"여기 있어요!"

똑똑한 척하더니! 그저 부지런히 일하는 게 최선이었다. 이어서 세 시간 동안 나는 흔한 에스키모, 아르메니안, 필리핀, 코카시언 이름들을 찾아내었다. 니타는 자료실에 자주 나타났다. 그녀가 커피를 따르는 모습을 볼 때마다 나는 일련의 새로운 이름들에 관해서 물었다. 그 때마다 그녀의 직업적 쾌활함은 점점 줄어들어 갔다.

정확히 정오 12시에 나는 루이스 빅터를 포함한 일련의 사건번호들을 요청했다. 사무실에 있던 사람들은 모두 코트를 챙겨 입은 채 그녀를 기다려주었다.

그녀는 파일 한 무더기를 자신의 책상 위에 올렸다.

"빨리 해 주시면 좋겠어요. 이제 점심시간이고 한 시간 동안 문을 닫거든요."

그녀는 파일을 검토하고 기밀문서 봉투는 꺼냈다. 나는 하나씩 간략히 검토했다. 니타는 한쪽 발에서 다른 쪽 발로 몸의 중심을 이동시켰다. 나는 그녀의 발이 아파지기 시작했다는 걸 알 수 있었다. 그녀에게 파일을 건넸다. 그녀는 봉투를 다시 집어넣고 자료실로 가려고 했다.

"아 참! 어떡하죠, 니타, 잊은 게 있어요!"

"뭐라고요?"

"저 소장 원본 중 하나를 복사해야 해요. 상사에게 제출해야 해서요."

"미안하지만 이제 점심 먹으러 가야 해요." 그녀는 몸을 돌려서 걸어가기 시작했다.

"금방 해요. 1분만 주세요."

나는 그녀에게 다가가서 빅터 사건의 파일을 그녀의 팔에 가득 들린 파일 더미에서 빼서 후방 부서의 복사기 쪽으로 걸어갔다. 다행히 나는 점심 먹으러 가려고 기다리는 사람들을 등지고 있었다. 파일을 열어서 엄지손가락을 붉은 인장 밑에 밀어 넣었다. 자료를 모두 꺼내서 여섯 장의 종이에 복사하고 봉투를 다시 최선을 다해 봉인했다. 자료실에서 나오는 니타를 마주쳤다.

"고마워요. 아주 도움이 되었어요."

"다음에는 좀 더 체계적으로 해 주시면 좋겠어요."

그녀는 나를 꾸짖듯이 말하고 코트를 입었다.

"알겠어요."

나는 그녀에게 다시 감사의 인사를 건네고 밖으로 나왔다.

약 반마일 정도 걸어서 이 도시의 유일한 호텔이자 레스토랑인 '델트 인'으로 갔다. 문 위에 걸린 표지판에는 풀하우스로 펼쳐진 카드를 들고 있는 손을 보여주고 있었다.

해는 벌써 떴는데, 가을보다 더 지평선에 가까웠다. 햇빛은 우윳빛 파스텔 톤이었고 그림자는 흐릿하게 어둠과 섞여 있었다. 눈이 그다지 깊이 쌓이진 않았는데도 이미 사람들이 통행로를 따라 스노머신을 타고 있었다. 내가 지나쳐온 몇 건물에는 반달형의 조립오두막 퀸셋(Quonset)과 얇은 널빤지로 만든 목조주택이 있었다. 낡은 기름 스토브가 건물 안에서 증기엔진처럼 펌프질하고 있었고, 셀 수 없을 정도로 수많은 썰매 개들이 있었다.

길가에는 나무나 소화전은 보이지 않았다. 오직 개만, 개가 수없이 많이 있었다. 오두막의 마당에 묶여 있던 개 한 마리가 컹컹 짖기 시작했다. 저 멀리 떨어진 개들이 그에 답을 하며 짖었다. 마치 개 짖는 소리로 크게 요동치는 파도 같았다.

길가에 서서 복사해 온 파일을 열었다. 두 장으로 된 에마와 루이스 빅터의 딸 노마의 심리분석이었다. 다른 페이지들은 아이의 진술을 녹음한 것에 첨부된 법정기록관의 녹취록이었다. 나는 길옆에 뜬금없이 놓여 있던 기름통에 기대어 섰다. 아홉 살짜리 노마 빅터의 프로필을 읽어 갔다.

검사관의 의견에 의하면 노마는 심각한 혼란 상태에 놓여 있고, "정체성에 관련된 근원적인 의심"을 갖고 있었다. 소녀는 "성 인식을 경험하고 있지만, 그 인식을 자신의 문제해결 능력으로 조합시키는 기준점을 갖고 있지 않다." 보고서의 끝부분 마지막 문단에는 이렇게 적혀 있었다.

혐의를 받는 성폭력에 관해서 아동 N.V.는 그런 행위를 인식하지 않는다. 아동은 아버지이자 가해자로 의심되는 L.V.를 향한 사랑과 거의 존경에 가까운 태도를 보이고 있었다. 하지만 성과 관련된 부위에 대한 불안감과 우울증과 적대감을 일정 기간 겪었기 때문에 가족 구성원 간의 상호작용을 자발적으로 모니터하는 프로그램에 참여하도록 권장한다.

보고서 앞 장에는 보호자 연락처의 이름과 날짜를 명기하는 박스가 있었는데, 날짜 옆에 에마 빅터의 이름이 있었다.

숙소로 걸어가는 길 위에서 1리터짜리 캐너디언 위스키 빈 플라스틱병이 하나둘씩 점점 늘어났다. 간혹 위스키병이 눈 속에 박혀 있었는데 내용물을 마지막으로 쭉 들이켜고 난 찌꺼기가 주변에 얼룩져 있었다. 마치 낯선 동물의 배변같이 보였다. 호텔의 입구에 남자들이 서서 담배 피우면서 얘기하고 있었다. 플라스틱 술병이 그들의 재킷 앞쪽에 꽂혀 있었다. 얘기 도중 이따금씩 그들은 건물 옆으로 가서 번갈아 가며 술을 나눠마셨다.

호텔 입구는 북극지방 스타일이었다. 불빛이 침침한 로비로 들어갔더니 바닥에 앉아 있는 몇몇 사람들을 보았다. 아주 나이 든 커플이 있었는데, 여자는 담비모피 장식과 늑대 털이 달린 아름다운 머스크랫 파카를 입고 있었다. 그녀는 두 발을 바닥에 딱 붙이고 앞으로 죽 펴고 앉아 있었다. 그녀가 신고 있는 에스키모 물개장화 끝은 천장을 향해 있었다. 그녀는 남편의 손을 쥔 채 에드워드와 이야기를 하고 있었다.

에드워드는 내게 허리를 움직여 짧게 인사를 했다.

"이분은 내 할머니의 누이셔. 후퍼 베이(Hooper Bay)에서 남편이랑 오셨어. 병원에 가려고 온 거야."

우리는 악수와 인사를 나누면서 서로에게 미소를 짓고 고개를 끄덕였다.

"저분들 괜찮은 거야?"

그는 어깨를 으쓱했다.

"주민건강 담당 간호사가 오라고 했어. 아픈지도 몰라. 어쨌든 오라니까 온 거야."

그는 주위를 손짓으로 가리키면서 입구에 있는 사람들까지 포함해서 말했다. 구석에 여자아이가 웅크리고 있었다. 여자아이는 흰색 티셔츠와 청바지를 입고, 털이 달린 목 긴 부츠를 신고 있었다. 아이는 숨을 가쁘게 내쉬고 있었다.

나는 방을 얻었다. 그리고 에드워드에게 점심을 사기로 했다. 그가 가족에게 사정 설명을 하는 동안 나는 식당 안으로 들어가서 자리를 잡았다.

스테인리스로 된 파이 케이스 위로 티브이가 천정에 걸려 있었다. 스크린에서 검은 가죽옷을 입은 남자가 전자기타를 흔들고 있었다. 마치 유리판으로 된 창문에 내리꽂히는 도끼 같았다.

에드워드는 내가 앉아 있던 부스로 미끄러져 들어와 내 앞에 앉았다. 그는 티브이를 올려다보더니 씩 미소를 지었다. 그의 이는 아주 하얬는데 치아 몇 개가 빠져 있었다.

"나는 티브이는 별로 좋아하지 않아." 그는 다시 미소를 지었다. "백인들이 너무 많이 나와."

"티브이 프로그램을 다 안 좋아하나?"

"LA 레이커스의 매직 존슨은 좋아해."

그는 머리 위로 농구 골대를 흉내 내며 두 팔로 원환을 둥그렇게 만들었다.

우리는 햄버거를 주문했고 기다리는 동안 커피를 마셨다.

"루이스 빅터를 아나?"

"썩 괜찮은 사냥꾼이었지. 유픽 애인이 있었어. 그 사람도 원주민이
었고. 애인의 남자 형제들도 아주 괜찮은 사람들이었어."

"여기서 결혼했는데 애인이 있었다고?"

"여기 사람들은 다 알고 있었어. 애인하고 사냥도 하고 술도 마셨지.
여자가 아주 예뻤거든. 루이스가 그 여자를 아주 아꼈다고 들었어."

"부인은 어떡하고?"

"모르지. 그 여자 에스키모나 원주민을 싫어했을걸. 언젠가 코가 부
러진 걸 봤어. 아마 루이스가 때렸겠지. 잘 모르겠어."

"애인은?"

"그 여자는 가족이랑 저 강 상류에 살았는데, 루이스 아내가 그 여
자를 죽이려고 했다고 들었어. 잘 모르지만, 여기저기서 들은 얘기일
뿐이야."

"그거 말고 또 뭘 들었는데?"

"루이스 부인이 남쪽으로 갔다고 들었어. 자기 가족이랑 살려고. 그
여자 남자 형제들이 여기 왔었지. 어느 날 밤, 술이 잔뜩 취해 가지고
루이스를 죽이러 나섰어. 자기 누이가 그런 남자랑 사는 건 위험하다
고 말하면서 말이야. 루이스가…… 폭력적이라고 했어.

에드워드는 이 마지막 단어를 내뱉으면서 미소 지었다. 의미를 알
수 없는 웃음이었다. 마치 연민과 억눌린 분노가 섞인 것 같았다. 그는
입을 쓱 닦더니 좀 더 예의 바른 웃음을 지었다.

"그 남자 형제들은 샌프란시스코에서 왔어. 정치 쪽 거물이라고 들
었고. 이봐, 세실, 자넨 내가 멍청하다고 생각하나?"

"뭐? 그게 대체 무슨 말이야?"

주문한 햄버거가 나왔다. 2천 마일 떨어진 곳에 있는 오븐에서 구워진 빵에, 간 소고기를 넣고 그 위에 시들어 빠진 상치와 축 늘어진 토마토가 얹혀 있었다. 에드워드는 자기 앞에 놓인 햄버거를 슬프게, 마치 그 햄버거가 자신의 실패의 상징이라는 듯이 내려다보았다.

"어떤 사람들은 내가 멍청하다고 느껴지게 만들어. 그들은 아무것도 모르면서 내게 뭔가를 물어봐……. 정보를 말이야. 하지만 내가 번역을 해야 그 사람들이 이해할 수 있는데도 마치 내가 바보인 듯 느껴지게 군단 말이야. 에마 빅터의 형제들도 그랬어. 덩치 큰 백인들은 늘 팔을 괸 채 꼿꼿하게 서 있어."

나는 고무처럼 질긴 고기를 질겅질겅 씹었다. 백인 아내를 패고 에스키모 애인을 만나러 몰래 빠져나가는 루이스 빅터를 생각했다. 그에게 그럴 시간이 있었다면 애인도 패기 시작했을지 모른다는 걸 깨달았다.

지독하게 술에 취했던 어느 날 밤, 해나가 나를 떠나기 전이었다. 그녀는 남자들은 모두 죽음에 사로잡혀 있다고 비난했다. 나는 그때 그 말이 뭔지 이해하지 못했다. 그렇다고 지금 더 잘 이해할 수 있게 되었는지는 모르겠다.

"세실, 에스키모에 대해서 자넨 뭘 알고 있나?"

"나는 아는 게 전혀 없어."

"그래서 자네가 멍청하다고 느끼나?"

"간혹 그렇기도 하지."

"당신 아버지도 다른 사람들이 어리석다고 느끼게 만들었나?"

"그랬을 거야. 하지만 인정하진 않으셨지. 아버진 아마 어리석다고 표현하진 않았겠지."

"그럼 뭐라고 했겠나?"

"그 사람들이 실패한 거라고 했겠지."

그는 다시 나를 보고 웃었다. "당신 아버지, 판사님은 그렇게도 똑똑했나?"

"이봐 에드워드, 뭐 하는 거야? 나는 아버지가 똑똑했다고 생각하네만. 글쎄, 자네보다 말은 더 많으셨겠지. 하지만 그렇다고 자네보다 더 똑똑하진 않았어."

우리는 침묵 속에 앉아 있었다. 그리고 햄버거가 다 없어질 때까지 먹었다.

식사를 마치고 나서 잠시 커피를 마셨다.

"이봐 세실," 그는 몸을 앞으로 구부렸다. "많은 사람이 자넬 보고 개자식이라고 하지. 하지만 난 자네가 썩 괜찮은 사람이라고 생각해."

나는 프렌치프라이 조각을 남은 케첩에 찍어서 다섯 개의 점으로 된 별을 그렸고 몇 개의 원도 그렸다. 칭찬 듣는 일에는 익숙하지 않다.

해나가 레스토랑으로 들어왔다. 공기 중에는 쉭쉭 대는 기름 소리와 담배연기 냄새가 가득했다. 접시들이 부딪쳤고 유픽 언어의 자음이 퉁겨 대는 소리가 들렸다.

그녀는 파카를 벗어 팔에 든 채 문가에 서 있었다. 깨끗한 청바지와 짙은 홍색 블라우스를 입고 목 주위에 범고래 모양의 은 페넌트를 걸고 있었다. 발에는 흰색 스노부츠를 신었는데 신발 끈은 풀려 있었다.

그녀는 문가에 서서 마치 뉴욕시에 있는 플라자호텔의 식당 오크룸에 와 있다는 듯이 방 안의 무리를 찬찬히 살폈다. 에드워드와 나를 찾는 건 어렵지 않지만 그녀는 몇 초간 그렇게 서 있었다. 모든 사람에겐, 심지어 자신감이 확고한 사람이라도 일종의 허영심은 허락되어야 한다. 고개를 끄덕여서 마침내 우리를 알아보았다는 신호를 보내지도 않은 채, 그녀는 곧장 우리가 앉아 있는 테이블 쪽으로 걸어왔다.

에드워드는 그녀를 아직 보지 못했다. 그는 내 접시를 내려 보고 있었는데, 몸을 앞으로 수그리고 속삭였다.

"곰에 관한 이야기를 들어 봐."

내가 그에게 다른 질문을 던지기 전에 이미 해나는 에드워드 옆자리에 와서 앉았다. 나일론의 부스럭거리는 소리를 내면서 그녀는 파카를 자기 등 쪽으로 밀어 넣었다.

"세상에, 세실, 왜 내가 아직도 이렇게 당신과 엮이고 있는지 모르겠어요. 그 파일을 찾아보면서 정말 실제 상황에 빠져들어 갈 뻔했어요."

"여기 에드워드와 인사해요."

그녀는 말을 멈추었다. "미안해요. 우리 전에 만난 적 있죠?"

에드워드는 미소를 지었고 눈썹을 올리는 것으로 네라는 대답을 대신했다.

해나는 그에게 미소로 대답했고 나를 보면서 인상을 찌푸렸다.

"무례했다면 미안해요. 그런데 영거 씨 때문에 제가 너무 신경이 예민해져서요. 난 정말 저 사람이 하는 일은 싫어했는데, 이젠 그 일을 제가 하게 된 거라고요."

에드워드는 그녀를 보며 크게 웃었다. 웃음의 동심원을 메아리처럼 만들다가 그는 칸막이 좌석의자 구석에 놓아두었던 장갑과 모자를 집어 들었다.

"가 봐야겠어. 우리 나중에 다시 얘기하자, 괜찮지?"

해나는 자리에서 일어나 그가 나가도록 비켜 주었다. 나는 에드워드에게 프렌치프라이로 작별인사를 했다.

"제가 방해라도 되었나요?"

"아니, 괜찮아. 그래 뭘 찾았소?" 나는 케첩 그림을 계속 그렸다.

"루이스 빅터와 관련된 조사가 있었어요. 실제로 기소가 된 건 아니에요. 그 이상으론 말할 수 없어요."

"이봐 해나, 제발. 당신도 이 일이 얼마나 심각한 건지 알잖소. 이미 다 찾아봤잖아. 이미 당신은 규칙을 어긴 거라고. 그러니까 말해 줘."

그녀는 한숨을 내쉬었다.

"일단 아내를 때렸어요. 그리고 교사 한 사람이 성폭력을 의심했어요. 에마와 랜스의 증언이 있었지만, 아무것도 입증되지는 않았어요. 노마가 아동보호관찰프로그램 청문회에서 증언했어요. 학대는 없었다고 했어요. 그녀는 울음을 터뜨렸고 아버지를 사랑한다며 간청했어요. 그렇지만 그런 행동은 피해 아동이 보이는 일관된 반응이죠."

"자기 아버지를 사랑하는 딸에게도 나타나는 반응이기도 해."

"세실, 시비 걸지 말아요."

"그래서 가족을 분리했는지?"

"루이스는 사건조사와 형사소송이 진행되는 동안 가족과 떨어져 있으라는 명령을 받았어요. 그런 뒤 판사가 알코올 중독 상담을 받으라고 명령했죠."

"그동안 루이스는 애인과 살았소?"

"그건 몰라요. 보고서에는 친구들과 지냈다고 적혀 있어요. 당신도 법정기록을 봤을 텐데요."

나는 고개를 끄덕였다. 손가락에 묻은 케첩을 빨았다.

"딸을 성폭행했다는 증거가 있었소?"

"아뇨. 있는 거라곤 엄마와 아빠 사이에서 감정적 혼란을 겪은 딸이에요. 그 애는 엄마와 아빠의 싸움 사이에 긴 셈이었죠. 그 외엔 특별한 이야기는 없어요."

나는 잠시 생각에 잠겼다. 그리고 물었다. "월터 로빈스는 어떻소?"

"그에 대한 기록은 아무것도 없어요. 그러니까 기록에는 엄마인 에마 빅터가 혹시 만약의 상황에 대비해서 딸이 지낼 장소로 로빈스의 옛 주소를 적어 놓았다는 것 외에는 말이죠. 당시 월트는 결혼하지 않았지만 그의 집이 안전한 곳으로 고려된 거죠."

"디디는?"

"디디는 사건이 일어나기 몇 년 전에 헤어진 결혼 관계에서 낳은 아이예요."

"부인은 어떻게 됐는데?"

"죽었다고 들었어요."

"어떻게 죽었는지 알아?"

"세실, 그만해요. 루이스 빅터는 죽었어요. 살인자는 수감 중이고요. 어쨌거나 호크스는 풀려나지 못해요. 월터 로빈스의 살해동기를 조사하려고 재심하진 않을 거라고요. 그건 알고 있잖아요."

"아무도 디디 로빈스를 살해한 범인을 잡지 못했어. 그녀를 죽인 범인은 호크스가 풀려나길 바라지 않는 거고."

"당신은 로빈스가 루이스를 죽이려고 수년 동안 기다렸다고 생각해요? 그리고 자기 딸을 죽였다고요? 자기 알리바이를 폭로할까 봐? 앨빈 호크스가 아무리 제정신이 아니어도 사실상 루이스를 자기가 죽였다고 자백했다는 점은 이 상황에서 고려되지 않나요?"

"그는 지구의 중심에서 전송된 목소리를 들었다고도 했지. 호크스가 이 사건 모두를 저지른 범인이라면 누가 토디를 쏜 건데? 누가 나를 지금 죽이려고 하는 거냐고?"

다 먹은 접시는 치워졌고 이제 나는 손가락 장난을 할 게 아무것도 없어서 냅킨을 비틀어서 단단한 매듭을 만들었다.

"아마 서로 관련이 없을 수도 있죠. 당신이 밤새 같이 술을 마신 정신 나간 친구들이 얼마나 많나요? 그중 누가 당신을 쏘려 할 수 있겠죠. 이런 사건들은 대체로 무작위적인 법이에요. 이봐요, 인정할 건 인정해야죠, 세실. 당신은 논리가 없어요."

"모르겠어, 정말. 아마 랜스와 노마가……."

"애들이요? 말도 안 돼요. 세실. 걔들이 토디도 쏘았다고요?"

"글쎄……." 냅킨이 손가락 사이에서 돌돌 말린 매듭이 되었다.

"애들은 여기 스텔라에 있어요. 약 2주쯤 있었어요."

"둘 다?"

"랜스와 노마, 둘 다. 토디가 총을 맞았던 날 밤 여기에 있었어요. 싯카 근처에는 가지도 않았어요."

나는 냅킨으로 만든 흰색 기름진 뱀을 조심스럽게, 거의 격식을 갖추어서 기름기가 묻어나는 테이블 위에 내려놓았다. 티브이에는 뉴스의 몽타주 이미지들이 스크린 위에서 휙휙 지나가고 있었다. 이미지에 맞게 쿵쿵대는 음악이 배경으로 흘렀다. 두 팔을 위로 올린 장군과 병사, 검은 피부의 아이였다. 레스토랑에는 사람들이 거의 빠져나갔지만 여전히 소음은 컸다.

한 남자가 함께 묶인 다섯 마리의 썰매 개를 끌고 밖에서 걸어가고 있었다. 나는 개들이 깽깽 짖으면서 여기저기로 줄을 당기고 있는 걸 볼 수 있었다. 그 남자는 스노부츠와 알래스카 원주민의 전통 동물 파카를 입고 있었고, 개들을 줄로 당기면서 입을 움직이고 있었다. 그렇지만 개나 그의 목소리는 들을 수 없었다.

"그 애들을 만나 얘기를 해 봐야겠어. 애들과 얘길 해야 해."

"랜스와 노마는 강가 아래 소포 상자처럼 생긴 집 중 하나에서 지내고 있어요."

"그리로 날 데려다주겠소?" 나는 일어나서 코트를 입으면서 물었다.

우리는 함께 북극지대 스타일의 호텔 입구를 걸어 나갔다. 그 통로에는 이야기를 나누거나 졸고 있는 남녀들로 가득했다.

우리는 소리의 불협화음이 넘쳐나는 곳으로 걸어 들어갔다. 개가 짖어대고 남자가 소리쳤고 고속도로를 달리는 스노머신에서는 마치 체인 톱으로 스키를 가는 것 같은 시끄러운 소리를 냈다. 졸음이 몰려왔다. 입구 어딘가에서 캐너디안 위스키를 플라스틱병째 마시면서 머물고 싶었다.

해나는 내가 주저하는 모습을 지켜봤다. 그녀는 파카를 입고 스카프를 얼굴 주변에 두르고 있었다. 그녀는 내 팔을 건드렸다.

"당신은 자기 이론이 맞아 들어가지 않으면 어린아이처럼 굴어요."

바로 그 순간 나를 한때 사랑한 여자와 이야기를 나누며 스텔라에 있다는 사실이 싫어졌다.

나는 구석에 있는 남자에게 내 팔을 두르면서 "술 한 잔 주지 않겠

174

소?"라고 했다. 그는 그렇게 했다. 그에게 1달러를 주려고 했으나 웃으면서 받지 않았다. 나는 길게 한 모금을 들이키고 입을 닦고는 해나의 트럭으로 걸어갔다.

11장

해나는 나를 갈대 무성한 진창에 내려주고 텅 빈 화물컨테이너가 있는 곳을 손가락으로 가리켰다. 그리고 차를 몰아 떠났다. 타이어 아래로 옅은 눈 조각들이 작게 뻑뻑 소리를 냈다.

내가 대부분 시간을 뒤집어놓은 찻잔 크기만 한 상상의 세계에서 살고 있다는 사실에 그다지 신경 쓰지 않았다. 하지만 해나의 트럭이 쿠스코큄 저지대 둑을 따라 멀어지는 순간 내 꿈은 실제 지평선만큼이나 아주 넓어졌다. 나는 모든 것을 본다는 환영을 갖고 있었다. 산은 추상적 사상처럼 저 멀리 떨어져 있었고, 강은 내밀하고 실제적이었다. 두 번 깊게 숨을 내쉬었고, 두 눈이 커지는 것을 느꼈다. 두 발은 단단한 모래알 땅으로 아주 살짝 꺼져 갔다. 상류 쪽으로 걸어갔다.

강가는 추웠다. 나는 카페에서 노닥거렸던 차림 그대로였다. 발을 바꿔 걸으면서 가죽 코트와 얇은 창으로 된 구두를 신고 있다는 사실을 드러내지 않으려고 애썼다. 개 두 마리가 나를 보고는 묶인 사슬 끝에서 짖어 대었다. 선적용 팔레트가 묶음으로 쌓여 있었다. 나는 이 지역에는 어울리지 않았다. 마치 저 거대한 하늘에서 내가 툰드라로 툭 떨어진 것 같았다.

마음이 공허해졌고, 몸은 재빨리 식어 갔다. 작은 소년이 파카와 청바지를 입고 방열부츠를 신고 걸어왔다. 나는 아이에게 '빅터네'가 이곳에 사는지 물었다. 그는 나를 올려다보지도 않은 채 화물컨테이너 더미를 가리켰다. 그리고 그의 부츠 앞부분을 밤새 연로 깡통이 있던 자리에 눈에서 비어져 나온 흙덩어리에 대고 비볐다. 그는 다시 손가락으로 가리켰다. 마치 누군가를 밀고하는 듯이.

말뚝으로 보강해 놓은 강굽이 두 곳을 차례로 지나 상류 쪽으로 걸어갔다. 바닥이 평평한 낚싯배와 엔진이 바깥으로 튀어나온 유망어선들이 강둑의 딱딱하게 굳은 진흙으로 올라와 있었다. 강은 천천히 흐르는 황갈색 물이었다. 시즌의 끝이라 지쳐 보이는 물은 부드럽게 속삭였다. 대기는 차갑지만, 여전히 가을의 축축함이 묻어났다.

나는 대충 깎아 놓은 제방 위로 걷다가 여러 번 미끄러졌다. 그러다가 제방 다른 편에 있는 누군가의 캠프처럼 보이는 곳으로 불쑥 내려가게 되었다. 거기에는 네 대의 냉동 밴이 있었다. 트럭에 달아서 끌고 가는 것 같은 종류로, 바지선에 선로를 깔고 올려야 하는 밴이었다. 배달용 배로, 아보카도와 때로는 스노머신의 부품도 실어 오는 종류였다.

컨테이너들은 1960~70년대 알래스카의 오일 붐이 끝난 시절 사용된 50갤런짜리 드럼통이었다. 그것들이 말뚝 위에 박혀 있었고 그 사이로 가파르게 경사진 헛간 지붕이 보였다. 전체적 배치는 일종의 옥외 복합구조물이었다. 밴 안에 살면서 지붕 밑에서 일할 수 있도록 만들었다.

지붕 뒤쪽 가장자리에 놓인 꼿꼿한 철제 드럼통 안에 장작불이 타고 있었다. 줄에는 말린 생선이 걸려 있었다. 생선은 반으로 갈라져 열린 채로 이상한 열대식물의 잎처럼 늘어져 있었다.

한 컨테이너의 어둠 속 어딘가에 라디오가 켜져 있었다. 밴의 오른편에 스노머신이 엔진 덮개가 떨어진 채 있었고 판자가 깔린 위에 엔진 부품들이 널려 있었다. 기름과 소독제, 말린 생선과 하수구 냄새가 한데 섞여 옅게 나고 있었다.

낡은 선빔 커피메이커의 여과기가 선반 위에 올려놓은 선체 외부 엔진 꼭대기에 놓여 있었다. 플러그가 꽂혀 있었고 불도 켜져 있었다. 반달 모양의 유리 상부에는 아무것도 끓고 있지 않았다. 소지품 트렁크 위에 놓인 머그잔에 손을 뻗었는데, 권총의 회전 탄창에 탄약을 장전시키는, 역겨울 만큼 친숙한 소리를 들었다.

"당신, 누구야."

여자의 작은 목소리가 귀에 마치 벌레가 들어간 듯이 들려왔다.

뒤를 돌아보았다. 너무 자의식적인 상태여서 두 손을 공중에 올리지 못했다. 내가 멍청하다는 느낌이 들었기 때문에 머리를 잘 돌리거나 공격적일 수 없었다.

"실례합니다. 내 이름은 세실 웨인 영거에요."

컨테이너의 어두운 입구를 향해서 말했다. 내 이름을 전부 알려 주면 좀 더 진실한 울림이 전해지리라고 생각했다. 주의를 기울이지 않은 채 남의 집에 불쑥 걸어 들어가 버렸으니, 총에 맞을 가능성은 아주 컸다. 나는 주춤대면서 멍청하게 보이려고 했다. 위협적이지 않다는 사실을 알려야 했기 때문이다.

"세실 웨인 영거라는 이름은 본원이 뭔가요?"

적어도 물어봄 직한 질문이었고, 이제 토론이 시작된 셈이다.

"스코틀랜드 이름이죠. 내 생각이 맞는다면 나는 스코틀랜드 출신이죠. 저 내 말 좀 들어 봐요. 궁금해서 그러는데, 혹시 날 쏠 계획이라면 잠깐 얘기 먼저 할 수 있을까요?"

"당신을 쏘진 않을 거예요, 세실 웨인 영거. 나는 그저 주노의 포주처럼 입은 사람이 걸어 들어와서 내 커피를 마시려고 하는 이유가 궁금할 뿐이죠."

그녀는 빛 쪽으로 나왔고 탄환을 소구경 소총에서 뺐냈다. 젊고 어린 여자였는데 광대뼈가 높고 코는 좁았다. 그녀의 엄지손가락은 탄창 안에 놓여 있었고 다음 탄환이 앞으로 오지 않게 했다. 그녀는 총개머리를 닫고 소총을 문 옆에 기대 놓았다. 그런 뒤 흙바닥으로 뛰어내렸다.

그녀는 갈색 방열 커버롤을 입었는데 안에는 보라색 후드 운동복을 받쳐 입었다. 짧고 검은 머리카락을 빨강 밴대나로 묶었다. 목소리가 거칠었는데 거의 귀에 거슬릴 정도였지만 어린아이의 억양이 있었다. 마치 그녀는 자신이 말하는 것을 모두 암기하고 있는 투로 말했다.

"주노에서 왔죠?"

"어떻게 알아요?"

나는 이렇게 질문했지만, 말을 하자마자 어떤 대답이 나올지 걱정했다. 눈에 잘 띄는 주노의 포주들은 입법부에서 일하고 있었다. 그래서 나를 그들과 혼동했다는 사실에 상처받았다. 특히 이곳이 쿠스코쿼 저지대라서 더 그랬다.

"우린 주노에서 살았어요. 전에 당신을 본 적이 있는 것 같아요."

그녀는 흔들리지 않는 갈색 눈동자로 나를 응시했다. 내가 그녀의 응시를 받아주자 눈을 피하더니 컵을 찾기 시작했다. 그녀에게는 할머니와는 달리 자기 확신감은 없었다.

바로 앞에 컵이 있는데도 찾고 있는 그녀를 내가 바라보는 동안 그녀는 오래전에 잘라 버렸던 상상 속 머리카락을 손으로 치웠다. 손가락 끝을 귀 위와 주변으로 둥그렇게 말아서 이제는 그곳에 없는 머리카락을 손에 잡았다. 그녀는 이런 몸짓을 세 번 하더니 내가 자신을 바라보는 걸 알고는 손바닥으로 머리통을 감싸 쥐었다. 마치 목을 긁고 있는 것처럼 보이게 하려는 것 같았다.

"이름이 노마죠?"

그녀는 갑자기 놀라서 나를 올려다보았다. 헤드라이트에 뛰어 들어온 새끼 사슴처럼 보였다.

"당신이 그 사설탐정이군요……."

컵이 소형 트렁크로부터 상자 스패너 더미로 떨어졌다. 나는 손을 뻗어 컵을 집었다. 사기 컵의 이가 빠져 있었고 손잡이에는 기름기가 묻어났다. 나는 연장 더미 옆에 쭈그리고 앉아서 그녀에게 컵을 건넸다. 그녀가 컵을 받으려면 내 곁으로 걸어와야 했다. 그녀는 그렇게 하려 하지 않았다. 나는 컵을 들고 있었다.

그녀는 어린 시절이라는 긴 머리카락을 두 귀 위의 짧은 털 위로 감았다. 내 쪽도, 컵도 아닌, 땅바닥을 똑바로 바라보고 있었다. 연기가 그녀의 후드가 열린 부분 앞으로 지나갔다. 물론 그녀가 눈치챘는지는 알 수 없었다. 바람이 거세게 몰아쳤고 끈에 매달린 물고기들이 흔들렸다. 바람 때문에 딱딱하게 마른 물고기가 서로 살짝 부딪쳤다.

"당신은 엄마가 말했던 그 탐정이에요. 할머니 돈을 노리고 있고요. 할머니는 미치광이 노인네고, 당신이 다 지난 일을 들추어내는 걸 빌미로 원하는 만큼 청구서를 마구 써서 할머니한테 수십만 달러를 받아 내려고 한다고 엄마가 말했어요. 다 지난…… 사건인데."

"내 생각엔 어떤 이야기들은 다른 이야기들보다 더 오래된 법이지. 내 친구가 어젯밤 총에 맞았어요."

남자가 어둠 속에서 말했다. "그 앤 힘들게 살고 있어."

이 새로운 목소리는 깊지만 다소 맹맹한 소리가 났다. 모퉁이에서 노마 빅터와 아주 똑같이 차려입은 젊은 청년이 걸어왔다. 다른 점이라면 그의 손에는 토크렌치가 들려 있었다. 그의 목소리와 근육은 경직되어 있었다. 걸을 때 구르듯이 흔들거렸다. 턱은 휘었고 머리는 마치 시력이 나쁜 것처럼 살짝 흔들렸다. 그는 내가 있는 곳을 좀 더 정확히 찾기 위해서 냄새로 살피는 것 같았다.

"저 애는 쓰레기통을 뒤지는 것 말고는 딱히 할 일이 없는 사람을 상대하기엔 정말 힘들게 살고 있는 거라고."

"그 할 일 없는 사람이 나를 말하는 거겠지."

내 목소리에 행복한 새소리의 음조를 섞어 말했다.

토크렌치의 끝이 내 코앞의 약 4분의 1인치 정도 떨어진 거리에 나타났다. 너무도 갑작스럽게 나타나서 놀랄 시간조차 없었다. 놀라기보다는 흥미로웠다. 거의 파티에서 시선 끌기 위해 부리는 재주 같았다.

"정확해……. 우리는 지금 당신에 대해 얘기하는 거지."

그의 목소리는 축축한 퇴비의 가장 깊숙한 층처럼 눅눅하게 눌려 있었다. 그의 숨결이 내 얼굴에 다가왔다. 렌치는 요동이 없었다.

"아, 그저 확인하고 싶었을 뿐이오."

고성능 총을 들고 경계하는 여자를 조심해야 하는 것은 당연하지만, 토크렌치를 든 성난 남자는 살살 달래지 않으면 더 위험하다. 적어도 단기적 관점에선 그렇다.

그는 내 콧대 쪽을 살짝 건드렸을 뿐이다. 아팠지만 그 절제력에 있어서만큼은 친근감을 느낄 정도였다. 고통이 내 이마로 마치 어린 시절 나쁜 기억처럼 퍼져 갔다. 그의 거만함은 아주 두둑해서 하찮은 존재에게 모욕받는 일을 즐겼다. 나는 웃음을 멈추었다.

그와 나 사이 중간쯤에 렌치가 걸려 있었다. 남자의 눈은 검었고 머리카락은 거의 두피가 반짝일 정도로 짧았다. 분명 노마의 오빠 랜스였다. 그도 웃음기를 걷었다.

"당신 말이 맞아요. 내가 여기서 어정거리는 건 멍청한 짓이었소. 사과해요, 정말. 내가 원하는 것은 할머니에 대해 잠깐 얘기를 나누는 겁니다. 왜 나를 고용해서 아무도 조사하고 싶지 않은 이미 끝난 사건을 다시 조사해 보라고 했는지 알고 싶소. 그게 내가 원하는 전부요."

그의 눈이 반짝였다. 어깨가 올라온 부분의 둥근 근육들이 긴장을 풀었다. 그는 발의 볼을 떼었다.

"그래도 다시 그 렌치로 나를 때린다면 그땐 당신 내장을 다 파내 버릴 거요."

그는 웃으면서, 아직도 내 손가락에 매달려 있는 커피 잔으로 손을 뻗었다. 허세가 뭔지 아는 남자였다. 그는 선빔 커피메이커에서 커피를 따랐다. 그리고 지붕이 끝나는 곳으로 걸어가서 강가와 북극 쪽의 툰드라를 바라보았다. 내 쪽으로 등을 돌리고 선 그의 어깨 위로 커피에

서 피어오르는 증기가 올라가고 있었다. 그는 말했다.

"아무것도 아냐. 아무것도 아니라고."

잘게 자른 나무 조각이 드럼통 바닥의 불에서 탁탁거리며 타고 있었고 검은 새가 강가의 부드러운 진흙 바닥을 걸어 다녔다. 강 너머의 툰드라는 낮은 수위에 몸을 감추고 있었다. 강이 지평선을 짧게 만들어 거리가 가까워 보였다.

"내가 저 툰드라를 바라볼 때 뭘 보는지 알아?"

불이 지글지글 타고 있었고, 나는 입을 굳게 다물었다. 내겐 수사적 질문에 대응하려는 경향이 있었지만, 지금은 그럴 때가 아니었다. 그는 앞으로 조금 몸을 구부정하게 만들더니 부츠의 발가락을 자기 앞에 놓여 있던 모터용 기름통 위로 올렸다.

"아무것도 보지 않아. 내 앞길을 방해할 것은 아무것도 없어. 내가 하고 싶은 걸 막을 수 있는 건 아무것도 없단 말이야. 그게 바로 저 황야가 있는 이유야. 그 거침없음이 바로 개척자들을 이 땅으로 데려왔고. 그걸 생각할 때마다 기분이 좋아져. 난 지금이라도 당신을 저 강가에 던져 버릴 수 있어. 아무도 모를 거고 누구도 개의치 않을 거야.

"참 대단한 땅이야, 그렇지?"

노마가 우리 사이로 다가왔다. 마치 자신이 뭔가를 잃어버렸는데 때마침 찾으러 이리 온 것처럼 두리번거렸다.

"랜스…… 그만해. 우린 아무것도…… 할 필요 없어."

그녀는 오빠를 올려다보았다. 나는 그녀의 눈을 볼 수가 있었다. 그 눈은 간청하고 있었다. 이 땅에서는 폭력으로부터 숨을 곳이 거의 없었다. 그리고 임시로 엮어 만든 지붕 아래 거처도 아무 소용이 없을 것처럼 보였다.

"그를 보내 줘."

젠장. 이제 고작 핑퐁게임이 되고 있었다.

"문제는 말이요, 노마. 나는 아무 데도 가지 않을 거요. 그러니까, 오빠는 말이지, 뭔가를…… 해야 할 거야."

지금 다시 돌이켜 보면 내가 그런 말을 했다는 것이 믿을 수 없다. 갈등에 휘말려 들어가는 걸 걱정하는 만큼, 그런 상황에 닥칠 때면 약간 현기증이 난다. 어쩌면 내가 멍청해서인지도 모르겠다.

랜스의 등 근육이 뭉쳤다. 그는 마치 꼽추처럼 보였고 눈이 좁아졌다.

"진정해요, 친구. 내가 알고 싶은 건 왜 당신 할머니가 이제 와서 나를 고용했는지, 라고. 사건은 다 끝났소. 근데 왜 할머니는 그렇게 생각하지 않지?"

"할머니는 늙은 미치광이 원주민이야. 백인의 법정이나 경찰관이 하는 일 따위는 믿지 않아. 할머니는……."

"할머니는 아빠의 죽음을 받아들이지 않아요."

노마는 내 뒤로 걸어와서 커피를 따르면서 말했다. 그녀는 자신의 상상 속 머리카락을 뒤로 넘겼다. 말을 하는 중에 그녀의 눈은 랜스와 땅바닥을 왔다 갔다 했다.

"할머니는 아빠의 죽음에 할머니도 일부 책임이 있다는 걸 인정하지 못하시죠."

"할머니가 책임이 있다고?"

"앨빈 호크스는……. 먼 사촌 사이였…… 아니, 먼 사촌이에요. 일리노이에 사는, 할아버지 쪽 사람들과 관계가 있어요. 할머니는 아버지에게 사냥 시즌 동안 호크스를 고용하라고 하셨어요. 그의 가족은 호크스가 알래스카로 와서 일하는 게 도움이 될 거로 생각한 거죠. 할머니가 그를 이리 데리고 온 장본인이에요. 그렇게 했으니 이런 사달이 난 거고요."

모루. 나는 툰드라를 바라보았다. 이 모든 일이 그럼 늙은이의 죄의식 때문이란 말인가? 만일 호크스의 일자리를 구하는 걸 돕지 않았다면 그 아들이 아직도 살아 있다는 건가? 내가 그저 늙은이의 책임이 아니라는 걸 보여 주는 것, 그게 진실의 전부란 말인가?

파카를 입은 작은 소년이 타이어 없는 자전거 바퀴를 진흙에 굴리고 있었다. 두 개의 좁고 평행한 자국이 남겨졌다. 소년은 그 자전거 바퀴를 천마일 거리의 상류로 굴릴 수 있다. 그래도 두 자국은 절대 만나지 않을 거다. 그렇다고 해도 모루가 하늘에서 그냥 떨어지는 일은 일어나지 않는다.

"이봐, 당신은 참 병적인 호기심을 갖고 있군. 뭔가 보고 싶나?" 랜스가 물었다.

그는 동생이 서 있던 컨테이너 문으로 걸어갔다. 그림자 속으로 손을 집어넣더니 소총 한 자루를 꺼냈다.

노마는 움찔하면서 그에게 몸을 돌렸다. "랜스, 그러지 마!"

"자 봐, 이건 45-70구경이야. 우리 아버지를 죽인 총이라고. 오래 걸리긴 했지만, 경찰한테서 다시 받아 왔지. 개머리판을 다시 만들고 여기저기 고쳐야 했어. 원래 있던 개머리판에는 곰에게 거의 잡힐 뻔했던 때 긁힌 자국이 있어. 경찰이 물에서 건져 내었을 때는 완전히 망가져 있었어."

그는 총을 마치 자신이 잡은 물고기 트로피처럼 들어 보였다.

"나는 그놈이 이 총을 만에 던지는 걸 봤어. 몇 주 동안이나 강바닥에 있었지만 건져 올렸을 때는 아빠의 머리통에서 나온 납 조각과 총알이 딱 맞았던 거야. 자, 이제 알고 싶은 게 뭐야?"

"왜 그 총을 가지고 있는 거지?"

"우리 아빠 총이니까. 이 총을 보면 생각나……."

그는 불 쪽으로 몸을 돌리고 손을 열기 위로 올린 뒤 물을 바라보았다. 노마는 그에게 걸어가서 그의 목과 어깨의 근육을 만져 주었다. 그는 그녀가 자기 몸에 닿자 고개를 떨어뜨렸다.

"그 총을 보면……. 아무것도 생각나지 않아."

"우린 그날 밤 아버지가 해안가로 가는 걸 봤어요." 노마는 그의 재킷 뒤에 대고 말했다.

"호크스가 정신이 나갔었죠. 아빠는 그의 문제를 해결하려고 갔어요. 날씨가 너무 나빴어요……. 바람은 40마일로 불었고 강바닥은 모래투성이였어요. 밤에 우리는 닻을 다시 고정해야 했어요. 안 그러면 바위 사이로 질질 끌려갔거든요. 싸우는 소리를 듣지도 보지도 못했어요. 우린 몰랐어요……. 우린 몰랐다고요."

그들은 내 쪽으로 등을 돌린 채였다. 소년이 굴린 자전거 바퀴가 그들과 내 사이로 들어왔다. 마치 안과 밖을 구분해 주는 선을 넘는 듯했다.

"아침에 아빠가 사라졌어요. 호크스가 곰이라던가, 지구 중심의 목소리라고 떠들어 대는 소리를 들었어요. 그때 우리가 경찰을 불렀던 거예요."

"경찰에게는 그날 밤 갑판 위로 올라가지 않았다고 말했지."

"그래서요?"

이건 나만의 반문 스타일이었다.

"지금은 그날 밤 갑판 위에 있었다고 말을 하고 있는데. 시간이 지나면서 기억이 좀 돌아온 건가?"

노마는 목 주변에 손가락을 뒤틀었다. 랜스는 그녀를 바라보지 않았다.

"잘 기억나지 않아요. 언제 갑판 위로 갔는지는 몰라요. 하지만 경찰에겐 사실만을 말했어요."

"그렇다면 너희들이 갑판 위에 있었던 걸 본 두 사람이 걱정될 수밖에 없겠는걸. 하지만 내 생각엔 너희들에겐 그럴 필요가 없었지. 그 두 사람 모두 오랫동안 사라져 버릴 테니까."

"그게 누군데?"

"앨빈 호크스가 그중 한 사람이지."

랜스는 거의 웃음을 터뜨리려고 했다. 그의 입술은 마치 뭔가 깨물려는 듯이 벌어졌다.

"그 사람이야 믿을 만하지. 안 그래?"

"하지만 적어도 아직은 살아 있지."

"뭐라는 소리야?"

"디디는 오랫동안 여기 없을 거야, 안 그런가? 디디에 대해 얘기해 보지. 그러면 나도 너희들을 더 이상 귀찮게 하지 않을게."

랜스는 내 쪽으로 몸을 돌렸다. 이번에는 화가 났다기보다는 슬퍼 보였다.

"그러면 이제 당신이 풀어야 할 미스터리가 생겼군, 영거. 할 수 있는 일이 있을지도 모르겠는걸. 월터 로빈스에게 딸이 어떻게 죽었는지 물어보지 그래? 안 그래도 그 사람이 나를 여기저기 따라다니면서 디디에 대해서 압박하면서 귀찮게 해 왔는데……. 젠장, 그 일이 있었을 때 그 사람도 거기에 있었단 말이야. 그 사람도 디디의 유부남 남자친구에 대해 알고 있었어. 임신했다는 것도 말이야. 그런데 나를 그 중간에 끼워 넣으려고 한다고. 디디가 자살할 때 나는 1,265킬로미터나 떨어져 있었는데도 말이야. 나를 왜 자꾸 연루시키려 하지?"

"월트는 네가 디디를 죽였다고 생각하나?"

그의 머리는 숲에서 가지가 뚝 부러지는 소리를 들은 것처럼 갑자기 경련을 일으키듯 움직였다.

"한때 그 애가 나를 좋아했었어. 학교 다닐 때 나를 짝사랑했지. 어쨌거나 그 사람은 내가 책임이 있다고 생각해. 하지만 내가 디디를 죽였다고 생각할 순 없어."

"디디가 죽던 당시 그녀와 관계했나?"

나는 이 질문이 그다지 적절하지 못했다는 걸 시간이 지나서야 깨달았다. 하지만 그때는 토크렌치 상황 때문에 평상심을 유지할 수 없었다. 그리고 내 특유의 겁쟁이 기질에 걸맞게 그를 질타하고 싶었다. 사람들을 몰아세워 본 적은 많았지만, 이때처럼 그가 보일 반응에 내가 준비되지 않았던 적은 없었다.

노마는 금방 알아차렸다. 처음엔 뒤로 물러서려는 듯하더니 그녀는 그에게 다가갔다.

"당장 꺼져요." 그녀는 내게 비난하듯 소리쳤다. "농담 아니에요. 여기서 빨리 나가라고요."

그녀 말이 옳았다. 랜스에게 눈길을 던지자마자 알았다. 그는 두 손으로 머리를 싸매고 몸을 둥글게 말고 있었다. 뭔가 그의 배 속 저 밑바닥에서 올라오는 깊은숨을 몰아쉬면서 신음하고 있었다. 그의 근육은 긴장되었다. 그는 웅크린 채 몸을 왔다 갔다 흔들었고, 노마는 그의 귀에 대해 뭔가를 중얼거리려고 애썼다. 그의 손가락이 한데 엉켜 들었고 뼈처럼 희고 분홍빛의 주먹으로 단단해져 갔다. 그가 그 자세에서 일어날 때 내가 여기 있으면 안 된다는 걸 본능적으로 알았다.

나는 강 하류 쪽을 보았다. 방죽 옆에서 엔진을 켠 채 서 있는 에드워드의 트럭이 보였다. 에드워드는 운전대 뒤에 앉아 담배를 피우면서 바라보고 있었다. 그는 전혀 움직임이 없었다. 그곳에 마치 영원히 그렇게 있을 것 같았다.

노마는 나를 올려다보았다. "빨리 여기서 나가요." 그녀는 반복했다. "제발, 당장."

나는 에드워드의 트럭이 서 있는 곳을 향해 모래밭 해안가를 걸어갔다. 천천히 걸었다. 뛰지 않았다. 랜스의 분노가 자아내는 힘이 느껴졌다. 나는 천천히 걸으면서 뭔가 좋은 생각을 하려고 애썼다.

어깨 너머로 한번 뒤돌아보았다. 랜스는 똑바로 서 있었고 몸을 옆으로 흔들면서 고개를 바람 쪽으로 꺾었다. 그의 후드는 내려와 있었는데, 그런 모습은 이상한 효과를 내었다. 그의 손과 머리가 몸에 비해 훨씬 더 커 보였기 때문이었다. 내가 자기를 보고 있다는 걸 알자 그의 몸이 얼어붙었다.

노마는 그를 더 꽉 붙들었다. 그는 꼼짝하지 않고 서 있었다. 그런 뒤, 귀를 물린 것처럼 고개를 흔들어 대다가 갑자기 몸을 돌리고 철제 컨테이너의 어둠 속으로 걸어 들어갔다. 나는 경사를 올라가 트럭으로 갔다.

히터에서 헤어드라이어 같은 먼지 열기를 내 얼굴 쪽으로 뿜었다. 담배 연기가 차 주변에 피어올랐다. 에드워드는 웃으면서 마치 내가 아직도 멀리 있는 것처럼 눈을 가늘게 뜨고 바라보았다.

"그들을 만난 것 같군."

"젠장, 저기 진탕에 꼴아 박힐 뻔했어. 어떻게 여기 있는 거야? 여기는 어떻게 왔고?"

그는 좌석 밑에서 사냥총 한 자루를 꺼냈다. 세코 제품으로 스테인리스 375 매그넘이었다. 부쉬넬 조준경이 달려 있었다. 바다코끼리나, 북극곰, 물소 등을 쫓기 위한 것이다. 아주 제대로 된 장비를 갖춘 것이었다.

"생각해 봤어. 누군가 네게 이야기를 해 줄 사람이 필요할 거라고. 그 이야기를 듣기 전까지 자네가 살아 있을 것으로 보이지 않았어. 자네는 사람을 화나게 만드는 경향이 있거든. 어디로 갈까?"

"어디든 좋은 이야기를 들을 수 있는 데라면 좋네."

"월터 로빈스에게 데려다주지."

"그가 내게 들을 만한 이야기를 해 줄까?"

"모르지. 가서 알아보게."

12장

시간이 지나서, 이 모든 일이 끝난 후에 싯카로 돌아와 성당에 앉아서 나는 빅터의 아이들을 만났던 순간을 떠올리며 다른 방식으로 만났으면 어땠을지 상상해 보았다.

시오도어 렛키의 시를 읽은 기억이 났다. 그 시의 화자인 아이가 아버지의 온실 지붕에 갇히게 된다. 내 마음속에서 독사의 입을 가진 난초와 유리공 안의 증기가 피어오르는 열기 위에 공포에 질려 꼼짝 못하는 소년이 떠올랐다.

소년이 자기 죽음을 눈앞에 그리는 와중에 밑으로 떨어지면서 유리와 찰흙 화분이 깨지는 소리의 불협화음을 상상했다. 그 순간 소년은 많은 이야기를 했다. 세월이 지나 소년이 뚱하고 기이한 노년의 교수가 되었을 때 풀어내었을 만한 이야기였다. 그 이야기 속에서 소년은 정신 착란 상태에 빠지게 된다.

나는 겁에 질린 소년을 떠올렸다. 아름답고 친숙한 곳 위에서 어리석고도 격렬한 죽음을 마주하고 있는, 미미하고 보잘것없는 소년의 존재.

물론 이런 생각은 나중에 훨씬 시간이 지난 뒤에야 할 수 있었다.

내 몸에 따뜻한 기운이 돌고 잘 먹어 배를 든든히 채우고 난 후에 말이다. 내가 토디를 팔에 안고 몸을 떨었던 순간부터 에드워드의 트럭에 올라탔던 그 순간까지, 나 자신이 시에 등장하는 소년처럼 유리로 만든 온실 위에 올라가 있었다는 것을 깨닫는 데는 수개월이 걸렸다.

강가에서 빅터의 아이들과 대면한 뒤, 내가 위험한 곳으로 제 발로 기어들어 왔다는 사실을 깨달았다. 저 아래의 아름다운 세상을 내려다보면서 두려움에 질린 채 가벼우면서도 둔중함을 느꼈다.

모랫길이 방풍유리 아래로 미끄러져 갔고 에드워드는 담뱃불을 붙였다. 내 몸은 옷가방처럼 덜컹덜컹 흔들렸다. 나는 길 한쪽에서 놀고 있는 아이들을 알아보지 못했고 라디오에서 나오는 노래를 알아들을 수도 없었다. 위험이 지나간 자리에 두려움이 빛을 흐릿하게 했고 얕게 숨을 헐떡였다. 소리들이 알아듣기 어렵고 구별할 수 없게 단 하나의 톤이 되었다. 이런 두려움은 병적인 노스텔지어, 또는 특히 심한 숙취 같다. 계몽된 의식이라는 것이 머리뼈의 꼭대기가 무한히 커지는 것과 같다면, 내 정신은 타다 남은 재 같았다.

에드워드는 퀸셋 오두막 앞에 트럭을 세웠다. 수직으로 서 있는 벽의 낮은 부분에서 6인치짜리 스토브파이프가 튀어나와 있었다. 그 벽은 지붕을 따라 위로 가면서 굽어 있었다. 이 건물구조에는 철제 지붕이 있었다. 실제로 대부분 철제 지붕이었다. 에드워드는 짐짓 아무렇지도 않게, 마치 의식을 치르는 것처럼 엔진을 껐다. 그는 내게 뭔가 말하고 싶어 하는 것 같았다.

"월터 로빈스와 얘기해 봐. 근데 그를 화나게 하지는 마."

"자네 이 사건에 대해서 뭔가 알고 있지? 나한테 말해 주고 싶은 게 있는 것 같은데. 아니, 지금 운명의 신비스러운 안내자 같은 역할을 맡고 있는 건가?"

그는 눈앞에 아무것도 안 보일 정도로 혼란스럽다는 표정을 지으며 나를 바라봤다.

"난 아무것도 몰라, 세실. 월터 로빈스하고 얘기해 봐."

"알았어." 나는 차에서 뛰어내렸다.

큰까마귀를 찾았다. 한 마리도 없었다. 뭔가 내게 행운을 가져다줄 것을 보고 싶었다. 행운의 상징은 어디에도 없었다. 빈정거리는 태도는 나를 보호해 주지 못한다. 사랑이 필요한 마음은 행운을 가져다주지 않는다. 이 뒤죽박죽된 상황을 나 혼자 해결해야 했다.

에드워드가 차를 몰아 떠나는 소리가 들렸다. 어딘지 멀리 떨어진 혹성에 혼자 서 있는 느낌이 들었다. 몸을 돌려 봤지만 이미 그는 시야에서 사라지고 없었다.

퀸셋 오두막에는 나무판자로 멋지게 만든 현관문이 있었다. 마치 기름으로 반질반질 칠해 놓은 것 같았다. 문에는 무거운 철제 손잡이가 달려 있었다. 문틀은 강가에 떠다니는 유목을 희게 만들어서 넣은 것이었다.

문을 두들기기도 전에 월터 로빈스가 문으로 왔다.

"주노에서 온 사설탐정이군. 뭐 좀 먹겠소?"

그는 재빨리 몸을 돌려 따뜻한 방으로 들어갔다. 그는 석유난로에 가서 커다란 냄비 안을 숟가락으로 젓기 시작했다.

"지금 먹을 수 있는 건 스튜뿐인데. 아직 묽지만 아주 뜨거워요."

나이가 62세쯤 된 것 같았다. 넓은 어깨에 비해 허리가 좁았다. 그는 깨끗한 히커리 셔츠와 검은 청바지를 입고 있었다. 거친 보풀이 인 푸른 슬리퍼를 신고 있었는데 나무 조각과 모래가 붙어 있었다.

랜스의 몸이 전부 안으로 굽어 있다면 월터 로빈스의 몸은 밖으로 나와 있었다. 근육이 발달해 있었지만, 어깨는 느슨했고 팔의 긴장은 풀어져 있었다. 창백한 푸른 두 눈이 얼굴에서 반짝였다. 턱은 각진 사각 모양이었지만 입에는 긴장이 없었다. 손은 컸다. 마치 물통을 손바닥에 올려놓고 소다 캔처럼 으스르뜨려 버릴 수 있을 정도였다. 머리카락은 모래 색깔을 띠었고 태평양의 여느 낚시 배의 선원으로도 일하러 갈 수 있을 것처럼 보였다.

"빵이 좀 있소. 내가 만든 건 아니었지만 스튜와 잘 어울릴 거요. 뭐 마시겠소? 커피? 아니면 좀 강한 걸로 줄까요?"

나는 다시 온실 지붕 위로 올라간 느낌이 들었다.

"죄송합니다만, 제가 올 거라는 걸 어떻게 알았습니까? 저를 어떻게 아시죠?"

"이봐요, 이름이 영거 맞죠? 지금 당신이 있는 곳이 어디라고 생각합니까? 당신이 짐을 싸서 비행기를 타기도 전에 이미 나는 당신에 대해 들었소. 여긴 빈방이 많이 남아돌긴 하지만 끔찍이도 작은 곳이라오. 당신이 날 찾아올 때까지 기다렸소."

그는 내게 스튜 한 그릇을 담아 주었다. 스튜는 진하고 뜨거워 보였다. 그는 흰 빵에 버터를 바르기 시작했다. 그러다 잠시 멈추더니 위스키를 컵에 담았다. 유리잔 위에 버터를 바른 빵을 떨어지지 않게 올린 뒤 창문 옆 판자 테이블에 놓았다.

"주노에 있는 친척들로부터 에마가 화가 많이 나 있다고 들었소. 누군가 노파를 들쑤셔 놨다고 말이지요. 그녀가 싯카에 있는 집으로 오가면서 일을 해결하려고 했다는 말도 들었소."

"잠깐만요. 그게 언제쯤인가요? 친구한테 부탁해서 항공기록을 받았는데 그녀의 이름이 없었던데요."

그는 나를 쳐다봤다. 걱정스럽고 궁금해 보였다. 마치 잠들어 있는 아픈 아이를 깨운 사람처럼 보였다.

"제장, 이봐요, 그 여자 이름은 기록 따위엔 없어. 돈 내고 싯카까지 비행기를 타고 가진 않는다고. 자기 비행기로 갑니다."

"비행을 합니까?"

나는 술을 들이켰다. 따뜻했고 훈연된 맛이 났다. 타 버린 재가 물에 축축이 젖어서 퍼져 가는 느낌이 들었다.

"누구보다 비행을 잘한다오. 루이스가 일 때문에 필요하면 비행을 해 달라고 했지만, 그 여잔 절대 하지 않았소. 영거 씨. 이 일에는 에마가 세상에 알리고 싶은 것 이상으로 많은 얘기가 들어 있다오."

"당신에 대해서도 역시 그렇게 말하던 걸요. 강가에 사는 그녀의 두 애들도 이 일에 당신을 지목했고요."

"그 두 '애들'은 애완용 뱀보다도 더 비열해요. 뭔가 알고 있지만, 전혀 말하지 않을 거요. 디디에 대해서, 벨링햄에서 일어난 일에 대해서 말이오."

그는 대충 깎아 만든 테이블의 모서리 쪽 등이 꼿꼿한 의자에 앉아서 일말의 두려움도 없이 나를 바라보았다. 그의 눈과 얼굴 윤곽은 긴장이 풀려 있지만 슬퍼 보였다. 마치 오랜 시간 슬픔을 안고 사는 법을 배운 듯했다.

그는 웃었다. 저 깊은 곳으로부터 푸른 얼음이 반짝였다. 나는 얼굴을 돌리고 싶었지만 그럴 수 없었다.

"내 딸이 죽었소, 영거 씨. 그 애는 목격자였거든. 뭔가 알고 있었소. 디디는 자살하지 않았소. 다른 사람이 뭐라던 난 상관하지 않소. 나는 그 애 남자친구에 대해서 알고 있었고 임신했을 거라는 것도 알고 있었지. 제기랄. 그 애 엄마가 죽고 난 뒤 우리는 함께 낚시하러 다녔고, 사냥도 같이했단 말이요. 강한 아이였소."

"일기는요?"

"그 앤 걱정을 했소. 무서워했다고 말하는 게 아니요. 하지만 그 마지막 일기. 그건 그 애답지 않아."

"누군가 써 놓은 거란 말입니까?"

"아뇨. 그 애 글씨는 맞소. 그 애와 난 서로 편지를 주고받았기 때문에 그 애의 글씨체를 잘 알아요. 누군가 그 애를 겁줬소. 뭔가 일이 일어날 거라고 두려워한 것 같소. 재판에서 뭔가 일어날 거라고 말이요. 그렇지만 자살은 분명 아니요."

나는 양파와 큰사슴고기 조각을 입속에 집어넣고 꿀꺽 삼켰다, 감사하는 마음으로.

"두 가지 문제가 있습니다. 디디는 도대체 뭘 본 건가요? 또 그게 뭐든 어떻게 그게 누군가 그녀를 죽일 정도로 중요한 건가요? 제 말은 앨빈 호크스는 어쨌든 유죄 형을 받게 되어 있었어요. 아무도, 싸이 브라운도, 제 누이조차도 정당방위를 입증하지 못했어요. 당신 딸이 뭔가를 봤어도 말이지요."

"맞아요. 나도 그걸 생각해 봤소. 하지만 나는 그들이 말이요……"
하며 문가 쪽으로 고갯짓을 했다.

나는 그게 강가 쪽에 살고 있는 두 남매를 의미한다고 알아들었다.

"나는 랜스가 가만히 앉아서 요행을 바라고 있었다고 생각하지 않
아요. 그 앤 비열하거든. 동시에 자기 엄마와 노마에 더할 나위 없이 헌
신적이라오."

말을 마치고 나자 나는 그가 나를 얼마나 믿어야 할지 탐색하고 있
다는 걸 알게 되었다. 우리는 나중에 따라올 결과에 대해 무지한 채
일종의 우정 같은 것에 발을 디밀게 된 것이다. 그건 내겐 문제 되지
않았다. 솔직히 말하면 나는 좋았다. 하지만 월트는 딸을 잃었다. 게다
가 노련한 사냥꾼이다. 그래서 자신이 너무 많이 소음을 내면 아무것
도 잡지 못할 것을 알고 있었다. 그는 잔을 불 가까이 쳐들고 마치 그
것이 보석이라도 되는 듯이 바라보았다.

"내 생각에 랜스가 내 딸을 죽인 것 같소."

나는 그대로 가만히 있었다. 내가 일부러 만든 이 정적의 거짓 연극
적 요소를 그가 불편해하고 있다는 걸 알 수 있었다. 나는 또 이 남자
가 말을 하고 싶어 한다는 것도 알 수 있었다. 그는 혼자 살아왔고 이
런 종류의 게임을 진행하는 데 익숙하지 않았다.

"나는 모든 걸 이해할 수는 없소, 영거 씨. 다만 몇 가지는 이해하
지. 딸이 학교 다닐 때 랜스를 짝사랑했소. 그때 랜스는 디디에게 전혀
눈길도 주지 않았지."

"그렇다면 왜 죽이려 했을까요?"

"재판이 시작되기 전 디디는 내게 말했어요. 루이스와 호크스가 싸

197

웠다는 걸 알고 있다고 했소. 닻을 확인하려고 뱃머리로 갔는데 거기서 싸움을 본 거지. 그 애가 그걸 랜스에게 말하자 랜스가 화를 냈고. 딸애는 겁이 났소. 혹시 랜스가 화가 났을 때를 본 적 있는지 모르겠지만……."

나는 고개를 저었다. 지금은 되도록 개입하지 않는 게 상책이었다.

"뭐라고 할까, 화가 나면…… 제정신이 아니오. 그날 밤 자기가 뱃머리에 있었다고 말하니까 랜스가 거의 제정신이 아닌 듯했다고 디디가 말했소."

"디디가 죽던 날 술에 취해서 해변 상가를 걸어가는 걸 목격한 사람이 있어요."

"술을 마셨지. 그래요. 하지만 그 앤 부둣가에서 살았소. 영거 씨. 그 애가 어렸을 때 물에 떨어진 적이 있었소. 물에서 기어 올라왔어요, 그 앤. 물에 빠져도 겁을 먹지 않아요. 술에 취한 벌목꾼처럼 말뚝을 붙들고 기어오르려고 하지는 않소."

그는 내가 먹은 그릇을 집어서 스튜를 퍼 담았다. 큰 감자 조각들과 고기 살점을 넣은 스튜 그릇을 건넸다.

"글쎄요, 에마는 당신이 그녀의 가족을 해롭게 하려고 한다고 생각해요. 당신이 루이스와 함께 해안가로 나갔어야 했는데 선실에서 술에 취해 뻗어 버렸다고 했어요. 아마도 당신이 이 모든 일을 막을 수 있었다고 생각하는 듯해요."

그는 내 쪽으로 가까이, 불편하리만치 바싹 다가앉았다.

"내가 얼마나 그걸 수십 번, 그 이상 생각했는지 당신은 모를 거요. 내가 해변가에 있었다면 우리 둘이 함께 호크스를 처리했을 거요. 그 여자도 알고 있어요. 내가 그걸 수백만 번도 더 생각했다는 걸. 이봐요 영거 씨, 아마 내가 총을 가져가서, 사냥꾼들이 캠프에서 술을 마실 때 루이스가 총을 넣고 잠가 버리는 장소 중 하나를 골라 총을 미리 숨겨 두었을 수도 있겠지요. 총 한 자루도 주변에 나와 있지 않으면 우리 둘이 호크스를 상대할 수도 있어요. 하지만 사건은 그런 식으로 진행되진 않았소. 그러니 이제 와서 내가 할 수 있는 일은 아무것도 없단 말이요."

"그럼 왜 이제 와서 이 사건에 개입하려고 하십니까?"

"그냥 두려고 했었소. 당신도 내가 이 사건 전부에서 손을 떼었다고 말할 수 있을 거요. 아무려나 그 애를 살려낼 수는 없으니까. 랜스가 그 애를 죽였다고 해도 말이요. 나도 그걸 아주 많이 생각해 봤소. 뭐라고 해도 나는 딸에 대해 좋은 추억이 많소. 법이 어떻다 해도, 또 내여생이 어떻게 된다 해도, 나는 딸애의 기억을 간직하고 있는 거요."

그는 자기 어깨 뒤쪽을 가리켰다. 오두막의 뒤쪽에 간이침대가 있었고 그 위에 나무로 된 벽에는 뭔가 떠 있는 것처럼 보였다. 작살 갈고리에 걸린 대왕연어를 들고 있는 갈색 머리칼의 소녀를 찍은 사진이었다. 소녀의 머리는 뒤로 젖혀 있었다. 나는 목젖까지 보일 정도로 크게 웃는 소리가 햇볕이 내리쬐는 해안가 위로 퍼져 가는 것을 상상할 수 있었다. 연어는 밝은 은빛이고 몸통이 두꺼웠다.

"내겐 저런 기억들이 있어요. 무엇보다 에마 빅터에겐 저런 추억이 없죠. 그녀의 마음속에 잔뜩 든 것은……. 나도 모르겠소. 그녀의 마음속을 채우고 있는 게 무엇인지."

그는 술 한 잔을 더 들이켰다.

"자기 가족이 얼마나 중요한지 많이 떠들어 대지만 나는 그녀가 더 이상 가족에 대해 생각하고 있다고 보지 않소. 내 말은 그 여자가 가족을 생각할 때마다 화를 낸다는 뜻이요."

"당신의 기억이라는 거……."

"내가 말했죠. 다 정리했다고. 나는 여기서 행복하게 살고 있소. 낚시도 하고 관광객도 받고 있소. 하지만 그 애들이 여기로 돌아온 뒤 여기저기 돌아다니는 걸 보게 되었고, 계곡에서 낚시하는 모습도 봤어요. 애들이 웃고 놀러 가서 밥도 먹고 하는 걸 말이요. 내 노력이 물거품으로 돌아갔소. 걔들은 살아 있고 디디는 죽었으니까. 그거 압니까, 내 딸은 그 애들처럼 미래를 갖지 못한다는 걸. 그건 너무 불공평해요. 하지만 그렇다고 해도 난 신경 쓰지 않았소. 나는 그저 모든 걸 내 마음속에 담아 두었어요."

그는 술잔을 들었다.

"그리고 술병에다가 모든 것을 집어넣었소. 전보다 아마 조금 더 말이죠. 그러다가 싯카에서 있었던 총격사건에 대해 듣게 되었소. 그 노인이 사설탐정을 고용했고 누군가 그 탐정을 살해하려고 했다는 얘기를 들었을 때 나는, 어 잘됐군, 이라고 생각했소. 오해는 마시오. 하지만 기분이 좋았어요. 왜냐면 이건 진짜라는 걸 의미하니까. 이 말이 무슨 뜻인지 알겠소? 그냥 내 마음속에만 있는 게 아니라는 거요. 그냥 내가 미쳐서, 아니면 술에 취해서가 아니라는 거요. 누군가에게도 일어나고 있다는 것이지요."

그는 자리에서 일어나서 나를 내려다보았다.

"나는 행복했소. 당신이 다시 조사할 테니 말이요. 그리고 생각했소. 당신이 진실을 알아내도록 내가 도울 수도 있겠다고."

"심증 말고 사건에 대해 뭘 갖고 있습니까?"

"아무것도 없어요. 하지만 루이스가 죽은 그곳, 프로핏 코브(Prophet Cove)의 오두막에 뭔가가 있을 거요. 그게 뭔지는 말할 수 없지만 거기 있을 거라는 느낌이 들어."

나는 술을 마셨다.

"토디가 총격당했을 때 총을 훔친 사람의 용모와 당신이 비슷하다는 말을 해야 할 것 같습니다."

"그게 당신에게 좀 이상하다고 생각되진 않소? 총기탈취사건이 있고 용의자의 용모가 나와 딱 맞소. 이게 뭔가를 가리키고 있진 않소?"

머리가 아팠다. 나는 한 잔 더 마셨다.

"아뇨. 그저 한 가지만 가리키는 건 아닙니다. 이 혼란을 통해서 알 수 있는 것은 아주 많습니다. 내 경험으로는 어느 것도 그저 하나만 가리키지는 않습니다."

"당신의 친구가 총에 맞은 날 밤 나는 스텔라행 비행기를 타고 있었소. 내 비행기 표를 확인해 보시오."

나는 그의 표 따위를 확인하고 싶진 않았다. 갑자기 그의 오두막 안에 앉아서 좋은 음식을 먹고 공짜 위스키를 마시고 싶지 않았다. 우리 정신은 혼란과 애매함을 어느 정도 인내할 수 있는 법이다. 하지만 그때 내 정신 상태는 한계점에 다다랐다.

아니 거의, 라고 해야 한다.

"루이스와 에마에 관해 얘기해 보시죠."

"안 좋은 시절도 있었지. 나는 제삼자이지만 루이스의 결혼생활이 행복했다고 할 수 없다는 건 알고 있었소.”

“부인과 아이들을 때렸나요?”

월트는 그의 술잔을 내려다보았다.

“그래요. 내 생각에는 그랬던 것 같아요. 하지만 이해해야 해요. 나는 루이스를 좋아했어요. 아주 좋은 친구였소. 어렸을 때 함께 술을 마시러 다닐 땐 아무 문제가 없었다오. 하지만 나중에는 뭔가 상처를 입을 때마다 루이스는 술을 마셨어요……. 그리고 화를 냈소. 그러다가 멈췄고. 죽기 전 마지막 몇 년이 내가 그와 알고 지내는 동안 가장 좋은 때였소.”

월트는 술잔 밑을 돌려 위스키를 섞었다.

나는 월트를 쳐다보았다. 관자놀이 주변 피부가 옅어서, 거의 투명해 보였다. 얼굴에 가득한 피곤함이 눈과 입 주변으로 주름살을 만들고 있었다. 판사님이 평생 나이 들어서 사람들이 우러러볼 만한 사람이 되기를 기다려왔던 소년이었다면, 월트는 몸과 마음이 늙어 버린 청년이었다. 머리카락 숱은 빠져 갔고 흰 머리가 희끗희끗했다. 피부는 그 밑의 근육 위로 더 이상 팽팽하게 당겨지지 않았다. 손을 떨지는 않았지만 말할 때 목소리는 다소 동요했다.

“상황이 어떻게 변해 갈지는 전혀 알 수 없는 거요. 딸이 어렸을 때 나는 책을 읽어 주곤 했소. 아이를 목욕시키고 나서 읽어 주었소. 그 애는 까끌까끌한 가운을 입고 머리카락은 젖은 채로, 내가 한 페이지를 읽으면 다음 책장을 넘겨주었소. 디디는 정말 똑똑했어. 읽지 못할 나이였을 때도 언제 책장을 넘겨야 할지를 정확히 알았지. 상황이 어떻게 변해 갈지는 정말 아무도 장담할 수 없는 거라오. 나는 루이스를 아꼈지만, 그가 언제나 좋은 사람이었던 건 아니었고, 디디는 언제나 착하고 좋은 아이였지만 결국 살해당하지 않았소. 나는 이 모든 상황을 어떻게 이해해야 할지 잘 모르겠소. 내 인생을 좀 더 잘 살아갈 수 있었을 것 같은 때가 있소. 아마 다르게 살았을지도 모르지. 운 나쁜 건 피할 수도 있었겠지. 하지만 사실, 잘 모르겠소. 이런 식으로 일이 벌어질 수는 없다고 생각해요. 그 애는 정말 예뻤고 내 아이였지. 아마도 그것만이 내가 이생에서 누릴 수 있는 유일한 행운인지 모르겠소.

"그리고 에마가 있었소. 그것도 좋았소. 하지만 결코 행운이라고 할 순 없었지."

그는 나를 올려다보았다. 당황한 듯싶었다.

"누군가와 결혼한 여자를 사랑한다는 것은 위조된 복권으로 상금을 따려고 하는 것과 같소."

"에마를 사랑하셨군요?"

"그렇소, 그때는 그랬던 것 같소."

그는 일어나서 오두막 안을 서성거렸다.

"영거 씨, 혹시 기억이란 그저 한순간의 꿈이라고 생각해 본 적 있소?"

나는 그를 보고 미소를 지었다. "늘 그렇게 생각합니다."

그는 다소 혼란스러워하는 듯이 보였지만 계속 말을 이어 갔다.

"그때를 생각할 때마다 마치 꿈같소. 언제나 큰 소란을 겪은 것 같소. 루이스와 에마는 늘 싸웠고 나는 두 사람을 진정시키려고 애썼지. 하지만 사실은 에마와 함께 있고 싶어서 그랬던 거요. 나는 내 가장 친한 친구에게 거짓말을 했었지. 그러니 그 꿈이 늘 좋았던 건 아니라오.

루이스에게는 애인이 있었는데, 그녀는 매우 강렬한 여자였소. 유픽 여자였는데, 대가족 집안이었지. 이름은 레이첼. 에마와는 달랐어요. 조용하면서도 강했지. 루이스는 그녀와 있으면 마치 안전한 닻을 내리고 있는 것 같다고 했소. 우리 모두 에마의 처지에서 보자면 루이스는 거짓말쟁이 나쁜 놈이었다는 걸 알고 있었지만, 내 생각에 그는 그 유픽 여자를 진심으로 사랑했던 것 같소.

스텔라를 떠나기 직전 아주 크게 싸움이 났었소. 에마가 본토에서 남자 형제들을 불러왔고, 그들이 루이스를 협박했소. 아주 추한 인종 차별이었지. 그 형제들은 마치 자신들이 정당한 명분을 갖고 힘을 행사하는 것처럼 으스대었어요. 아무 일도 일어나진 않았어요. 그저 그들이 원하는 것을 알리고 떠났소. 에마와 아이들, 그리고 루이스마저도 상태는 전혀 좋아지지 않았어요. 상황이 진정되고 레이첼을 만나지 않겠다고 약속했지만, 그 후에도 몇 년 동안이나 두 사람은 숨어서 만났소. 사건이 있기 전 두 사람이 자주 만난다는 얘기를 들었소."

"그 여자는 아직도 여기 있나요?"

월트는 내게 위스키를 더 따라주고 술병을 우리 사이에 내려놓았다.

"루이스가 죽고 6개월 후 강에 빠져 죽었소. 그녀가 탄 배가 전복되었지. 혼자였는데, 그게 좀 이상했소. 어떤 장비도 챙기지 않고 배를 탔거든."

"가족들은 뭐라고 하던가요?"

"그녀의 죽음이 안타깝다고 했소. 그 외에는 나뿐 아니라 그 누구에게도 아무 말 하지 않고 있소."

"에드워드는 레이첼 가족과 관련이 있나요?"

"당신 친구 에드워드 말이요? 그렇죠, 그럴 거요."

내 머릿속 타 버린 재가 확산하고 있었다. 예전에는 여러 번 바보처럼 술 취한 상태를 지식으로 착각한 적이 있었다. 이런 감정에는 뚜렷하게 날이 서 있다. 이날 나는 확실성으로부터 일탈해 버린 상태라 지식이 그 뒤에 있을지도 모를 가능성을 의심했다.

"함께 그 오두막에 가 볼 수 있을까요? 소용이 있을지는 모르겠습니다만."

"주노로 오면 내 배로 오두막까지 데려가 주겠소."

나는 트럭이 도착하는 소리를 들었고 곧 문을 두드리는 소리가 들렸다. 해나였다. 나를 데리러 온 것이다.

그녀는 내 비행시간까지 강가를 함께 걸을 시간이 좀 남아 있다고 했다. 문가에 선 채 해나는 월트에게 미소를 지었다. 나는 그녀가 위스키 냄새를 맡았고 술잔도 봤다는 걸 알고 있었다. 아무 말도 하지 않았지만, 곧 그녀가 뭐라고 한마디 하리라는 것을 알았다. 확실한 것은 문가에 서 있는 그녀가 강가를 산책하는 대신 집안으로 걸어 들어와서 함께 술을 마시지는 않을 거라는 사실이었다.

"전화하겠습니다." 나는 몸을 돌려 손을 내밀었다.

"아니면 내가 당신에게 연락을 보내겠소. 뜸 들이지 맙시다. 이미 너무 오랜 시간을 보냈소."

나는 몸을 돌려서 해나와 함께 트럭으로 걸어갔다. 그녀는 땅바닥을 바라보고 있었다.

"저 사람 믿어요?" 그녀는 신고 있는 부츠의 발끝을 보고 있었다.

"내 머릿속에서 이 사건은 전부 회색지대요. 어떤 것도 믿지도 않고,

의심하지도 않아. 그저 담아 두고 있을 뿐이지. 그가 마음에 들긴 해. 그래서 더 의심할 이유가 있겠지. 그를 회색지대에 두었어."

"나는 어디에 있나요, 그럼?" 그녀는 이번에는 운전대를 바라보고 물었다.

"당신? 지금은 나를 강가로 데려가려고 하지."

그녀는 트럭의 기어를 움직였다. 월트의 오두막이 시야에서 사라져 가자, 나는 뭔가 불안감을 느꼈다. 시간이 흐른 뒤 그 느낌은 온실의 화초 위로 유리가 떨어져서 깨지는 최초의 소리라는 걸 깨달았다.

13장

트럭에서 내려서 그녀에게 손을 내밀었다. 그러나 그녀는 미소를 머금은 채 모래밭에 눈길을 주었다.

비행기에서 내려다보면 강의 이 부분은 마치 꼬인 내장처럼 보인다. 물길은 원환을 만들다가 다시 구부려져 흘러간다. 해안가에서 보면 강은 일련의 짧은 풍경으로 이어져 있다. 강이 구불구불 흐르면서 구석이 생기고, 원 모양을 만들었다가 그저 물뿐인 풍경이 이어진다. 물은 흐르다가 모래강둑에서 끊어지기도 했다. 버드나무 몇 그루가 있긴 하지만 대부분 갈색 물뿐이다.

이 지점에서는 하류로 밀려 나가서 수 마일 떨어진 산의 내리막길로 물이 흐르는데, 도로에서 엔진을 끈 뒤 관성으로 움직이는 자동차처럼 서서히 움직이고 있었다. 버드나무에는 검고 흰 제비가 한 마리 앉아 있었다. 그 새가 내게 경고를 하고 있다고 상상했다. 앞으로 일어날 일을 조심해, 주의하라고! 하지만 난 피곤했다. 앞으로 일어날 일이란 해나와 함께했을 내 삶에 대한 낭만적 몽상이라는 걸 알고 있었다.

어느 여름날 그녀와 싯카의 경찰학교 뒤에서 야생 열매를 땄다. 어린나무와 새먼베리 덤불이 있는 협곡에 껴 있던 무덤가였다. 우리는 늦은 아침 도시에서 출발해서 걸었다.

그날 아침 공기는 해안가를 벗어나자 더워졌다. 항구의 냄새는 밀려오는 파도의 거품처럼 부드러웠다. 바닷가에서 불어오는 공기는 고요했고 따듯함이 땅에서부터 올라왔다. 우리는 공장으로 향해가는 주도로를 건너서 짧은 자갈길을 지나 묘지로 향했다. 이 길은 강과 평행으로 놓여 있었고 연어들이 알을 낳으려고 상류로 올라오는 중이었다. 강둑에는 이미 알을 낳고 죽은 물고기들의 사체가 널려 있었고 대기는 썩은 냄새로 코를 찔렀다.

묘지에서 자라는 새먼베리 덤불이 있는 곳으로 안내할 입구의 유일한 표지는 어깨 정도 높이의 덤불 안에 뚫린 구멍이었다. 이 구멍으로 우리는 마치 어린 시절 요새로 들어가듯이 몸을 넣어 들어갔다. 작은 가문비나무들이 머리 위를 뒤덮은 곳 아래로 묘지들의 뒤집힌 묘비명과 인조 꽃의 건조된 꽃잎들이 있었다.

우리는 세월로 닳고 닳은 묘비명 하나를 지나갔다.

아나 토드
1906-1940
딸이며 엄마

러셀 콜레트
1912-1944

군인

　머리 위 나뭇가지로 얽힌 지붕을 통해 햇볕이 얼룩덜룩 내리쬐었다. 해나는 천천히 무덤 주변으로 움직이면서 새먼배리 덤불이 빛을 탐하며 무리 지어 모여 있는 공터 가장자리로 갔다. 야생 새먼베리는 부드러웠고 즙이 가득 차 있어 줄기에서 축 늘어져 있었다. 물살을 가르며 헤엄쳐 올라오는 연어 배 속에 가득 들어찬 알처럼 보이는 색과 맛을 담은 주머니였다. 무덤 사이에는 들꽃이 있었다. 별똥별, 습지 갈색난과 독성 강한 투구꽃 무리였다.

　그날 나는 그녀가 물속에서 열대 산호초 너머로부터 맨몸으로 수영해서 다가오는 모습을 바라보는 느낌을 받았던 걸 기억한다. 그녀는 그림자 안으로 들어갔다 밖으로 나오면서 열매를 따서 목에 건 플라스틱 버킷에 부드럽게 집어넣는 동작을 하면서 걸어왔다. 때로 덤불의 높은 가지들이 그녀의 금발을 붙들었고 그녀가 앞으로 한 발 내디디면 가지 하나가 머리타래를 빛으로 들어 올렸다. 마치 문가에 걸린 채 바람에 불려 나오는 부러진 거미줄 같았다.

　해나는 아이들이 묘지에서 파티하고 버리고 간 맥주 캔을 집어서 가방에 넣었다.

테사 말로비치
1896-1936
우리 주님에게 헌신하다

209

이반 부르스
1956-1959
천사와 함께 있으리

나는 열매를 하나씩 딴 것 같다. 손가락에 묻은 야생 새먼베리의 얼룩을 기억한다. 이와 혀 뒤쪽에 머물던 열매의 씨에서 나온 달콤 쌉싸름한 맛도 기억한다. 베리 하나를 빛 쪽으로 올려서 열매 하나하나에 난 작은 털을 바라보았다. 물방울의 표면장력처럼 얇게 즙 주변을 감싸고 있는 막을 보았다. 가끔씩 말파리 한 마리가 고요한 대기를 작게 흩트려 놓았고, 바람이 머리 위쪽 나무를 흔들어서 그림자들이 따뜻한 물즙으로 섞어 놓았다.

우리는 아무 말 하지 않았다. 그녀는 낮게 흥얼거리면서 손가락으로 새먼베리 덤불 가지 하나하나를 살피고 있었다. 스코틀랜드 선율이거나 감상적인 춤의 음률일 수도 있다. 나는 그녀가 몸을 웅크리고 앉아서 낮은 가지들을 살피고, 따뜻한 땅 가까이에 핀 달콤한 열매를 찾고 있는 모습을 지켜봤다. 그녀가 다시 일어나 발가락으로 서서 몸을 죽 펴, 덤불 꼭대기로 손을 뻗는 모습도 봤다. 그녀의 셔츠가 바지에서 빠져나왔고 그녀의 등이 구부러져 만든 작은 등판에서 허벅지의 둥근 부분까지 바라보았다.

적어도 이런 것들을 내가 보았다고 기억한다고 생각한다. 나는 기억과 갈망을 구별하는 일에 애를 먹었다.

가령 집에 돌아갔을 때 내 정신은 말짱했고 그날 밤 부드럽게 서로 사랑했다고는 장담할 수는 없다. 하지만 우리가 그랬다고 나는 믿는다.

그녀의 입술에서 햇살과 새먼베리 맛을 본 걸 기억한다, 그녀의 가슴과 배에 내가 입을 맞출 때 방 커튼 사이로 바람이 불어온 것을 기억한다. 그녀의 손가락이 내 얼굴 옆을 감쌌고 그녀가 내 이름을 계속 불러 대던 것도 기억한다. 또 그녀의 농염한 맛이 대기와 새먼베리 그리고 햇살의 기억과 한데 섞인 채 밤이 오고 있던 것을 기억한다.

강가를 따라 걸으면서 이런 일들이 정말 내가 기억하듯이 일어났었는지는 상관없다고 생각했다. 술에 취한 채 절대 존재하지 않았던 진실의 기억 속 여자와 정신이 말짱한 채 사랑했던 걸 기억하는 것이, 정확한 회상의 확실성 때문에 고통받는 것보다 더 낫다. 나를 쓸쓸하게 만드는 이런 꿈들은 묘지 근처 덤불에서 딴, 나중에 혀 밑에서 발견하게 되는 새먼베리 씨앗처럼 달콤 쌉싸름하다.

그녀는 아래를 내려다보면서 얼굴 쪽에서 머리카락을 치웠다. 그녀의 어깨는 강가의 모래 위를 걸어가는, 어색한 듯하고 신중하게 내딛는 발걸음에 따라 움직이고 있었다.

"딱한 사람." 그녀가 중얼거렸다.

그녀는 나를 올려다보았고 나는 그녀의 눈 아래, 그리고 입 주변으로 둥글게 내려가는 그녀의 얼굴을 보았다. 그녀는 싯카에서 우리가 보냈던 시절보다 더 어려 보였다. 어쩐 일인지 그녀의 얼굴은 마치 오랫동안 좌절감 때문에 긴장되어 있던 주름살들이 긴장이 풀려 있듯이 더 부드러워졌다.

강이 우리 옆을 지나 밀려 나가는 소리를 들었다. 모래강둑의 가장자리가 물로 떨어져 나가면서 소리를 만들어 내는 걸 봤다.

"그 사건을 그냥 내버려 둘 순 없겠죠, 당신은? 그저 계속 앞으로 나아가야 하는 게 당신의 병이에요. 한 사람의 인생에 있을 일말의 안정감이나 결단을 당신은 꼭 그렇게 개입해서 휘저어 놓아야 하는 거죠."

그녀의 목소리에는 조롱기가 담겼다. 나는 그녀 뒤에서 몇 발자국 떨어져 걸었다.

제비가 비상하려고 깃털을 털고 있는 모습이 보였다. 새는 한쪽 날개 아랫부분을 부리로 쪼고 있었는데, 아마도 피부를 파고드는 작은 벼룩을 잡는 듯했다. 새들은 그 인식적 한계에도 불구하고 절대로 옛 애인으로부터 설교 따위는 들을 필요가 없다.

"이봐, 대체 원하는 게 뭐야? 당신이 떠나는 걸 내버려 두었잖소. 짐을 싸서 나랑 토드를 내버려 둔 채 떠난 건 당신이고, 나는 붙잡지 않았어. 뭘 원하지? 이제 와서 이해하려 드는 건 좀 늦지 않았나?"

제비는 날아갔다. 그저 간단히 앞으로 몸을 기울이고 쭉 뻗은 뒤 세 차례 날갯짓하면서 강물과 둑의 원을 지나 저 너머로 사라져 버렸다.

수준 낮은 여자였다면 지금 내가 싸움을 걸어온다고 생각했을 것이다. 하지만 해나는 다시 미소를 지었고 강물을 향해 말을 했다. 강물 표면에 콜리플라워 꽃처럼 물결이 살짝 퍼져가고 있었다.

"당신은 마치 세상이 당신을 제외하곤 그 어느 것을 위해서도 크지 않은 것처럼 굴어요. 당신은 마치 당신의 자아가 부풀어 오를 때 세상 전체가 긴장해서 팽팽해지는 것처럼 행동한다고요. 여기 둘러봐요, 세실. 얼마나 공간이 많은지. 당신이 아무리 돌아다녀도 공간은 충분히 남아돌아요. 이 사건에서 손을 떼고 내가 하라는 대로 살아보는 게 어떻겠어요?"

나는 싯카에서 그날 문이 꽝하고 닫힌 뒤 서 있던 내 모습을 떠올렸다. 텅 빈 런웨이에 비행기가 소리를 내며 줄지어 서 있는 모습을 떠올렸다. 기러기들이 머리 위로 V자를 점점 넓혀 가면서 멀리 날아가는 모습도 떠올렸다.

물론 세상에는 충분한 공간이 있지. 하지만 최근에 예수님께 입문한 사람과 언쟁을 벌이는 건 소용없다. 나는 몸을 돌려서 혼자서 트럭 쪽으로 향해 걸었다.

"기다려요."

"아가씨, 난 기다릴 시간이 없어요. 가야 해. 잘 들어요. 나도 당신 방식으로 느껴 보려고 노력했어. 심지어 술기운을 왕창 빼도 봤어요. 나름 노력했다고. 모임에 나가서 커피를 죽어라 마셔 대면서 '나보다 더 크신 힘'을 받아들이려고 했다고. 하지만……. 난 할 수 없어."

"그건 당신이 남자라서, 판사님의 자제분이라서 그래요."

"웃기지 마. 아니, 너무 많은 일이 일어나 버렸고 내가 너무 오랫동안 혼란 속에서 지냈기 때문이야. 당신과 나 사이에 있는 그 '힘'을 생각해 봐. 그 '힘'이 토드에게 총을 쐈다고. 그게 같은 건가? 당신은 그때 없었어. 토드는 내 팔에 쓰러졌어. 그의 가슴은 총구멍에 찢겨 버렸다고. 그 자리에 당신은 없었다고. 이 세상에 얼마나 많은 여유 공간이 있는지 모르지만, 그 지랄 같은 것들이 너무도 많아서 토드에게 그런 일이 일어난 거야. 또 그 벨링햄에서 죽은 여자애도 그렇고."

그녀는 나를 바라보았고 두 눈은 젖어 있었다.

"당신은 미스터리를 너무 좋아해요, 세실. 당신은 혼란이라는 가치로만 만들어진 것 같아요. 신앙심도 미스터리예요. 그런데 당신은 그걸 보지 못하지요. 이런 점에선 경찰들과 같아요. 오직 사실만 보죠. 당신은 앞서서 결론을 내려 버려요. 그런 뒤 공허감을 느끼죠. 이야기를 놓쳤기 때문에요."

제비가 우리 근처에 내려와 앉았다. 새는 디테일에 있어서는 완벽했다. 깃털, 물고기 뼈의 섬세함, 새의 눈 속 엷은 액체에 반짝이는 햇살. 새는 깃털을 털고 다시 앞으로 몸을 구부렸다. 새의 머리가 버려진 컵이라면 그것에 무엇을 채울 수 있을까?

그녀는 새를 바라보았다. "우리에겐 원하는 것을 할 자유가 있어요."

"그만하지? 당신은 떠날 자유가 있어. 누군가는 토드를 쏠 자유가 있겠지. 나는 저 600명의 원주민처럼 원한다면 술고래가 될 자유가 있는 거야."

"더 나은 방법도 있어요."

"전두엽절제술을 받고 교회 팸플릿을 들고 가가호호 방문을 다닐 수도 있었지."

그녀는 내 앞으로 걸어갔다. 그녀의 어깨가 흔들렸다. 마치 화를 참으려는 듯했다.

"결코 이길 수 없는 싸움을 그만둘 수도 있어요."

나는 걷기를 중단하고 구두를 내려다보았다. 손을 주머니 속에 넣고 있었다. 그녀 말이 맞는다는 걸 알았다. 나조차도 무엇인지 명확히 말할 수 없는 진실에 대해 그녀에게 믿으라고 할 수는 없었다. 이 언쟁은 사랑에 대한 것만은 아니었다. 세 번째 술잔을 들이켜면 나타나는 꿈에 대한 것도 분명 아니었다. 이건 그 외 다른 모든 것, 즉 강물의 흐름, 즉 물의 순환에 대해서, 토드의 총격과 나만의 강박적 호기심에 관한 것이었다.

우리 둘 다 안다. 나보다 더 크신 힘이 하나 이상 있다는 것을. 그들 중 일부가 갈등을 일으킨다. 토드를 만든 힘과 그를 죽이길 원하는 힘 사이의 갈등. 이 힘들은 적어도 두 개의 서로 다른 것이어야 하고, 그 점은 나도 받아들일 수 있다. 솔직히 말하면 나는 그게 더 좋다. 왜냐 하면 신이 토디에게 이런 짓을 했다고 믿게 된다면 어쨌거나 그 신과 공모해야 하고 또 그 일부가 되어야 하기 때문이다. 여기에는 선택권이 없으므로, 미친 짓이다.

그렇지만 만일 그 존재가 나를 데려가려 한다면 기꺼이 따르겠지만, 그것도 역시 미친 짓이다. 가끔 그 존재를 생각할 때면 행복하기 위해 서, 소위 정상적인 인간이 되는 것이 어떤 건지 느끼기 위해서 나는 수 치심 없이 굴복하고 싶다. 해나와 살면서 해협 위에 만든 텃밭에 물을 주고 일주일에 두 번씩 교회에 나가는 그런 삶을 천국이라고 부르겠지. 하지만…… 나는 이 세상에 붙들려 있다. 바위와 저 갈색 강물과 알을 낳은 뒤 죽어서 유령처럼 바다로 둥둥 떠내려가는 연어의 세상에. 나 는 기꺼이 강가로 가겠지만 더 이상 나아갈 수 없다. 사랑도 아니고 호 기심도 아니라면. 나는 그녀와 함께 갈 수 없었다. 내가 강을 너무도 사랑하기 때문이다. 해나를 바라보며 상상하기 어려운 신앙심의 언어 를 상상하려고 애썼다.

제비가 다시 나타나서 머리 위쪽 버드나무에 완벽하게 정지된 상태 로 머물러 있었다.

"세실, 왜 당신은 이런 식이어야 해요? 경찰이 이 사건을 알아서 하 게 돼요. 나와 함께 살면서 나를 사랑해 줘요. 내겐 당신을 위한 방이 있어요. 알잖아요."

"토드와 디디를, 그리고 다른 것들을 몽땅 잊어버리라고? 이 사건 전체가 내 허영에 대한 것이기만 한다면 그럼 포기하겠소. 그렇다고 해서 당신과 신이 나를 보살펴 줄까?"

"당신이 지금 하는 말을 들어 봐요. 당신이 이 일을 하는 건 어딘가에 해결책이 있다고 믿기 때문이죠. 당신은 무슨 일이 일어난 건지 알아내야만 하는 정의감 같은 게 있어요. 그게 바로 믿음이란 거예요, 이 답답한 사람아. 뒤죽박죽 엉켜 있지만, 그게 신앙심이라고요."

그녀는 손가락을 내게 흔들어 대기 시작했다. 양로원의 그 노인이 했던 것처럼. 확실성을 가진 사람이 취하는 보편적 몸짓이었다.

검고 하얀 그 새는 앞으로 몸을 들어 올렸다가 물 위로 떨어져 내렸다. 마지막 순간에 짧은 날갯짓으로 물 표면을 따라 세차게 날아올랐다.

나는 발로 모래를 파고 있었다. 죄지은 작은 소년처럼. 내가 그렇게 하는 동안 점점 더 그 사실을 의식하게 되었고, 그래서 점점 더 화가 났다.

"아니야" 하고 말했다. 그리고 그다음에 무슨 일이 일어날지 두려워서 멈췄다.

언쟁은 끝났다. 그녀는 나 때문에, 또 내가 한 말 때문에 화가 나거나 놀라지 않았다. 그러자 기분이 상했다. 우리는 왼쪽으로 방향을 틀어서 가파른 모래언덕을 걸어 올라가 단단하지만 불안정한 땅의 가장자리로 갔다. 해나가 앞장섰다. 우리는 정상에 올라 걸음을 멈추고 툰드라를 내려다보았다. 이 광활한 풍경에서 툰드라는 추상적이었지만,

막상 가까이 가 보면 세부적인 것들로 가득했다. 뭉쳐 있는 이끼들, 가느다란 풀 더미, 흙무더기 아래 껴 있는 알래스카 들꿩의 잿빛 점박이 깃털, 강가에서부터 이어진 토끼 발자국의 희미한 흔적들.

예기치 않게 그녀가 내게 몸을 돌려 내 손을 잡았다. 그녀는 울고 있었다. 그녀의 눈물은 짧은 빛 속에서 수정 같았다. 그녀는 장갑 낀 손으로 아무것도 끼지 않은 내 손가락 관절의 붉은 피부를 쓰다듬었다.

"당신은 내가 어리석다고 생각하죠. 내가 너무 나약해서 당신이 살고 있는 그 '영웅적' 모순을 감당하기 힘들다고 생각하죠. 그리고 내가 당신을 사랑하지 않는다고 생각해요. 하지만 그건 사실이 아니에요. 당신이 생각하는 그 모든 게 사실이 아니라고요. 벽을 쌓은 건 당신이지 내가 아니에요. 신앙심도, 당신의 아버지도 아니고, 바로 당신이에요. 당신도 그걸 잘 알고 있죠."

"그럴지도 모르지……."

분노가 일어났다가 강가 저 너머로 사라지는 것이 느껴졌다. 나는 그녀의 머리카락을 얼굴에서 치운 뒤 내 손등을 그녀의 뺨에 대었다.

"하지만 나는 정확히 내가 어디 있는지 알 때까지는 진실을 알아볼 수가 없소."

그녀는 나를 껴안았다. 두꺼운 코트를 통해서도 그녀의 등이 재빨리 강한 진동 속에서 긴장하면서 움직이는 근육을 느낄 수 있었다. 그녀는 내 옷의 옷깃 뒤에서 훌쩍대다가 귀에 재빨리 입을 맞추고는 속삭였다.

"당신만의 문제가 아니라는 걸, 알죠?"

"알아." 나는 대답했다. 우리는 함께 트럭을 향해 걸어갔다.

14장

그녀가 공항으로 차를 모는 동안 우리는 아무 말도 하지 않았다. 주차장에서 나는 택시 운전사에게 25달러를 주고 1파인트 크기의 켄터키버번 한 병을 샀다. 이 택시 운전사는 백미러에 종교적인 메달을 걸어 두고 있었다.

에드워드가 이곳 공항의 단 하나뿐인 게이트에 나와 있었다. 내가 비행기 쪽으로 걸어가자 그는 미소를 머금고 내 쪽으로 걸어왔다. 그는 내 어깨에 팔을 건 채 땅을 내려다보았다.

"곰과 결혼한 인간에 관한 이야기가 있어. 그 이야기를 들어 봐."

"이야기 결말이 어떤데?"

"매번 달라."

나는 그를 바라보면서 눈을 가늘게 떴다.

"자네마저? 뭐 하는 거야, 자네, 정치하나? 왜 말도 안 되는 소리를 지껄여?"

"자네가 어디에 서 있냐에 달렸어. 또 누가 곰이냐에 따라 다르지."

"뭐라는 소리야, 젠장."

그는 웃었다. 그의 눈썹이 둥글게 아치 모양을 만들었다. 광대뼈와 어울려 눈썹은 완전한 원을 만들었다.

"조심하게, 세실. 술을 마시려고 하는군. 하지만 행운을 걸지는 마."

"노력하지. 내 말을 귀담아듣지 마. 내가 아닌 게 말하고 있는 거야."

"알겠네."

그와 악수한 뒤 나는 몸을 돌려 비행기 계단을 걸어 올라갔다. 창문에 기대앉아 해나가 에드워드와 함께 트럭 쪽으로 걸어가는 모습을 보았다. 나는 술병을 열고 속 깊이 들이켰다. 술 취한다는 것에는 뭔가 열렬하고 낭만적인 측면이 있다. 나는 귀향과 탈향의 느낌을 동시에 느꼈다.

못으로 단단히 고정한 알루미늄 작살 모양의 긴 원통 속에 앉아 있었다. 활주로를 떠서 비행기가 이륙할 때 내 몸이 깊숙이 의자 안으로 파고 들어갔다. 비행기가 제 궤도에 들어가 남쪽으로 선회하는 동안 극 지대의 공기 흐름을 따라 미끄러지듯 쉽게 나르는 휘파람고니 위에 걸터앉아 있는 느낌이었다.

원치 않았지만 어쩔 수 없이 여섯 차례 길게 들이켜서 술 한 병을 다 끝냈다. 승무원이 음료수를 줄 때 나를 무례하다고 생각하거나 내가 뭔가를 숨기고 있다고 생각하지 않도록 해야 했다.

어쩐 일인지 음악 소리가 들려왔다. 롤스로이스 엔진이 계속 긁는 것처럼 내는 낮은 소리 위로 비틀스의 〈노르웨이 숲〉의 현악기 부분이 들렸다. 내 두 눈 뒤쪽으로 압력이 생기기 시작했고 내 머리는 목에서 조금씩 떨어져 흔들리는 것처럼 느껴졌다. 나는 코를 쥐고 풀었다. 공기가 내 두 귀에서 뿜어져 나왔고 새로운 소리가 흘러들어 갔다. 술병 카트가 열렸고 보라색 마스카라를 바른 금발의 승무원이 카트를 칸막이벽에 살짝 부딪쳤다. 작은 병들이 서로 부딪치는 감미로운 쩽그랑 소리가 들렸다.

환각제를 복용하는 것은 여행하는 것과 매우 비슷하다. 한 장소를 떠나 다른 장소로 간다. 하지만 술에 취한 것은 보모를 고용하고 집에 머무는 것과 같다. 번쩍 번개 치는 명료함이나 빛을 발하는 떨기나무 따위는 없다. 다만 철로 만든 기타의 미끄러지듯 흐르는 코드처럼 가장자리 주변에서 스며드는 애매하면서 따뜻한 감상주의만 있을 뿐이다. 목 뒤와 위장 바닥이 철제 줄로 가득 찼고 주변 시야의 압력이 점점 좁아지는 걸 느꼈다.

비행기가 구름의 덮개를 통과해 올라갔다. 우리는 균일하게 해가 비추는 고도의 세상으로 뚫고 들어갔다. 카트에 물건이 채워지고 통로를 따라 술병이 행복하게 딸랑거리는 소리가 들려왔다. 나는 창가 자리에 앉았다. 통로 자리에 앉은 여자가 긴 숨을 들이쉬고는 내가 들을 수 있을 만큼 크게 말했다.

"이제 정말 그 지옥 구덩이에서 벗어났군요."

그녀는 백인이었고 빳빳한 정장을 입고 있었다. 네이비블루 스커트와 주름진 흰 블라우스를 입고 커다란 호박색 구슬목걸이를 걸고 있었다. 그녀의 손톱은 매끈하게 다듬어져 깨끗한 새의 발톱처럼 보였다. 비행기가 주행 고도로 올라가기까지 그녀는 손가락을 꽉 쥐었다 풀었다 했다.

"스텔라를 벗어나는 행운을 어떻게 얻었나요?"

그녀는 나를 쳐다보았다. 그녀의 눈은 시골에서 소풍 갈 때 쓰는 종이 등처럼 가볍고 즐거워 보였다.

"떠날 때가 된 거죠." 나는 말했다.

"정말 그래요!"

그녀는 푹신한 의자 팔걸이를 주먹으로 내리쳤다. 그녀의 손과 직각의 위치로 술 카트가 다가올 때 은팔찌가 짧게 짤랑거렸다. 그녀에게 스카치에 소다를 섞은 칵테일을 사 주었고 나는 버번을 마셨다. 우리는 바보 같은 얘기를 나누었다. 그녀도 우리가 나눈 대화가 바보 같다는 걸 알고 있다고 느꼈다. 그저 긴장을 풀려고 이야기를 나누었을 뿐, 나는 해나와 토디를, 그리고 샐러드에 담긴 그 끔찍한 아보카도를 줄곧 생각하고 있었다. 내 옆 좌석에 앉은 이 여자는 공인회계사였다. 그녀가 연필은 사용하지 않는다고 말한 걸 기억한다.

그녀는 "시정부의 일을 맡을 뿐, 개인 회계장부는 하지 않아요"라고 말했다.

나는 이해한다는 듯이 미소를 지어 보였다. 마치 그녀가 지껄이는 말에 은밀한 이중적 의미가 담겼다는 걸 알고 있다는 듯이 굴었다.

"이 사람들은 정말 말도 안 되는 구석기시대 사람들이에요. 아니 그 사람들이 어떻다는 얘기가 아니라, 회계 책임이라는 것에 대해선 전혀 아무것도 모르는 거예요. 그 사람들은 전혀 이해 못 해요……."

그녀는 완벽하게 다듬어서 꾸민 손톱을 자신의 코끝에 대고 혀까지 따라가면서 말했다. "좋은 회계의 본질을 말이죠."

비행기가 수직하강기류를 만나서 승객들이 걱정스러운 웃음을 터뜨릴 때 그녀가 한 말을 곱씹었다. 비행기 안은 이제 점점 어두워졌고 독서 등이 켜졌다. 몸이 큰 승객들은 좌석에서 몸을 비틀었다. 꽉 묶여 있는 상태였다. 어떤 사람들은 입을 벌린 채 뚱뚱한 휴식에 빠져 잠이 들었다. 우리는 모두 시속 450마일로 대기를 뚫고 압력을 준 알루미늄 튜브 안에서 떨어져 내리고 있었다. 저 밑에서 비행기 엔진이 수컷 말코손바닥사슴 위로 떨어지는 것을 상상했다. 아마 그 동물이 깜짝 놀라 머리를 살짝 치켜들지도 모르겠다.

앵커리지에서 비행기를 갈아탄 것을 희미하게 기억한다. 인종차별주의자인 그 회계사에게 주노의 배러노프 호텔(Baranof Hotel)이나 아니면 래드도그 살롱(Red Dog Saloon)에 같이 가자고 졸랐던 것을 기억한다. 공항에서 그녀를 기다리고 있던 어떤 몸집 큰 백인 남자가 팔짱을 낀 채 화난 표정을 짓고 있던 것을 기억한다. 그리고 대기 속에 잠재해 있는 폭력의 기운을 감지했던 것을 기억한다. 혹은 아마도 누군가의 날선 목소리인지도 모른다. 싸움을 했던 것 같지는 않다.

잠을 잤고 앵커리지에서 주노까지 술을 마셨고, 관 크기만 한 화장실을 다녀오면서 카트에서 술병을 훔쳤던 것도 기억한다. 비행은 시애틀까지 계속되었고, 주노 공항에 도착하자 트위드 코트를 입고 고무 신발을 신은 세 사람이 기다리고 있었다.

누군가 내게 화장실에서 마리화나 담배를 권했다. 아마 공항에서였을 것이다. 거절했다. 나는 3년 전 열여섯 살짜리 여자아이에게 그녀가 없는 데서 마리화나를 하지 않겠다고 맹세했었다. 우리는 시애틀의 파이크 플레이스 마켓(Pike Place Market)에서만 마리화나를 피기로 했다. 이 맹세는 비행기 여행 중 어느 순간보다 지금 더 선명하다. 나는 공항

화장실 변기에 앉아서 머리를 두 손에 감싸 쥐었다.

　당시 나는 시애틀에서 한 남자를 찾고 있었다. 그가 생선가게에서 일한다고 생각했다. 그 남자는 작년 가을 케치칸(Ketchikan)에서 일어난 보트 화재를 목격했을 가능성이 있었다. 아침에 버스정류장 근처 모퉁이에서 그녀를 만났다. 그곳은 예전에 문신가게가 있었던 자리였다. 그녀의 머리칼은 짧았고 검은색이었다. 나를 따라오겠다고 했다. 그녀는 플라스틱 비누 상자에 마리화나 담배 두 개비를 갖고 있었다. 그 비누 상자는 마치 중요한 서류들로 가득 차 있는 듯이 보였다. 우리는 천천히 마리화나를 피우면서 마켓 주변을 이리저리 왔다 갔다 했다. 록색 기둥 옆에 웅크리고 앉아서 베이비 그램프(Baby Gramps)가 철제 기타로 〈곰 인형 피크닉〉을 연주하는 걸 들었다. 우리는 남자들이 연어를 판매대 위로 던져서 무게를 재는 모습도 보았다. 그들이 연어를 떨어뜨리면 웃음을 터뜨렸다. 연어는 미끄러웠고 마치 옛날 영화처럼 코믹했다. 생선은 아름답고 은빛 찬란한 수영선수였지만, 마켓 판매대에서는 중간 부분이 잘려 쪼개져 있었다. 생선 내부의 붉은 살은 매춘부의 입술 색깔처럼 번들거렸다.

　우리는 해안가 상가의 발코니에서 키스했다. 관광객들이 구걸하는 노숙자 주변을 어색하게 피하면서 걷는 모습을 보았다. 우리는 이층카페의 창가 자리에서 튀긴 오징어와 바크라바(필로로 만든 터키식 디저트)를 먹었다. 그곳에서 저 많은 배들이 향하는 곳이 어딘지를 추측해 보려고 했다. 우리는 햇볕으로 나갔다. 그녀의 피부는 황금빛이 도는, 미끈거리는 분홍색이었다. 마치 처음으로 투피스 수영복을 입은 작은 소녀 같았다. 우리는 커피와 진판델 백포도주를 마셨다. 벌목꾼처럼 차려입은 나이 든 남자가 멍청한 손재주를 보였고, 그녀는 깔깔 웃으며 그의 모자에 동전을 던졌다.

그녀는 엘크(elk) 뿔로 만든 벨트 버클 몇 개를 가지고 있었다. 그걸 팔 계획이었지만 잠시 맡겨 둔 친구가 피자와 사과주 한 병과 바꿔 먹었다. 그 친구는 최소한 우리보고 같이 먹자고 권할 정도의 양심은 있었지만, 우리는 거절했다.

6시에 우리는 바닥 부분에 생긴 밝은 푸른색과 붉은 꽃잎 얼룩 외에 텅 비어 있던 스테인리스 꽃바구니 옆에서 키스했다. 버스 한 대가 차 뒤로 매연을 뿜으면서 파이크 스트리트(Pike Street)를 가로질러 가자 잡지 몇 페이지들이 바람에 날렸다. 도시의 심장부 쪽으로 긴 그림자가 드리웠다. 중국계 남자가 초록색 기둥 하나 옆에 웅크리고 앉아서 하모니카에서 침을 떨어내고 있었다.

우리는 신선한 산딸기와 새우를 샀다. 해안가 거리에서 배럴 통에 불을 피워 새우를 구우려고 했지만, 나무가 화재방지보존방부제에 젖어 버렸고 새우는 검게 타 버렸다. 그녀는 산딸기를 먹었고, 마스카라가 지붕의 연통 밑에 생기는 물때처럼 흘러내릴 때까지 울었다. 마치 어린아이가 콧물을 흘리고 엉엉 못생기게 우는 것처럼 울었다. 나는 그녀를 안고 머리 위에 키스했다. 그리고 약속했다.

그녀는 불행에 관해 나름의 이론을 갖고 있었다. 매일 조금씩 자신을 불행하도록 내버려 두는 것이다. 그렇게 나이가 들 때까지 불행을 저장해두지 않으려는 계획이었다. 그녀는 엄마처럼 살지 않겠다고 말하면서 소매에 코를 닦았다. 우리는 마리화나를 마저 피웠고 산딸기를 먹었다. 새우는 몽땅 태워 버렸다.

그 뒤 그녀를 우드인 빌(Woodinville)에 있는 이모의 집으로 데려다주었다. 그 집의 마당은 진창이었고 구석에 있는 실외 모터에 핏불 한 마리가 묶여 있었다. 현관에 걸린 등에는 벌레들이 떼로 모여들어 있었다. 그녀의 이모는 우리가 문을 두드렸을 때 티브이 소리를 줄인 채 그냥 소파에 앉아있었다. 작별 키스를 나누고 다음 날 마켓에서 만나기로 약속했다.

그러나 내가 그녀를 다시 만났을 때 그녀는 내게 냉담했다. 아마도 그녀에게 뭔가 문제가 생겼던 것 같다. 화장한 얼굴 밑에 새 멍이 반달 모양으로 나 있었다. 나는 손을 흔들었고 그녀는 희미하게 웃으면서 등을 돌렸다.

나중에 교도소에서 그녀의 삼촌을 알고 있던 한 남자로부터 그녀가 올림픽 페닌술라(Olympic Peninsula)에 있는 사회복지시설에서 목을 매었다는 이야기를 들었다. 나는 그 이상의 자세한 이야기는 알아내지 못했지만, 그 소문이 사실이 아니라고 부정할 수는 없었다.

아버지는 내게 말했다. 불행의 첫 번째 규칙은 주어진 상황을 받아들여야 하고, 그렇지 않다면 그 상황을 바꿔야 한다는 것이다. 술에 취해 살거나 매일 받아들일 수 있을 만큼의 불행을 가지고 산다면 이 규칙을 완전히 피해 갈 수 있다. 하지만 어떤 사람들은 아무리 애써도 불행이 쌓여 간다고 생각한다. 그래서 연인을 함부로 대하고 술에 찌들어 있다. 그렇게 기억과 싸구려 감정 속에서 찾아낸 배타적 로맨스를 살게 된다.

나는 공항 화장실에 앉아서 나만의 불행이론에 대해 생각해 보았다. 누군가 오직 충분한 확신을 갖고 나를 사랑한다면, 그리고 내가 그 지랄 같은 '좋은 회계의 본질'이 무엇인지를 이해하게 된다면, 모든 것이 분명해진다는 생각이었다.

사정을 헤아려 보려고 노력했다. 토디의 등에 소프트볼 크기의 구멍이 났다. 살인사건에 대한 문서와 보고서, 사진이 있었지만 하나의 이야기로 모이지 않는다. 랜스와 그의 누이 노마는 적극적으로 나서서 얘기하지 않는다. 하지만 그건 내가 가까이 다가와서 얘기를 해 줄 만한 사람이 아니어서 그럴지 모른다. 에마 빅터는 긴장된 웃음과 우울빛 시선을 갖고 있다. 루이스 빅터는 죽었고 곰에게 먹혔다. 디디는 벨링햄 부둣가에서 헝겊 인형처럼 누워 있었다. 월터 로빈스는 자기 딸을 진심으로 믿고 있었다. 이 와중에 누군가가 나를 죽이려고 한다. 이 시점에서 내가 존재한다고 상상조차 할 수 없는 어떤 것을 찾아내지도 못했는데도 말이다.

나는 정리를 해 보려고 했지만 '좋은 회계의 본질'을 이해할 수 없었다. 나는 압력이 가해진 튜브 하나에서 다른 하나로 바꿔 타면서 공중을 날아다니고 있었다. 내 안에서 사실들이 모기떼처럼 붕붕거리고 있었다.

주노의 공항은 식각유리(산으로 표면을 부식시켜서 무늬를 새긴 유리)로 빛나고 있었다. 마치 도시에 정말 도착했다는 느낌이 들었다. 바에 앉아서 고속도로를 내려다보았다. 백화점과 비디오가게들이 빙하의 입술 아래 자리 잡고 앉아 불빛을 밝히고 있는 풍경을 보았다. 빙하는 수풀에서 바로 앞에 나타난 곰이 내는 소리처럼 거대한 존재감이 있었다. 술을 마시면서 냅킨을 꼬아 매듭을 만들었다. 누군가 내게 토디에 관해 물어봤고, 나는 아버지에 대해 얘기했다. 내가 화를 냈던 것을 기억했고, 뭔가 먹어야겠다고 생각했던 기억이 났다. 누군가, 아마도 팔짱을 낀 채 서 있는 건장한 또 다른 백인 남성이 다운타운으로 가라고 했다. 택시 운전사가 내게 요금을 제시했다. 왜 그런지 모르겠다.

비가 심하게 내리고 있었다. 나는 10분 정도 극장의 차양 밑에 서 있었다. 누군지 아는 사람을 만났고 함께 술집으로 갔다. 천으로 만든 동물 인형의 머리통과, 탱크 탑을 입고 코피를 흘리는 여자를 본 걸 기억한다. 웨이트리스가 술을 올려놓은 쟁반을 몽땅 떨어뜨린 걸 기억한다. 누군가 비 내리는 부둣가에서 커다란 큰까마귀 벽화 옆에서 색소폰을 불던 것을 기억한다. 따뜻한 비군, 하고 생각했다. 환기통에서 튀김 음식냄새가 흘러나왔다. 내 뒤에서 웅크리고 있는 산에는 나무와 돌이 엉켜 있었고 빨리 흐르는 작은 시냇물이 거리 밑으로 흐르는 지하수로에 들어왔다.

도시의 가장자리에 있는 텅 빈 탄광은 고요했고 바위들이 쓰레기 더미에 섞인 빈 조개껍데기처럼 쌓여 있었다. 조수의 습지에선 비와 소금의 숨결이 느껴졌다. 위스키와 팝콘도 있었다. 쉼터의 항아리에 든 온천 진흙처럼 시큼하고 거품이 인 커피도 있었다. 버스정류장에서 잠든 소년들은 두 벌의 옷을 입고 있었다. 빌리는 길거리에서 춤을 추면서 원주민 추장이 새겨진 돈을 자랑삼아 보여 주었다. 그의 할머니는 몸을 꽁꽁 싼 채 지팡이에 몸을 기대고 버스정류장 지붕 밑에 앉아 있었다. 빌리는 옛 춤을 추었고 술 취한 틀링기트 언어를 중얼거리고 있었다. 그의 할머니는 정신이 멀쩡했고 신중하면서도 아주 현명해서 수치심을 느끼지 않았지만, 너무 나이 들어 피곤한 나머지 빌리의 어리석은 짓거리에 속을 끓이지는 않았다.

호텔 뒤의 쓰레기통에 불이 지펴졌고 술병 하나가 오갔다. 나는 변호사들의 술집 앞 길가에 앉아 있던 걸 기억했다. 말끔한 시멘트 거리 위 다이아몬드. 화난 목소리를 기억한다. 빌리는 찬양을 하면서 들리지도 않는 외침을 질렀다. 내 재킷 등에 닿은 손길을 기억한다. 그 손은 엎드려서 누워 있는 나를 일으켜 세웠다. 내 목이 막혔던 것 같다. 갈색 층계 안쪽의 긴 계단. 다시 팝콘과 아래쪽에서 윙윙거리는 여자의 목소리. 마치 그녀는 동굴 안쪽에 있는 것 같았다. 음악이 크게 들렸고 사이렌 소리도 났다. 타이어가 끽 소리를 냈고 음악과 춤, 그리고 다시 음악, 팝콘과 시큼한 버터, 소금. 또다시 층계로 올려졌다. 곰팡이가 슨 카펫을 보았고 깨진 갈색 문들이 계속 이어졌다.

잠에서 깨났을 때는 아침 9시였다. 누군가 바닥에 소파 쿠션을 던졌고 내 얼굴이 틈새에 끼었다. 목 뒤쪽에 모루를 매달고 있는 느낌이 들었다. 머리를 돌릴 수 있어서 쿠션이 없는 소파에 앉아 있는 두 명의 원주민 남자를 보았다. 그들은 갈색 캔버스 천 작업복을 입고 있었는데 한 사람은 야구 모자를 쓰고 있었다. 다른 사람은 라이터를 가지고 손장난을 하면서 무릎 위에 커피 잔을 올려놓으려고 했다. 티브이가 켜져 있었고 화장실에서 작은 소동이 일어나고 있었다. 커피 잔을 들고 있던 사람이 동료에게 몸을 돌렸다.

"아주머니는 어디 있어?"

"욕실에서 사슴을 잡는다고 캘빈을 혼내고 있어. 욕조에 하면 안 된다고 하셔."

그들은 화장실 쪽을 쳐다보다가 다시 내게로 시선을 가져왔다.

"이 사람은 누구여?"

"아주머니가 만나고 싶어 하는 남자."

캘빈이 화장실에서 나왔다. 플란넬 셔츠의 소매를 걷어 올린 채였다. 그의 손에는 피가 묻어 있었고 한 손에는 곡선의 날이 달린 사냥용 칼이 들려 있었다. 그는 어깨까지 내려오는 검은 머리칼을 하고 있었고 눈은 부리부리하게 빛났다.

"부엌에 있는 것보다 좀 더 잘 드는 칼갈이 있어? 털 때문에 칼이 무뎌졌어. 아줌마가 뼈를 발라낸대."

"어, 내가 찾아볼게."

모자를 쓰지 않은 남자가 나를 타 넘고 부엌이 있었던 구석으로 갔다. 설거지 기계가 있던 곳에 어둑해진 벽 판자 사이에 조리대가 있었다. 조리대 위에는 캠핑용 스토브가 놓여 있었다. 도살용 종이와 가위, 테이프와 끝에 펠트가 달린 펜이 있었다. 모자를 쓰지 않은 남자가 서랍을 뒤졌다. 캘빈은 내 쪽으로 몸을 구부리고는 웃었다.

"당신, 정말 한심해."

그의 숨결이 내 얼굴 쪽으로 불어왔다. 따듯했고 달콤한, 베이컨 같은 냄새가 났다. 일어나 앉으려고 했지만 할 수 없었다. 머리통이 찌그러진 멜론 같은 느낌이 들었다. 다시 누웠다. 그는 내 옆 바닥에 웅크리고 앉아서 미소를 지으며 쳐다보았다.

"내가 오랫동안 백인들을 관찰해 왔는데 말이야. 정말 아주 실망스러워. 진짜 씁쓸해질 정도로 한심하다고."

그는 티브이 쪽으로 손짓을 했다. "티브이를 좀 보라고. 사설탐정들은 이러면 안 되는 거야. 당신들은 책임감 있게 일해야 한다고. 멋진 아파트에서 살고 차도 쌩쌩 잘 달리는 걸로 타고 다녀야지. 이봐, 예쁜 여자들 꽁무니를 따라다니고 협상도 해야 하는 거야. 내 말 틀렸어? 당신 같은 사람들 티브이에서 봤는데, 여기 이렇게 지금 내 눈앞에 있는 건 말이야…… 당최, 너무 다른 거지."

모자를 쓰지 않은 남자가 다시 우리 쪽으로 왔다.

"자, 여기 있어." 그는 캘빈에게 직사각형 모양의 화강암 덩어리를 건넸다. 한쪽은 부드럽고 다른 쪽은 거칠었다.

"고마워." 그는 다시 나를 내려다보았다.

"이 보라고…… 술주정뱅이. 내가 당신 같은 사람들이 술에 절어 있는 거 많이 봤는데. 이 세상을 운영하기가 너무 피곤하고 힘들어서 마시는 거지. 안 그래, 키모사베('여보게, 친구' 정도를 의미하는 원주민어). 세상을 운영하는 일의 고통 말이야. 그렇다고 당신이 모서리가 세 개 달린 모자를 쓰고 커다란 허리장식을 달고서 순례하듯이 걸어 다니란 말은 아니잖아. 당신이 그러고 다니진 않을 거라는 것쯤은 나도 알고 있단 말이지. 티브이에서 봤거든. 당신 같은 사람이 어때야 하는지 나도 잘 안단 말이야…… 근데 당신은 완전 엉망이야. 아주머니는 젠장 어디서 이런 거지같은 인간을 찾아낸 거야?"

나는 그를 올려다보았다. 그는 여전히 나긋하게 미소를 띠었다.

나는 한 팔꿈치로 지탱해서 간신히 몸을 일으키면서 말했다.

"이래 봬도 나는 책임자라고. 닥치고 여기가 어딘지, 당신은 또 누군지 말해. 내 코가 부러진 거야, 뭐야?"

그는 크게 웃어 젖혔다. 내 머리를 툭툭 쳤다. 마치 내가 그의 애완용 개인 듯이 말이다.

"그렇겠지, 왜 아니겠어. 걱정 마, 당신 코는 부러지진 않았어."

귀에 낯익은 나이 든 여자의 목소리가 화장실에서 들려왔다.

"캘빈, 그 칼을 이리로 가져와."

"여기 꼼짝 말고 가만히 있어. 아줌마가 당신하고 얘기하고 싶어 하니까."

"그러지. 근데 화장실에 가고 싶은데."

그제야 그의 얼굴이 일그러졌다. 그는 긴 한숨을 내쉬었다. 마치 자신이 나에게 보인 인내심에 스스로도 놀랐다는 듯이.

"아줌마, 잠깐 화장실 좀 써도 될까요?"

화장실에서 중얼거리는 소리가 들렸다. 그 소리는 복도 쪽으로 사라졌다. 다리를 세워 일어서서 잠시 움직이지 않고 서 있었다. 이 아파트에 와본 적이 있었다. 극장과 카페가 있는 빌딩 위에 있었다. 창문은 조금 열려 있었고 카페의 환기통이 약 몇 피트 아래 있어서 감자튀김 냄새를 맡을 수 있었다.

환기통을 지나 프런트 스트리트(Front Street)의 옛날 건물들을 따라 빗물 웅덩이가 있는 납작한 지붕들이 보였다. 더글라스 섬(Douglas Island)의 산도 보였다. 텔레비전 소리와 함께 골목길의 쓰레기트럭이 뭔가를 갈아대며 내는 소리를 들려왔다. 유리 깨지는 소리가 났고, 누군가 스페인어로 심부름꾼 소년에게 소리쳤다. 창문 아래 10피트가량 떨어진 곳의 티브이 안테나에 큰까마귀가 앉아 있었다. 독수리는 해협 위를 넓게 미끄러지며 날아가고 있었다.

화장실로 걸어가서 문을 열었다. 샤워기 꼭지에 사슴 한 마리가 걸려 있었다. 뒷발이 욕조에 얹혀 있었다. 수사슴이었다. 목 주변에 노끈으로 매듭이 지어져 있었다. 머리와 뿔은 아직 손대지 않은 채로 가죽 껍질이 욕조 안에 들어 있었다. 마치 샤워를 하려고 옷을 벗어 놓은 것처럼 발밑에 웅덩이 모양으로 놓여 있었다. 머리가 매달린 채, 죽은 것으로 보기엔 불가능한 각도로 돌려져 있었다. 혀가 입 한쪽 밖으로 축 늘어졌다. 머리통이 부드럽고 귀에 있는 털들은 섬세했다. 은은한 갈색이 흰색 지방층과 대조되었다. 밖으로 드러난 근육질에는 지방이 덮여 있었다. 가슴이 열려 있었는데 속 내용물은 깨끗이 처리되어 있었다. 사슴의 눈은 검고 불투명한 대리석 구슬이었다.

캘빈이 내 뒤에 서 있었다.

"애드미럴티에서 잡았어. 삼촌의 배로 이리로 가져왔지. 아줌마가 싯카에서 오셨는데 몇 점 가져가고 싶다고 하셔서. 나머지는 아줌마 가족한테 줄 거야."

"통조림으로 할 거야, 냉동할 거야?"

"오늘이나 내일쯤 먹어 버릴까 생각 중이야. 잘 모르겠지만. 이봐, 씻으려는 거 아니었어? 그런데 이 상태론 곤란한 거, 알지? 그냥 닦기만 해. 아무것도 만지면 안 돼."

나는 나이 든 여자의 목소리가 그의 뒤에서 쉰 듯이 말하는 소리를 들었다.

"캘빈, 거기 들어가서 뼈를 발라. 집에 가져갈 거니까. 엉거 씨, 이쪽 방으로 오시죠."

캘빈이 옆으로 비켜섰다. 빅터 부인이 휠체어에 앉아 있었다. 그녀의 주먹은 바퀴의 가장자리에서 쥐어져 있었고 턱은 내 쪽을 향해 있었다. 이제 내 뱃속은 잠자는 동물들의 어두운 동굴로 다시 변했다. 내가 맡은 사건이 아주 안 좋은 방향으로 진행되고 있다는 생각 때문에 창백해졌다.

"좀 씻겠습니다."

얼굴을 씻었다. 화장실은 깨끗했다. 파랑과 분홍 수건도 단정하게 걸려 있었다. 욕조 부면의 타일이 떨어지려고 했고 변기에는 계속 물이 흘렀지만, 온수가 나왔다. 코 주변의 상처 딱지 부위를 조심스럽게 닦았다. 다른 데 다친 곳이 없는지 확인했다. 정신을 차리려고 애썼다. 셔츠를 바지 안에 집어넣었다. 술 취한 상태이자 동시에 숙취 상태였다. 자의식이 밀려왔고 구토가 나면서 약간 어지러웠다. 술을 마시지 않겠다는 무의미한 약속을 남발하는 시기가 있다. 하지만 이제는 그런 짓을 할 만큼 어리진 않았다.

침실에는 등받이 없는 의자와 간이침대 세트가 구석에 있었다. 빅터 부인이 방 중앙에 휠체어를 위치시키고 나를 바라보려고 몸을 돌렸다.

"제가 술집에서 시간을 보내라고 돈을 지불했나요?"

"아닙니다."

나는 간단히 아팠다고 말할까 생각했다. 그걸로 사건이 처한 상태를 보여 줄 수 있으리라 생각했지만, 그건 너무 이기적인 것 같았다. 나는 의자에 앉아서 한쪽 뺨에서 다른 쪽 뺨으로 고개를 흔들었다. 아무 생각도 나지 않았다. 마치 해안가에서 100마일쯤 떨어진 곳에서 물안경을 쓰고 들어가서 바다 밑을 들여다보니, 모든 방향에서 커다란 영(0)을 가리키는 햇볕의 갈무리만 뜬 심해의 잿빛 초록색 스크린을 바라보고 있는 느낌이 이었다. 그러다가 몇 가지 생각이 스쳤다.

"당신 손자들이 화가 나 있습니다. 월터 로빈스는 그 애들이 진술 내용보다는 더 많이 알고 있다고 했어요."

"그렇군요."

"당신 며느리는 내게 거짓말을 하고 있는데 왜 그런지는 모르겠습니다."

그녀는 고개를 끄덕였고 계속 바라보고 있었다.

"그리고 누군가가 저를 죽이려고 합니다. 하지만 그렇게 직접적인 위협은 하진 않고 있어요. 제가 보기엔 그저 비열한 미치광이라기보다는 아주 생각이 많은 사람인 것처럼 보여요."

"그게 답니까?"

나는 고개를 끄덕였고 손가락에 남아 있는 옛 상처의 딱지를 바라보았다. 그녀는 다시 한숨을 내쉬고는 천천히 마치 영어가 내게 제2외국어라는 듯이 말했다.

"내 아들의 가족이 겪었던 문제를 알고 있나요?"

"어느 정도는요. 알고 계십니까?"

"어느 정도는. 루이스의 애인과 관련되어 있고, 루이스가…… 너무…… 너무 남자다웠지."

그녀는 휠체어를 밀어 내게 가까이 왔다. 거의 내 무릎과 그녀의 무릎이 닿을 정도의 거리였다.

"월터 로빈스가 어제 내게 전화를 해서 당신이 올 거라고, 그리고 당신이 술에 취해 있을 거라고 말했어요. 내게 당신을 깨끗하게 정돈시킨 뒤 도시의 부두에서 그를 만나게 해 달라고 했어요. 지난밤 내 조카들이 당신을 거리에서 찾아서 이리로 데려온 거죠. 나는 당신과 얘기하고 싶어서 주노까지 비행기를 타고 왔어요. 월트도 오늘 이리로 올 거예요."

"거기까지는 몰랐어요. 죄송합니다. 하지만 괜히 헛걸음하신 것 같군요. 제게 하실 말씀이 있을 것 같진 않습니다만."

"나는 아이들과 손주 녀석들에게 늘 이 얘기를 해 주곤 했소. 야쿠탓(Yakutat)에 사는 아버지의 부족 사람들이 내게 얘기해 준 이야기예요. 삼촌들은 항상 이 얘기를 해 주었지요. 그리고 이 얘긴 사실입니다. 당신은 사실이라고 믿지는 않겠지만 말이요. 백인들은 이런 이야기들을 믿지 않지만, 그래도 그냥 한번 들어 보시오."

캘빈과 모자를 쓰지 않은 사내가 방 안으로 들어왔다. 캘빈은 내게 커피를 가져다주었다. 그리고 두 사람 다 등을 벽에 대고 바닥에 앉아서 부인을 올려다보았다.

"아주 오래전에 소녀가 살았어요. 소녀에겐 오빠들이 있었죠. 오빠들은 썩 괜찮은 사냥꾼이어서 배를 곯지는 않았어요. 소녀는 늘 야생 열매를 따러 멀리 산책을 하곤 했죠. 열매를 따 와서 오빠들에게 주면 아주 기뻐했소. 이 소녀가 갈색곰과 결혼을 하게 됩니다.

야생 열매가 달린 덤불에서 곰을 만났어요. 오빠들은 물론 곰에 대해선 전혀 몰랐어요. 소녀는 산책하러 나가 곰을 만나서 함께 열매를 따곤 했다오. 이 소녀는 곰과 결혼했고, 여자가 되어 가던 즈음에 마을을 떠나 살게 되었지요.

소녀는 오빠들에게 아무 말도 하지 않았어요. 오빠들은 소녀가 떠난 걸 탐탁해하진 않았지만, 소녀가 늘 열매를 따다 주어서 오빠들이

235

열매를 먹을 수 있었죠.

　소녀는 곰을 사랑했어요. 아이도 둘이나 낳았어요……. 그러니까 아이들은 반은 곰이고 반은 사람이라고 할까……. 이 아이들도 야생 열매를 따고 사냥을 하게 되었고, 게다가 아주 훌륭한 어부가 되었어요.

　삼촌들은 아이들의 존재를 전혀 몰랐지만, 아이들은 삼촌들에 대해 궁금증이 생겼어요. 나이가 들어 삼촌들이 사는 마을 가까이 사냥을 나가게 되었죠. 어느 날 삼촌들이 반은 곰이고 반은 인간인 아이들을 보았지요. 아이들은 도망쳤고 엄마에게 가서 그 일을 알렸어요. 소녀는 남편에게 알려 주었고요. 이 소녀는 남편을 너무도 사랑했으니까 말을 한 거죠.

　남편은 거처를 마을에서 훨씬 떨어진 곳으로 옮겨야 한다고 했어요. 이 소녀는 정말 아름다웠어요. 소녀는 눈물을 줄줄 흘리며 애원했죠. 마을에서 멀리 떨어져 살고 싶지 않다고. 남편은 말했어요. 지금 떠나지 않는다면 자기는 곰 아내에게로 돌아갈 거라고. 여기는 곰에겐 안전하지 않다고 했어요. 곰이 소녀에게 사냥을 다녀오겠다고 했어요. 사냥에서 돌아올 때까지 바구니, 담요 등을 모두 다 챙겨 놓으라고 했죠.

　곰이 사냥을 나갔어요. 이 곰은 아주 컸고 게다가 훌륭한 사냥꾼이었어요. 곰이 사냥을 나간 뒤 소녀는 아이들을 집안으로 불러들여서 아버지를 사랑하는지 물었어요. 그리고 아이들에게 아버지가 사냥에서 돌아올 때 흰 모래 해안가에서 기다리라고 했어요. 모래해안가에서 기다렸다가 아버지가 돌아오면 죽이라고 했죠. 아버지를 죽여서 먹어 버리고 껍질을 벗겨 바위 위에 올려놓으라고 했어요. 그래야 삼촌들이 곰을 발견하고 마을 근처에서는 곰이 사냥하지 않을 거로 생각하게 될 테니까요.

아이들은 엄마 말을 잘 들었어요. 소녀였던 아이들의 엄마는 정말 아름다웠죠. 아버지 곰이 사냥에서 돌아왔을 때 아이들은 엄마가 하라는 대로 했어요. 그리고 아버지를 먹어 치우곤 가죽을 벗겨서 삼촌들이 보라고 바위 위에 올려 두었어요."

그녀는 손을 옆구리로 가져갔다. 캘빈은 커피를 한 모금 마시고 목을 가다듬었다. 나는 계속 옛 상처에 붙은 딱지를 바라보았다. 그녀는 연민과 함께 다소 혐오감을 내비치며 쳐다보았다.

"당신이 믿지 않을 걸 알아요. 무슨 얘기를 해 줘도 백인들은 달라지질 않지. 먹을 걸 챙겨서 정오가 되기 전에 부둣가로 가시오. 캘빈, 사슴 뼈를 발라라."

그녀는 라디오를 켰고 관람객으로서의 내 일이 끝났다는 걸 알았다. 그녀는 마지막으로 내게 돌아보면서 말했다.

"싯카에서 다시 만납시다."

15장

내 부모가 그랬듯이 산들이 나를 내려다보고 있었다. 머리가 너무 아파서 정말 그 산을 보고 있는 건지 아니면 깨어나는 과정에서 선명한 꿈을 꾸는 건지 알 수 없었다.

나는 주노의 시립부둣가 가장자리에 배를 매기 위해 만들어 놓은 레일 모양의 널빤지 통로에 앉아서 종이컵을 한 손에 들고 다른 손에는 구운 양파 베이글을 들고 가스티노 해협을 바라보고 있었다. 옷과 사건자료가 들어있는 더플백이 부둣가 위 내 옆에 놓여 있다는 사실이 기적 같았다.

나는 물 위 약 50피트 정도쯤에 두 다리를 흔들거리고 앉아 있었다. 큰까마귀가 마치 음주절제연합에서 나온 듯이 나를 뚫어지게 쳐다봤다. 지난밤에 어떤 일이 있었는지 정확히 기억하지 못한다. 그 전날의 기억도 없다. 내 앞에는 휠체어에 앉은 빅터 여사가 있었고, 곰과 결혼한 여자의 이야기가 놓여 있었다.

이곳에서 월터 로빈스를 만나야 한다는 사실의 확실성이 서서히 차오르는 것을 느끼고 있었다. 월트를 만나라, 월트를 만나라. 그것만은 확실했다. 약속이 아니라 어떤 종류의 명령이었다. 나는 여전히 새로운 형태의 회계방식으로 힘겨워했는데 두통의 날카로운 날에 자꾸만 베이고 있었다.

비는 오지 않았다. 하지만 공기는 습기로 가득했다. 해협 중앙에 표면에서 10피트 떨어져서 구름 덩어리가 떠 있었다. 한 움큼의 구름이 천천히 움직이고 있었다. 물에서 광채가 나는, 거의 눈에 띄지 않는 열기의 물결 위로 구름이 떠 있었다. 구름이 저절로 움직여 오다가 사라졌다. 구름은 투명했다.

해가 더글라스 섬의 산속에서 잠시 나오자 안개의 커튼에서 떠올랐다가 물과 빛의 빽빽한 대기 속으로 사라졌다. 실크로 된 베일을 떠올렸다. 열기가 피어오르자 춤추는 해나도 생각했다. 유리 수정으로 점점이 박힌 커튼이 있었고, 방에는 열대 바람이 불어왔다. 긴 해변가에 우유 한 잔이 있었다. 디지 질레스피(Dizzy Gillespie)는 입에 호른을 갖다 대었다. 그가 두 눈을 감고 기묘하게 부풀어 오른 황소개구리 같은 목을 움츠리는 모습을 보았다.

보트의 신호 소리가 내 꿈을 가로질러 울려 대는 소리도 들었다. 월터 로빈스의 낚싯배가 안개를 뚫고 낮게 부유하는 부둣가에 닿으려고 다가오는 모습이 보였다. 월트는 조타실에 있었다. 그는 경사로를 내려오면서 내게 손을 흔들었고 가로돛의 밧줄을 당기려고 준비하고 있었다.

나는 베이글을 내려놓을 곳을 찾아 주변을 두리번거렸다. 큰까마귀를 바라봤고, 속임수를 쓰려는 생각을 그만두고 베이글을 새에게 주어 버렸다. 새는 베이글의 반을 집어 들고 어색하고 둔중하게 부둣가에서 비상했다가 낮은 말뚝에 내려앉아서 마치 곰이 연어를 물어뜯듯이 베이글을 뜯어 먹기 시작했다. 새는 낄낄거리고 깍깍거렸다. 어쩐지 자신에게 소리 지르는 듯 보인다.

나는 커피를 경사로에 흔들리지 않게 내려놓고 부둣가의 가장자리로 걸어갔다. 마침 배 '오소'도 다가왔다. 디젤엔진이 낮은 분당회전수로 작동되고 있었다. 부두의 가장자리에서 약 6피트 떨어져서 월트는 동력전달라인을 역으로 돌려놓고 부드럽게 보트를 안으로 밀었다. 그는 조타실의 옆문을 통해 좁은 가판으로 나와서 밧줄을 2피트 정도 내 쪽으로 던져 놓고 앞쪽 밧줄걸이로 손짓을 했다. 그런 뒤 선수로 곧장 걸어 나와 밧줄 하나를 집어 들고 부둣가로 뛰어 내려왔다. 밧줄걸이에 돌려 묶자 배가 천천히 멈추었다. 나는 밧줄을 묶었다.

"정말, 자네 아주 힘들어 보이는군."

"뭐 나쁘진 않습니다. 언제 출발할 예정입니까? 전화 몇 통 할 여유가 있을까요?"

"원하는 만큼 전화해도 좋소. 하지만 파도가 좋을 때 나가야 해요."

배 '오소'는 작은 조타실이 있는 구식 낚싯배였다. 조타실은 커다랗게 지어진 나무선체에 볼트로 죄어져 있었다. 조타실이 푸른 바다로 휩쓸려 갈 경우, 선체는 손상을 거의 받지 않고 작은 구멍만 남아 있게 하려는 목적이었다. 선수는 길고 수면 아래에서 물살을 받고 있었다. 거기에 프로펠러가 하나 달려 있었다. 엔진은 갑판 일꾼의 간이침대 바로 옆 배 중앙에 있었다. 선체 안은 작고 어두웠다. 참나무로 된 골격과 시더나무 판자에는 페인트칠하지 않았고, 디젤 스토브의 탄소와 수년 동안 벙크 침대 앞에서 불타고 있는 기름램프 탓에 깊게 얼룩져 있었다. 이것이야말로 일하는 배이다. 물에 떠 있는 트랙터이다. 로맨스를 목적으로 지어지진 않았어도, 나이가 들어 이제는 로맨틱해진 배이다.

"아래 자네에게 필요한 장비를 준비해 두었소. 부츠 같은 거 말이요. 하지만 서두를 필요는 없소. 물론 내 생각엔 지금 출발해야 하지만."

"알았습니다. 그럼 한 가지만 처리하고요."

나는 몸을 돌려 컵을 널빤지 통로에 내려놓고 경사로를 다시 걸어 올라갔다. 깨끗한 비닐 우비를 입고 있는 남자가 독일어로 여자에게 얘기하고 있었다. 그들은 내가 부두로 걸어오는 동안 '오소'의 사진을, 나를 포함해서 찍으려고 했다. 내가 점점 더 다가갈수록 남자는 더 뒤로 걸어갔고 그러다가 주춤거리면서 거의 뒤로 넘어질 뻔했다. 여자는 크고 요란하게 몸짓하면서 뭔가 말을 했는데 독일어로 남자에게 명령하는 것처럼 들렸다.

공중전화로 싯카의 병원으로 전화를 했다. 토드를 바꿔 달라고 했다. 체액과 감염, 그리고 열. 만일 열이 내일까지 내려가지 않으면 그들은 다시 수술실로 가서 상처를 씻어야 했다. 전화를 끊었다.

그리고 두아르테에게 전화를 해서 토디의 어항을 병원으로 가져다 주라고 요청했다. 나는 그에게 집이 어떤지 확인하고 창문들이 새지 않는지 체크하고 편지도 정리해 달라고 했다. 두아르테는 아침잠을 못 자게 한다고 불평을 했다. 마치 내가 파나마운하라도 파라고 요구한 듯이 투덜대었지만, 나중에는 내 냉장고를 뒤질 요량이 생기니 기분이 풀어졌다. 전화를 끊었다.

241

독일 남자는 도대체 왜 그런지 모르지만 내 사진을 다시 한 장 더 찍으려고 난리를 부렸다. 이제 그의 부인은 손에 티슈까지 들고 있었다.

두아르테에게 내가 필요한 것을 부탁한 것에 대해선 신경 쓰지 않았다. 그가 뭔가를 하겠다고 말할 때는 믿을 수 있었다. 정작 걱정이 드는 건 그가 말하지 않은 것들이었다.

싯카의 공항서비스에서 일하는 친구에게 마지막 전화를 해서 몇 가지를 확인해 달라고 부탁했다. 나는 가방을 뒤적여서 파일을 들추어 토드가 총에 맞았던 날 밤 에마 빅터의 집 통화기록을 찾았다. 그날 밤 우리 집에 전화한 기록은 없었다.

공중전화에서 몸을 돌리다가 조지 도기의 가슴에 정확하게 부딪혔다.

"엉망이군, 자네."

"어 도기, 당신 정말 덩치가 크네요. 거기 내 신발 끈을 밟고 뭐 하는 겁니까, 도대체?"

"영거, 자네가 여기저기 돌아다닌다는 말을 들어서 말이야. 자넬 만나야겠다고 생각했어."

"보트가 기다리고 있어요, 도기. 나는 아무 문제도 일으키지 않았어요. 공식적인 면담이 아니라면 실례하겠습니다."

"어, 아닐세, 물론 공식적인 건 아냐. 어떤 시민이 지난주 찾아와서 자네가 자기 돈을 훔치고 계단으로 자기를 집어 던졌다고 해서 말이야."

"오해입니다."

"그리고 말이야. 이 동일한 시민이 자네를 대구경 소총으로 쏘는 값으로 돈을 받기로 되어 있었다고 했어. 그런데 돈을 정작 못 받았는데,

자기가 있던 병원에 누군가 그 돈의 반을 두고 갔다지?"

"그런 일이 있었군요. 이제 가 봐야 해요."

"이봐, 영거. 지난번에 병원에서는 미안하게 되었네. 나는……. 젠장, 자네에게 뭐 잘해 주려고 이러는 게 아니야. 그게 아니라 자네가 봐야 할 게 있어."

그는 내게 서류를 건넸다. 형식을 보니 싯카 경찰국에서 나온 것이다.

"권총도난사건에 관한 경찰보고서야. 목격자가 누군지 아나?"

나는 머리를 흔들었다.

"누군가 자네를 봤다면 가짜 이름을 대는 건 역효과가 날 수 있지. 자네의 이야기를 철회해야 할 거야. 싯카의 목격자는 자기 실명을 댔어. 도시의 누군가 자기를 알아볼까 염려를 했지. 목격자는 에마 빅터야."

나는 내 신발을 내려다보았다. 다시 한번 나는 나 자신 그 의미가 뭔지를 아주 잘 알고 있다는 걸 알고 있고, 또 모든 걸 잘 파악하고 있다는 걸 도기에게 알려주기 위해서 빈정거리듯 둘러댈 그럴듯한 말을 떠올리려고 애썼다.

"어이쿠 정말, 뭐가 어떻게 된 겁니까?"

"확실히는 모르겠네. 하지만 에마는 지금 집에 없고 비행기도 없어. 자네랑 로빈스가 뭔가 꾸미고 있는 걸 알아. 프로핏 코브에 있는 오두막에 가려는 거지. 나는 자네에게 경고하려고 온 거야. 아마 그곳에서 누군가 자네를 따라갈 것 같네."

"월트와 내가 뭘 할 것 같은데요?"

"몰라. 하지만 자네를 만나서 얘기하고 싶었네."

나는 도기의 어깨를 그러쥐고 바다 쪽으로 그의 몸을 돌렸다. 내 오른쪽 팔을 그에게 두르고 독일인 커플을 향해 소리를 질렀다. "사진! 사진!" 그 남자는 즉시 카메라를 얼굴에 가져다 대고 사진 한 장을 찍었다. 그런 뒤 어색한 듯 감사의 인사로 손을 흔들면서 말했다. "아주 괜찮아요, 사진. 아주 멋져요."

나는 몸을 돌려 경사로로 내려갔다.

"영거, 조심하게. 난 은퇴했어. 이제 더 이상 일할 필요가 없어. 특히 말이야, 자네가 해안가로 떠밀려 오게 된다면 말일세."

나는 어깨너머로 손을 흔들었다. "아주 괜찮은 사진이에요. 아주 멋져요."

나는 그가 떠나는 모습을 보기 위해 몸을 돌리지는 않았다.

월트는 가로돛 밧줄을 풀어 두었고 밧줄걸이로 둥글게 감긴 선을 들고 선수에 서 있었다. 그가 서두르는 이유가 단지 파도 때문이 아니라는 감이 들었다. 그는 안쪽을 바라보고 아래쪽 물을 보았다. 그의 턱은 마치 이를 가는 듯이 살짝 움직였다.

그는 수년 전에 단단히 붙잡고 있던 정서적으로 꼬인 매듭을 풀고 있었다. 그리고 그는 애쓰고 또 애쓰는 것처럼 보였다. 그의 마음과 손은 너무 애쓴 나머지 생살이 벗겨져 있었다.

경사로를 걸어 내려가자 그는 내게 선수 밧줄을 잡으라는 몸짓을 했다. 그는 조타기를 잡으러 갈 준비가 되었다. 월트는 편하게 움직이는 남자였다. 단단하게 풀리지 않는 매듭은 마치 눈에 석유 한 방울이 떨어진 것처럼 그를 불쾌하게 만들었다.

월트가 조타기를 잡을 때까지 기다렸다. 그 뒤 내 무게를 선체에 기댔다. 배를 부두로부터 밀면서 뱃전의 널빤지로 높이 뛰어 올라갔다. 배는 15톤급의 중량이었다. 그렇지만 마치 공기를 타고 나르는 씨앗처럼 부둣가에서 자유롭게 떠나 물 위를 떠갔다. 조타실을 바라보았다. 월트는 해협을 살피고 있었다. 그는 한 발로 딱딱 치고 있었지만 이를 갈고 있는 것 같지는 않았다.

프로핏 코브 근처의 사냥 오두막까지는 10시간 정도 운행해야 한다. 구름은 낮게 깔렸고 물은 부드러웠다. 적어도 한 지점을 돌아서 서쪽으로 향할 때까지는 그랬다. 내가 휴식을 취하게 된다면 부드러운 바닷물의 휴식 시간일 것이다. 월트는 내게 귀마개와 귀 보호용 헤드폰을 주었지만, 여전히 갑판 선원의 방 근처 엔진소리는 내 혈관을 붕붕 떨게 했다. 코트를 머리맡에 접어 놓고 침낭은 다리 쪽에 올려놓은 후 눈을 감았다.

아침잠은 선명한 꿈을 꾸게 하지만, 그날 아침 배의 움직임과 엔진의 쉼 없는 가동 때문에 나는 흐릿한 대기로 빠져들었다. 옅은 표면 위에서 떠다녔다. 그 아래는 작은 눈을 가진 갑각류동물의 어두운 세상이었다. 해조류와 크릴새우가 대량으로 넘쳐나는 것을 희미하게 느꼈다. 청어의 작은 물방울과 밀려가는 연어 떼로 가득한 영양분이 넘치는 구름 덩어리가 느껴졌다. 하지만 나는 마치 그것들이 '오소'의 선체를 불안정하게 두들기면서 내게 깨어 있으라, 깨어 있으라 알려 주는 것처럼 느꼈다.

"일어나 보시오. 여기 와서 이거 봐요."
얼마 동안 잠이 들었는지 몰랐다. 하지만 이제 엔진은 멈추어 있었고 동력전달장치는 기어가 빠져 있었다. 나는 사다리를 올라가서 비좁고 갑갑한 조타실로 갔다. 월트는 손에 찻잔을 들고 있었고 옆문 쪽을 손짓했다.

"앞으로 나가서 2시 방향으로 20피트쯤 떨어진 곳을 봐요."

"다 괜찮은가요?"

"그렇소. 그냥 가서 한번 봐요."

이게 장난인지 테스트인지 아니면 잠에서 깨어나는 과정에서 꾸는 꿈의 하나인지 전혀 확실하지 않았다. 나는 머리를 움츠리고 닻 권양기 쪽으로 갔다. 몸을 웅크리고 2시 방향을 바라보았다.

'오소'는 해안가로부터 200야드 떨어져 있었다. 앞쪽 잿빛 바위들이 이끼와 가문비와 솔송나무가 엉킨 숲과 한데 섞인 모습을 보았다. 세 마리의 독수리가 나무에 앉아서 물가를 살피고 있었다. 나는 몸을 돌려서 월트를 바라보았다. 그는 미소를 띠며 고개를 끄덕였다. 독수리? 나를 깨워서 고작 이 독수리를 보라고 한 거야? 다시 해안가로 돌아봤다. 몇 마리 갈매기가 있었다. 물속에서 몸을 둥글게 만드는 바다표범도 봤다. 그러자 선체에서 10피트 정도 떨어진 곳에서 멜론 정도 크기의 거품이 표면으로 올라왔다. 거품이 생기고 또 생기면서 해안가로 원환을 만들면서 나아갔다.

꿈속에서 내 몸을 느낀 적은 한 번도 없었다. 마치 내 전의식에선 어떤 생물학적 몸도 없는 것 같다. 꿈속의 정서는, 그냥 그곳에 있다. 꿈의 환경 속에서 내리는 비나 배경이 되는 방사선처럼. 꿈을 꾸지 않고 있다는 것을 알려 주는 힌트는 몸이 어떤 신호를 보내고 있을 때이다. 거품들이 점점 40피트 정도의 완전한 원을 만들어 가고 있는 걸 보면서 머리카락이 목 뒤쪽에서 꼿꼿이 서는 느낌을 받았다. 내 숨은 짧아지고 두 눈에 경련이 일었다.

거의 저주파의 신음이 아래로부터 끓어올랐고 물의 표면이 갈라졌다. 커다란 달걀 모양들이 물에서 떠올랐다. 처음엔 추상적 형태였다. 10피트의 곡선과 질감, 그리고 제한된 공간이었다. 물은 조그만 은색 물고기로 끓어올랐다. 물 표면에 25센트짜리 동전이 3조 원 정도의 양을 길가로 쏟아 내는 것처럼 빽빽이 놓여 있었다. 그러자 물의 표면이 실제로 커다란 덩어리가 계속 솟아오르면서 갈라지더니 두 개의 형태가 하나로 합쳐져서 미끈하고 잿빛 검정 기념탑이 되었다. 이쯤에선 뭔가 친숙한 느낌이 들었다.

내 마음이 어떤 인식을 하려고 집중되어 가기 시작했다. 거대하게 폭발하는 숨결과 물고기와 개흙의 축축한 냄새가 났다. 증기의 구름이 점차 사라져 갔다. 그 형태가 옆으로 살짝 기울어지고 물속에 눕자 좁고 고무 같은 날개가 바다에서 들어 올려지면서 표면을 철썩 내리쳤다. 곡선과 물결 모양으로 혹이 달렸고 유연했다. 물을 터뜨리면서 그 형태는 길어졌다. 지평선 쪽으로 기울었다. 마치 자신을 쏟아붓는 것 같았다. 그러자 눈, 소프트볼 크기만 한 하나의 눈이 있었다. 그 눈을 봐야 비로소 부분과 형태가 전체가 되어 그것이 동물이고, 게다가 포유류라는 깨달음이 생겨난다. 이 생명체의 심장은 한 번에 수 갤런 양의 피를 펌프질하고, 그 눈은 우리가 보는 것처럼 볼 수 있고 폐는 우리가 지금 숨을 내쉬듯이 쉰다. 이제 비로소 이 친숙한 형태로 돌아가면서 이완된다. 고래. 혹등고래가 청어를 먹고 있었다.

두 마리의 고래가 해안가의 남쪽 지점을 향해서 슬렁슬렁 헤엄치고 있다. 그들은 천천히 움직였다. 꼬리를 물 표면으로 내치면서 천천히 다이빙한다. 그런 뒤 순간 고래 한 마리가 거품의 원환을 다시 뿜어내기 시작한다. 거품이 표면으로 오르면서 마치 청어무리를 잡는 어망의 역할을 한다. 고래 두 마리가 공 모양의 청어 밑으로 큰 입을 벌린 채 들어가면서 청어를 원 안으로 모으고 표면으로 떠오르게 몰아댄다. 물 표면에서 나올 때 턱을 재빨리 닫아 버리고 수염을 통해 물을 걸러내면서 청어를 삼켜 버린다.

고래의 다이빙을 네 차례 정도 지켜본 뒤 월트는 배의 엔진에 기어를 넣고 분당회전수를 높였다. 그는 항로로 돌아갔고 나는 갑판 위에서 어슬렁거렸다. 바다꿩오리떼가 고래 뒤를 따라가면서 시끄럽게 지껄여 대고 물 표면에 정신을 잃고 떠 있는 청어를 집어먹었다. 바다표범은 물고기와 오리들이 섞인 물 사이를 가르면서 자기들의 몫을 챙기고 있었다. 두 마리의 고래는 증기구름을 표면에 남겼고, 나는 등을 돌려 조타수 실로 들어갔다.

안에서 월트는 고래에 대해 한마디도 말하지 않고 그저 차트만 바라보면서 새로 바뀐 나침반을 따라 조타를 했다. 그는 웃고 있었다. 나는 기름 스토브에 올려 둔 주전자에서 나오는 연기가 흩어지는 것을 바라보았다. '오소'는 새로운 항로로 움직여 나아갔다. 고래는 여름 내내 이렇게 먹고는 새끼를 낳을 때가 되면 따뜻한 물을 찾아 떠날 것이다. 나는 다음 봄이 오면 내가 뭘 하고 있을지에 대해 생각했다.

일단 새 항로로 접어들어 배가 안정되자 월트는 자동운항으로 바꾼 뒤 운전석에서 몸을 떼어 기대앉아서 나를 쳐다보았다.

"그 여자가 우리가 하려는 일을 알고 있다고 생각합니까?"

"에마 말입니까? 글쎄요. 그 점에 대해서 줄곧 생각하고 있었어요. 공항센터에 아는 사람이 있어서 몇몇 이름을 확인해 달라고 했었죠. 그 여자는 비행기를 운전하죠. 만일 비행기 운전을 못 한다고 말한다면 그거야말로 걱정할 일이겠지요. 싯카에 다녀오면서 비행기 스케줄을 보고했는지 궁금합니다. 만일 뭔가 꿍꿍이가 있다면 비행기 스케줄을 전혀 보고하지 않았겠지요."

"그 여잔 애들을 끔찍이 생각한다오. 미친 소리 같지만, 그 여자는 루이스를 사랑했소." 월트는 말했다. "그를 사랑하는 법이 지독했지. 격렬했어. 거의 분노처럼 말이야. 그를 너무도 사랑했던 거야."

"토드가 총에 맞은 날 밤 그 여자가 제게 전화를 했어요. 그런데 자기 집에서 걸었던 게 아니었어요. 살인범이 아닐지는 몰라도 뭔가를 알고 있는 게 분명해요. 남편의 죽음에 대해 알고 있는 거예요. 어떻게 생각하십니까? 그 여자가 비행기를 몰고 와서 남편을 죽이고 다시 비행기를 타고 아무도 모르게 떠났을까요?"

"글쎄, 잘 모르겠소. 에마는 묘한 데가 있는 여자요. 예전에 그 여자 옆에 있을 땐 숨을 못 쉬었지. 가끔 그녀 가까이 서 있을 땐 내 손이 저절로 올라가서 그녀를 만지려고 손을 뻗게 되곤 했어. 내 손이 말이야. 그걸 어떻게 통제할 수가 없었어요. 그녀 곁으로부터 멀어지고 싶었지만, 소용이 없었소. 잡지를 읽거나 라디오를 들으려고 해도 결국 그저 종이만 바라보면서 멈추고 그녀만 생각했었지. 나는 그녀를 사랑했고 마치 동물 가죽처럼 그녀를 내 몸에 감싸고 싶다고 생각했소. 하지만 내가 그녀를 잘 안다고 생각할 순 없소."

그는 부끄러워했다. 조타기에 서서 겉보기엔 뭔가를 듣고 있는 듯이 보였다. 그리곤 다시 돌아왔다. 그는 내게 차를 건넸다.

"노부인은 어떤가요? 루이스 어머님이요. 모든 걸 알고 있는 듯이 보이는데, 그런 것 같습니까?"

로빈스는 머리를 내 쪽으로 살짝 꺾고는 웃었다.

"노부인은 정말 너무 많이 알고 있지요. 오랫동안 나는 부인이 전부 다 알고 있다는 느낌을 받았소. 그런데 사실 그저 이야기의 끝부분만 알고 있어서 나머지는 우리가 채우기를 바라는 것 같아요."

그는 차를 내려놓고 물었다. "뭘 좀 먹겠소?"

우리는 샌드위치를 먹었고 무게가 나가는 흰 머그잔으로 우유를 마셨다. 머그잔 바닥에는 둥근 커피 얼룩이 있었다. 그는 내게 정기적으로 새 항로를 알려 주었고, 나는 나침반을 바라보고 자동 항해 장치를 조절해서 그가 내게 준 숫자에 따라 맞추었다.

우리는 남서쪽으로 향해 가고 있었다. 산은 급경사를 이루며 해안가로 달려왔고, 얇은 가을빛이 떨어져 가면서 숲은 더 짙어져 가다가, 앉아 있는 승려의 접힌 도복 같은 질감을 갖게 되었다. 디젤 연소의 옅은 연기가 길게 뱃길 뒤로 남겨졌고 배 뒤쪽으로 흩어져 버렸다. 넓어지는 V자 모양으로 늘어지면서.

프로핏 코브에 닻을 내리고 나니 날이 어둑했다. 해안가의 윤곽을 따라 오리나무 가지와 이파리들의 희미한 무리가 해변의 작은 덤불 위로 산발적으로 흩어져 있었다. 닻을 내린 후에 월트는 엔진을 껐다. 처음엔 정적이 내 귀로 몰려들더니 물 위를 가로질러 퍼져 갔다. 해안가에 가벼운 파도가 일었고 물결이 해안가에서 부드럽게 부서질 때마다 바위가 쉿 소리를 냈다. 월트는 등유 램프에 불을 붙였고 아래 선실 옆

전구 두 개를 껐다. 나는 갑판에 서서 물가를 뚫어지게 바라보았다. 두 마리의 바다비오리가 헤엄치고 있었다. 조심스럽게, 조심해야 한다고 오리의 부리가 개미의 안테나처럼 이리저리 움직였다. 나는 독수리의 하얀 머리가 오리나무 아래로 축 늘어진 가지 위에 놓여 있는 것을 볼 수 있었다.

해안 가장자리에서부터 시작된 산은 꼭대기까지 치솟아 황량한 새 먼베리 수풀과 너무 자라 버려서 이끼 밑동 부분이 마구잡이로 엉킨 곳이 거의 검게 보였다. 땅두릅나무의 창백한 낙엽들이 보였다. 나뭇잎이 이끼가 덮인 바닥에 떨어져 축축하게 깔려 있었다. 밑동이 4피트쯤 족히 되어 보이는 오래된 오리나무도 있었다. 이 나무의 둥치는 200피트 정도 솟아 있었고 높이 솟은 산의 가파른 절벽을 배경으로 윤곽이 펴져 보였다. 나무의 큰 가지들이 둥치에서 뻗어 나온 지점에서부터 아치 모양을 이루었는데, 아치의 굴곡이 아주 심해서 마치 어린아이가 손목을 억지로 붙들린 모양새였다. 작은 가지들은 손가락이 마구 엉킨 듯 뻗어 나와 물이 만든 검은 거울 쪽으로 내려와 있었다. 이 나무 아래에서 똑바로 뻗은 선을 희미하게 볼 수 있었는데, 그 선은 직각을 이루며 교차점을 만들었다. 그 중앙에 네 개의 유령처럼 하얀 직사각형이 부자연스러운 형태로 둥둥 떠 있었다. 루이스 빅터가 살해된 오두막을 마침내 찾아내었다.

바다비오리가 천천히 다시 지나갔다. 오리는 '오소'의 선체로 열심히 바다 선을 따라서 조금씩 헤엄쳐 오고 있었다. 그리고 선수를 지나 시야에서 멀어져갔다. 바지 지퍼를 올려 잠글 때 오리들의 꿱꿱 내지르는 소리가 들렸고 오리가 비상할 때 젖은 날개가 속도를 내면서 날아가는 소리도 들었다.

일라이 홀이 기억났다. 그는 크레이그(Craig)에서 애인을 죽였다. 두 사람은 술에 취해 있었다. 그는 애인의 가슴을 칼로 찔렀다. 아침에 정신이 들자 그는 시체를 배에 싣고 모퉁이를 돌아 자신이 즐겨 찾던 게 낚시 장소로 데려가서 낚시터 옆에 버렸다. 그는 물의 깊이가 200피트가 된다는 걸 알고 있었다. 여자의 시체를 배 옆으로 밀어 넣었을 때 시체는 배 아래로 4피트쯤 가라앉았다가 그곳에서 멈추더니, 다시 떠올랐다. 그녀의 얼굴은 물 밑을 향하고 있었다. 마치 고기창살에 걸린 것처럼 둥둥 떠 있었는데 그녀가 입고 있던 체크무늬 평직 면 옷이 빛에 붙들려 아네모네처럼 바닷물에 따라 출렁거렸다. 그가 노를 가지고 건드리자 그녀의 몸이 한 바퀴 뒤집히면서 폐에서 공기가 긴 울음소리처럼 빠져나갔다. 그 몸은 회전하는 거품 다발을 만들면서 물속으로 잠겨 들어갔고, 옅은 갈색 머리카락의 촉수들이 서서히 가라앉았다.

그는 교도소에 들어앉아 내게 자신이 얼마 동안 형을 살아야 하는지는 전혀 관심이 없지만, 그녀가 배 밑으로, 물속에 잠겨 들어가는 영상을 머릿속에서 없애 버리고 싶다고 말했다.

살인은 기억의 죽음에 관한 것이다. 나는 이 점을 잊고 있었는데 엉겨 붙은 산속에 놓인 작은 오두막을 보고 나서야 다시 떠올렸다. 2년 전에 루이스 빅터의 해골에 총알이 박혔고 그가 알고 있던 모든 것이 그 일을 기점으로 몸에서 빠져나와 땅바닥으로 스며들었다. 그리고 이제 모두 상실되었다.

내가 지금까지 조사한 것은 그 폭발음의 그저 희미한 열기에 불과하다. 하지만 나는 이제 이곳에서 맨 밑바닥에 이른 셈이다. 어떤 장소에 와 있다. 과거의 그 시간이 아니라고 해도, 지금 그 장소에 와 있고, 어떤 기억이라도 남아 있는 게 있을지 알기 위해서 땅바닥을 파내야 했다. 내 손에 들린 연장은 흐릿한 감각과 반쯤은 신뢰할 만한 사내, 그리고 곰과 결혼한 여자의 이야기였다.

16장

머리 위 갑판에 비가 내렸다. 어둠 속에서 잠이 깼다. 빗방울이 뱃전 널빤지 위로 흘러 물속에 떨어지는 소리를 들을 수 있었다. 물이 바위에 부딪히는 소리가 들렸다. 선체가 닻에 묶인 채 일렁이는 것을 느꼈다.

두 눈을 떴다. 월트가 축축한 10월 아침의 단단한 첫 새벽빛에서 랜턴 불을 켜는 모습이 보였다. 나는 몸을 다시 돌려 두 발을 움직여서 침낭 속의 따뜻한 공기를 찾았다.

월트는 조타실로 이어진 좁은 계단 위에 랜턴을 걸었다. 불빛이 선실에 오래된 사진의 세피아빛 같은 색조를 던졌다. 기름기 있는 나무와 그림자, 머리 위로 쉼 없이 내리는 비. 그는 알코올 스토브에 불을 붙이고 신선한 물이 담긴 주전자를 올렸다. 물이 끓었다. 그는 오랜 푸른빛 에나멜 냄비를 스토브에 올렸다. 몇 초 후 냄비가 흔들리기 시작했다.

나는 베개로 사용했던 짐에서 청바지를 꺼내서 침낭으로 끌고 와서 다리를 집어넣어 몸을 이리저리 움직여 입고 버튼을 채웠다. 바지는 마음이 축 가라앉을 정도로 축축하고 차가웠다. 기름 스토브 위의 선반에 놓인 양말을 집으려 손을 뻗는데 내 숨이 증기의 축축한 포말로 일어나는 것이 보였다.

월트는 아직 아무 말이 없었다. 그는 내게 차 한 잔을 내밀었다. 나는 아직 셔츠 버튼도 잠그지 않은 상태였다. 차는 오렌지 향이 났고 찻잔에서 올라오는 김이 내 눈으로 들어가게 내버려 두었다. 한 모금 들이마셨다. 월트는 나를 바라보고 있었다. 내가 얘기할 준비가 될 때까지 기다리는 것 같았다.

"어떤가? 뭘 찾아야 할 것 같소?"

"글쎄요……. 그저 돌아다녀 볼까 해요. 잘 모르겠지만……. 뭐라도 있는지……. 시체를 발견한 곳에 가 봐야겠어요. 근데 총을 숨겨 놓았을 곳을 찾을 수 있는지 모르겠어요. 오두막에 그럴 만한 곳이 있을까요?"

"당연히 그럴 거요. 여기저기 뭔가 숨겨 놓을 작은 구멍이 있었어요. 아무도 모르는 곳이죠. 술 취한 사냥꾼을 데리고 올 때는 밤에 무기를 맡아 두어야 해요. 루이스는 총에 대해 잘 알았죠. 잘못 사용하면 그 총들은 아무 소용이 없다고 말하곤 했죠. 늘 총 관리에 신경을 썼어요. 언제나 자기가 맡아서 했고. 그게 규칙이었소."

"그럼 그럴 만한 곳을 찾아 주세요. 나는 주변을 살피면서 다른 걸 찾아볼게요. 근데 먼저 아침을 먹어야겠어요."

우리는 차를 마셨던 컵에 오트밀과 건포도를 넣어 먹었다. 나는 오리털 조끼를 입고 고무 부츠를 신었다. 그런 뒤 모직 모자와 우비를 집어 들고 사다리 옆에 섰다. 월트가 나를 바라보았다. 그는 어깨에 사슴 사냥용 총을 걸어 메고 있었다. 작은 가죽지갑 안에 둥근 해머가 달린 44구경 5발 리볼버를 내밀었다.

"이거 가지고 가시오."

"됐습니다."

"술 마시겠소?"

"아뇨, 안 마시는 게 좋겠습니다."

그는 고무 우비를 입고 리볼버를 주머니에 넣으면서 내게 미소를 던졌다.

"오늘은 얼굴이 좋아 보이는군. 그래도 위스키나 총을 주고 싶군. 물론 둘 다 주면 안 되지만 말이요."

"잘 생각하셨어요."

"맞아." 그는 웃었다. "그럼 안 되지."

주머니에 든 리볼버의 무게를 가늠하면서 살짝 미소를 띠었다.

선수 쪽 미끼 창 위에 낚싯줄을 감아올리는 원통형 기계를 세워 놓은 기둥 사이 발판이 걸려 있었다. 우리는 그 발판에서 알루미늄 소형보트를 꺼내 물 위에 내렸다. 그런 뒤 월트는 미끼 창 안쪽에서 5마력 엔진을 꺼내서 소형보트 안에 내려놓았다. 내가 엔진을 보트의 선미판에 장착하자 그는 나머지 장비를 건넸다. 장비는 당일치기 하이킹용 가방, 연료 탱크와 노였다. 나는 선수에 자리를 잡고서 월트가 다리를 들고 보트에 타려고 올라올 때 배의 균형을 맞추어 주었다. 엔진이 걸릴 때까지 줄을 잡아당겼고 그 뒤 공기흡입조절 장치를 조정했다. 엔진은 첫 번째 당김에서 불이 붙었다. 나는 자리에 앉아서 해안가 쪽으로 방향을 잡았다.

비는 이제 약해졌다. 낮게 깔린 구름이 자신의 젖은 배를 물 쪽으로 내보이며 무겁게 내려앉은 쪽에 비가 내리고 있었다. 우리는 애드미럴티 섬의 긴 내륙 안쪽에 있었다. 우리가 정박해 있는 곳에서 애드미럴티주 해안가 서쪽을 바라볼 수 있었다. 남쪽에 있는 산의 두 정상이 머리 위로 드리워졌다. 높은 쪽 경사진 부분에 새로 내린 눈이 해 근처 드리워진 빛과 섞여 들었고, 바위가 깔린 해안선의 잿빛과 물의 초록색 잿빛이 합쳐졌다. 나는 깊이 숨을 쉬면서 내 머리뼈 안쪽이 마치 잿빛 초록 풍경인 듯 상상했다. 이곳의 풍경에 완벽하게 어울렸다.

바다뜀오리들이 물 표면에서 물장구치면서 앞으로 나아갔다. 오리의 몸체는 앞으로 나아가면서 부드럽게 흔들렸다. 두 눈은 경계를 게을리 하지 않았고 머리는 표면을 계속해서 살피면서 앞뒤로 흔들렸다. 남쪽 4분의 1마일쯤 혹등고래 몇 마리가 표면을 차고 나왔다. 오리들이 그쪽으로 향해 갔다.

모래톱으로 다가가면서 나는 엔진을 올렸고 손쉽게 해안가로 다가갔다. 해안가에는 커다란 화강암 돌멩이들이 있었다. 월트와 나는 얕은 물가로 내려서서 보트를 간조선 근처 뗏목 통나무로 밀었다. 간조는 높았고 이제 낮아지려고 했다. 우리는 필요하다면 보트를 가져가거나, 물가 쪽으로 끌고 갈 수 있었다. 월트는 가로돛의 양 끝을 팽팽하게 잡아당기는 줄을 잡고 나무에 보트를 단단히 묶었다. 그리고 주저앉은 채 가방을 뒤지면서 뭔가 찾기 시작했다. 그는 총의 탄약통을 찾아서 탄창에 넣었다. 아무 말 없이 어떤 중요한 목적의식을 가지고 행동하고 있었다. 이번은 사냥여행도, 단지 일하러 여행을 온 것도 아닌 것은 분명했다.

그가 먼저 가서 오두막을 살피는 데 우리는 동의했다. 나는 주변을 돌아다니면서 시체가 끌려간 해안지역 쪽으로 가 보기로 했다. 그 지역이 어떤 곳인지 보고 싶었다. 우리는 아무 말 하지 않고 돌이 깔린 해안가를 따라 북쪽으로 걸어갔다. 월트는 오두막을 향해 해변의 수풀로 난 길을 따라 올라갔고 나는 약 50야드를 계속 올라가 낮은 오리나무가 촘촘히 서 있는 가장자리를 따라갔다.

오리나무를 지나 걸으면서 나는 땅이 낙엽으로 쌓여 있는 것을 보았다. 나뭇잎들은 이제 막 떨어져서 썩기 시작하는 중이라 아몬드 빛 갈색을 띠었다. 나뭇잎은 매끈하고 말랑말랑해서 곧 계절에 맞는 퇴비로 변해 가고 있었다. 나뭇가지가 성긴 부분을 지나서 계속 걸어가다가 늙은 나무로 뒤덮인 공터로 나갔다. 나무들이 서 있는 바닥은 두꺼운 이끼가 매트리스처럼 깔려 있었고, 하트 모양의 나뭇잎이 달린 식물들이 땅을 덮으면서 점점이 박혀 있었다.

오솔길은 트여 있었다. 몇 개의 블루베리 덤불이 산발적으로 흩어져 있었지만, 열매는 없었다. 이 가장자리 지역은 약 폭이 20야드 정도 되었고 곧바로 경사가 가파르게 이어지고 있었다. 경사에는 이끼들이 조금씩 벗겨져 바위가 모습을 드러냈다. 가문비나무와 솔송나무들은 밑동이 뚱뚱했고 높은 나뭇가지들이 층층이 올라간 곳에 가서야 비로소 가냘픈 몸이 되었다. 고요했다. 내 앞쪽에서 흐르는 시냇물이 낮게 쉭쉭 소리 내며 흐르는 소리를 들었다. 왼편으로 오리나무를 지나 소금물이 얕게 숨을 내쉬고 있었다.

좁은 길을 따라 걸었다. 그 길은 오두막 쪽에서 나온 것이었다. 사람들이 많이 사용했는지 길은 이끼로 덮인 곳에 부드러운 발자국 형태가 나 있었다. 숲의 바닥 표면이 깨져있는 자리에서 뿌리와 유기농 흙덩어리를 내려다보았다. 흙은 마치 이끼로 덮인 층 아래에 뭉친 근육처럼 놓여 있었다. 뿌리는 서로 얽히고 비틀어져 있고 하나의 계속 이어지는 옷감처럼 바닥 전체의 길이와 폭을 감싸고 있었다. 전체가 하나로 자라나는 이끼 속에서 눈에 띄는 하나의 식물을 골라내려면 힘께나 써야 할 것이다.

까마귀들이 내 왼편에 펼쳐진 해변의 풀과 바위의 금발색 그루터기에서 뛰어다녔다. 소리를 지르고 짧게 원을 그리며 날아오르면서 홍합 껍데기를 공중에 던졌다가 떨어뜨리면서 홍합을 열려고 애썼다.

나는 까마귀들이 쉴 새 없이 깍깍거리며 먹는 소리를 들으면서 숲으로 걸어갔다. 간헐적으로 성게와 게의 말라비틀어지고 부서진 껍질이 눈에 띄었다. 수달들이 개흙에서 가져와 나무 사이에 숨어서 먹은 것이다. 껍질만 이끼에 남기고 간 모습이 마치 버려진 장난감 같다.

강가에 가까워지니 모래톱이 좁아졌다. 내 오른편으로 경사진 곳은 바위가 많은 절벽이 되었다. 절벽과 오리나무 사이에 40피트 정도 되는 길을 만났다. 밑동에서부터 12피트 두께인 오래된 가문비나무를 마주쳤다. 나무 옆에 서서 그 길이를 따라 올려다보았다. 내가 볼 수 있는 것은 몸체에서 뻗어 나온 두꺼운 가지들이고 내 머리 쪽에서 몇백 피트 위에 있었다. 몸통 자체가 뒤틀려서 엉켜 있었고 나무껍질은 울퉁불퉁했다. 땅 위에서 약 8피트 올라간 곳에 커다랗게 파낸 자국 혹은 상처가 있었다. 어두운 구멍으로 백목질이 드러나 보였고 끈적끈적한 액체가 눈물 흘리는 것처럼 흘러나왔다.

커다란 호박과 액체가 응고해서 생긴 흰색 덩어리가 나무의 밑쪽으

259

로 흘러내렸고, 발톱 흔적이 나무껍질을 할퀴듯이 나 있었다. 나무 밑 둥치에 납작하게 말라서 여기저기 흩어져 있는 죽은 독수리의 사체 조각들을 보았다. 길고 텅 빈 뼈와 허벅지, 어깨 부분이었다. 아주 정교한 곡선 모양의 날개 구조물, 깃털과 형체에서 내뿜는 잿빛 초록색. 날개에서 떨어져 나온 큰 깃털이 몇 개 있었다. 머리뼈나 발톱은 없었다. 내 머리 위쪽 수백 피트 높이의 고목 최상부에 있는 나뭇가지에서 바람이 들끓는 최초의 소리를 들었다.

나는 나뭇가지 지붕 아래에 있어서 비를 전혀 맞지 않았다. 하지만 오리나무를 지나 그곳을 빠져나오면서 다시 해안지방의 날씨로 들어섰다. 해안지대에는 비가 굵게 내리고 있었는데, 마치 산호 주변을 정신없이 뛰어다니는 젊은 말처럼 비가 휘몰아쳤다. 커다란 풀들이 바람과 사나운 비를 맞아 납작 엎드렸다. 물결은 여전히 높았고 깊었다. 만 쪽에서부터 해협이 움직여 와서 강물의 해협을 이루고 있었다. 물이 느릿느릿 거품을 만들며 휘돌고 있었고, 가문비나무의 뾰족한 잎들이 흙탕물에 부드러운 아치형을 만들었다. 마치 수천 마일 떨어진 산호초해변에 뿌려진 조개껍데기 같았다.

나는 겉옷에 달린 모자를 덮어썼다. 비가 흩뿌렸고 물의 원환이 점점 넓어져, 혼란스런 패턴으로 표면긴장을 통해서 튀어 오르는 물방울로 남을 때까지 교차했다. 마치 물방울들은 하늘로 다시 뛰어 올라가려고 하는 것처럼 보였다.

서쪽 방향으로 소해협으로 나가는 곳에는 진흙 평지가 바위로 된 간조 땅으로 확장되었다. 덜 자란 독수리가 뒤뚱거리며 진흙 위를 걸어 다니면서 거머리말을 납작하게 만들었다. 독수리는 어기적거리며 걸었는데, 근육질이고 등이 굽었다. 그 모습은 마치 자의식에 가득한 젊은 운동선수 같았다. 까마귀들은 홍합 먹기를 포기하고 독수리를 괴롭히고 있었는데, 독수리 등에 짧게 뱅글뱅글 돌며 다이빙을 했다가 다시 날아갔다. 독수리는 조개껍데기와 코끼리색 바위 더미 쪽으로 터벅터벅 걸어갔다.

나는 구부러진 길의 가장자리를 따라 걸어갔다. 풀이 나란히 서 있는 부드러운 진흙길이었다. 깎아지른 바위들이 물 가장자리에 있었는데 바위 사이에서 단단한 초록색 곰의 용변을 밟았다. 연어들이 이 강으로 달려오던 시즌은 끝났지만, 분홍연어의 썩은 사체들이 널려 있었다. 구부러진 아가리에 형태가 일그러진 등을 한 추한 모습이었다. 어떤 연어에도 눈동자는 없었다. 몇몇은 짠물의 얕은 웅덩이에서 이리저리 왔다 갔다 했는데 물결에 따라 벗겨진 살 더미가 흔들린 채 썩은 흰색이었고 입을 쩍 벌린 채 그로테스크하게 물표면 위로 불쑥 나와 있었다. 대기는 조수의 냄새와 나무의 끈끈한 수액, 그리고 부드러운 진흙이 파묻힌 죽은 물고기 냄새로 진동했다.

나는 진흙에서 곰의 흔적을 봤다. 선명하고 세밀하게 새겨져 있었다. 약 4인치 정도 길이의 발톱이 발바닥의 딱딱하게 굳은살에서 뻗어 나왔다. 곰의 발자국은 내가 가는 방향 쪽으로 향해 있었다. 내 앞쪽 강둑이나 큰 풀숲 어디에서도 아무것도 보이지 않았다. 큰 나무들은 강의 늪지대 쪽으로 향해 있었다.

나는 아무 소리도 듣지 못했다. 목을 가다듬고 주머니 안에 두 손을 깊이 찔러 넣고는 조금 더 강 상류로 걸어 올라가서 강의 좁아지는 목에 도착했다. 그곳에는 담수 시내가 짧은 바위 폭포를 통해서 바다의 큰 파도 흐름으로 떨어지고 있었다. 내 왼쪽에는 풀숲의 구부러진 막다른 길이 있었고 그 바로 앞쪽에는 산의 가파른 경사와 무거운 목재 더미가 있었다. 나는 걸음을 멈췄다. 어느 쪽으로 가야 할지 생각하고 있는데, 몸속 저 깊은 곳, 한 쌍의 폐에서 올라오는 낮고 거친 으르렁 소리가 들려왔다.

내가 어렸을 때 우리 가족은 주노의 오래된 로드하우스에 살았다. 러시아와 미국의 식민영토였던 시기에 사냥숙소로 사용된 곳이었다. 아버지가 일을 마치고 귀가하는 것은 거의 기념식에 준하는 중요한 일이었다. 나는 돌난로에 불을 피웠고 어머니는 아버지가 마실 술을 마련했다. 아버지는 가죽의자에 앉아서 우리에게 하루에 있었던 일을 얘기했다. 그가 처리한 사건들과 판결해야 할 목숨들에 대한 이야기였다.

약 20분쯤 후에 어머니는 자리에서 일어나 테이블에 저녁을 차리기 시작했다. 어머니가 자리에서 일어나자마자 판사님은 내 쪽으로 몸을 돌리고는 예의를 갖추어서 학교에서 어떻게 보냈는지를 물었다. 나는 아버지에게 예의를 갖추어서 대충 얼버무린 대답을 했고 그러면 아버지는 두 번째 술잔을 들이켰다. 아버지는 내가 대답을 똑바로 하지 않는다는 걸 알았고 그래서 대화 주제를 아버지가 계획하고 있는 사냥여행으로 바꾸면서 나를 사냥에 데리고 가 주겠다고 약속했다. 그는 사냥캠프에서 남자가 해야 할 의무에 대해서 말했다. 곰 사냥 여행은 성숙하지 못하고 멍청한 사람에겐 맞지 않는다고 하셨다. 내가 그만큼 자격이 갖추어지면 갈 수 있다고 했다. 아버지는 또 애드미럴티 섬의 곰에 대해서도 말했다. 곰은 장신이라, 뒷다리로 서서 몸을 일으키면 우리 집 거실의 천장 받침대까지 닿을 수 있다고 했다.

나는 가죽의자에 앉아 있는 아버지를 바라봤다. 아버지 머리 위쪽으로 더글라스 섬에서 가져온 두꺼운 전나무 받침대가 믿기 어려울 만큼 높아 보였다. 내가 나이를 먹어 아버지를 따라 그런 사냥여행을 가게 될 가능성은 거의 없다고 생각했다. 나는 아버지를 쳐다봤고 벽난로에서 타는 오리나무 냄새를 맡았다. 그리고 아버지의 긴 술잔에서 얼음이 품위 있게 내는 쨍그랑 소리를 들었으면서 집의 지지대를 발톱으로 그러쥐고 아버지의 뒤쪽에서 서 있는 곰을 보았다. 그렇게 커다란 곰의 존재가 내 어린 시절 상상력에 깊숙이 아로새겨져 있었다. 성인이 되어서 그 곰의 존재를 잊어버리기 위해서 내게 주어진 시간 대부분을 보냈었다.

프로핏 코브의 해안지대 옆 커다란 수풀에 곰이 서 있었을 때 어린 시절 집에서 꾸었던 꿈의 세계가 내 몸에서 차가운 땀처럼 새어 나왔다. 곰은 뒷발로 꼿꼿이 서 있었고 나는 곰의 몸통 4분의 3 정도를 볼 수 있었다. 처음에 곰은 움직이지 않았다. 마치 자신이 일개 곰이 아니라 곰을 위한 기념비인 듯이 보였다. 그런 뒤 곰은 넘어진 나무의 꼭대기처럼 잠시 몸을 흔들었다. 곰의 털은 물속에서 뒹굴고 난 뒤라 납작하게 눌려 있었고 털 외피는 몸통 주위로 반들반들하고 매끈했다. 곰은 미들급의 챔피언처럼 잘 발달한 근육이 있었고 벤츠 자동차 정도의 덩치였다. 곰이 그곳에 서 있을 때 물이 내려와 몸을 덮쳤고 혈관과 근육의 울퉁불퉁한 덩어리가 곰의 어깨와 앞다리, 배 아래쪽에 줄지어 있는 유두 밑에 드러나 보였다. 나는 풀숲 바로 위로 그 모습을 볼 수 있었다. 곰은 미켈란젤로의 '다비드'상처럼 우아함과 힘을 드러내며 서 있었다.

곰의 머리가 좌우로 흔들렸고 작은 검은 대리석 눈동자가 나를 찾고 있었다. 관 모양의 주둥이가 씰룩거리다가 살피고, 씰룩거리다가 살폈다. 두 귀가 꼿꼿이 섰다. 나는 곰이 숨을 쉬며 무겁게 내는 소리를 들었고 썩은 생선과 블루베리를 소화하고 배설된 용변 냄새를 맡았다. 곰의 커다랗고 따뜻한 내장이 떠올랐다. 내 뼈를 갈아서 그 동물의 변과 피와 섞인 용액으로 만들어줄 거친 이빨을 상상했다. 그건 마치 태양을 응시하는 것과 같았다. 나는 눈을 피하고 진흙을 내려다봐야 했다. 도망치지는 않았다. 대신 아무 말도 하지 않고 가만히 들으면서 기다렸다.

곁눈질로 한 여자가 해변가를 따라 걸어오는 게 보였다. 오른쪽으로 100피트 떨어진 곳이었고 여자는 해안 쪽을 향하고 있었다. 그녀는 곰의 용변을 밟지 않으려고 건너뛰면서 숲으로 들어갔다.

곰은 내려오더니 뛰기 시작했다. 그리고 내 쪽으로 달려왔다. 코를 쿵쿵거리며 그르렁거리는 숨소리가 곰 이빨 사이로 터져 나왔다. 곰이 내 쪽으로 오고 있었다. 순혈종의 말처럼 쭉 뻗으면서 힘껏 달려온다. 따뜻한 숨결, 군침을 흘리며 썩은 고기와 개펄의 악취, 작고 무표정한 눈동자, 입술 사이에 검고 고무처럼 질긴 외피. 곰의 이빨. 저 덩치 큰 곰의 몸이 내게 덮쳐온다. 마치 커다란 파도처럼.

나는 뒤로 넘어졌다. 곰이 내 몸을 덮치고 지나가서 오리나무가 빽빽하게 들어찬 곳으로 뛰어가 숲으로 들어갔다. 곰이 가파른 바위 경사를 발톱으로 긁으며 단 한 번도 속도를 줄이지도 않고 넘어지지도 않으면서 올라갈 때 작은 나무들이 꺾어지는 소리를 들었다. 바위가 덜그럭거리고 언덕 위로 힘겹게 올라가는 소리가 점점 옅어졌다. 공포의 얼음처럼 뜨거운 바늘들이 내 몸을 칼로 찌르듯이 지나가는 것을 느낄 수 있었다. 나는 땅바닥에 가만히 누워 있었다. 몸을 부들부들 떨고 중얼대면서.

바지가 찢어졌고 허벅지에 멍이 들었다. 곰이 나를 밀어낸 곳에 살짝 상처가 났다. 주머니에 있던 녹음기의 단단한 모서리가 엉덩이에 깊이 박혀서 아팠다. 옷에서 곰과 부딪힌 부분은 썩은 기름기의 악취가 났다. 내 피부는 뜨거웠지만, 몸은 얼어붙었고 덜덜 떨리는 몸을 멈출 수가 없었다.

나는 일어나 앉았다. 손가락을 굽혔다 펴고 손가락 관절들이 제대로 움직이는지 확인했다. 두 손을 눈에 올리고 얼굴을 쓸어내렸다. 입술이 부드러운 탄력으로 움직이는 걸 느꼈다. 두 손을 목 아래쪽과 가슴으로 쓸어내렸다. 맥박이 몸통의 전체 표면에서 쿵쿵 뛰었다. 귀로 혈관에서 피가 펌프질하는 소리가 윙윙 울렸다. 공기는 반짝 빛나는 듯했고 비는 먼지처럼 반짝였다. 나는 목소리를 들었고 숲속에서 여자가 외치는 소리가 났다…… 그리고 총소리.

곰이 지금쯤은 어느 정도 멀어졌다고 생각했다. 곰의 젖꼭지 모양을 떠올리며 어린 새끼가 있었는지를 생각해 보려고 애썼지만 집중하기가 어려웠다. 눈동자와 이빨, 검은 잇몸이 계속 떠올랐다. 상상 속의 총으로 손을 뻗었다. 담즙 맛이 느껴졌고 머리가 아팠다. 또 한 방의 총소리가 들렸다.

해안지대로 내려가서 오두막 쪽의 숲으로 들어갔다. 빨리 걸었지만 뛰지는 않았다. 곰을 따라서 산을 재빠르게 뛰어갈 수 있을 것처럼 느꼈다. 발걸음은 가벼웠지만 억지로 멈추어서 공포가 만들어 낸 확장된 현실감에서 빠져나와 다시 내 평상시의 꿈속 상태로 들어가려고 애썼다. 나는 숨을 고르고 고르면서 천천히 속도를 줄이고 오두막이 보이는 공터로 향했다.

목소리가 들렸다. 남자와 여자의 목소리였다. 크게 소리치며 싸우는 것 같았다. 무슨 말인지는 알아들을 수 없었지만, 어조와 운율이 부딪히고 서로 가로막았다. 나는 멈춰서 고개를 곧추세웠다. 목소리들이 돌풍과 나무 사이 바람 소리와 한데 섞여 있다는 것을 알았다.

'오소'가 닻에 걸린 채 날씨에 따라 움직이는 모습이 보였다. 경비행기가 작은 부표에 묶여 있는 것도 봤다. 그 부표는 우리가 닻을 내린 곳의 만곡부 주변에 있었다. 지금까지 우리 시야에 띄지 않았던 것이다. 에마 빅터의 부둣가에 정착해 있던 그 경비행기였다.

나는 이끼를 살짝 밟았다. 지금 내가 만들지도 모르는 소음 하나하나를 조심스럽게 의식했다. 우비 바지가 내 부츠를 스치면서 내는 부스럭거리는 소리를 들을 수 있었다. 누군가 언쟁을 했고, 어쩌면 탄원 소리 같았다.

오두막은 가로 12피트, 세로 14피트 정도 되는 크기였다. 낡은 금속 지붕에 갈색 판자로 만들었다. 산 쪽으로는 바닥에 기둥을 세운 뒤 플라스틱 비닐커버를 돌려서 기대어 지은 집이 한 채 있었다. 해안 쪽으로 창문이 하나 있었다. 문이 벽에서 가장 무거운 부분처럼 보였고, 양쪽 패널은 두꺼운 뗏목 판자로 덧대어져 있었다. 문에는 녹슨 청동 손잡이가 달려 있었다.

월트는 양옆으로 두 손을 내린 채 서 있었다. 그는 전혀 움직이지 않고 서 있었다. 마치 애써 그렇게 하는 듯했다.

랜스 빅터가 손에 자동권총을 들고 그의 뒤에 서 있었다.

"그걸 제발 쏘지 마. 저 사람은 아무것도 말하지 않을 거야, 보면 몰라?"

노마는 랜스의 팔꿈치 옆에 서서 한 발씩 왔다 갔다 했다.

"혼자 온 걸 거야. 내가 계곡으로 뛰어가서 확인했는데 아무도 없었어."

나는 몸을 낮춘 채 쓰러진 나무를 따라 기어서 가까이 다가갔다. 쪼개진 밑동 끝에서 바라보았다. 내 머리는 이끼 바로 옆에 있었다. 대화가 들려왔다.

"나를 죽이는 게 좋을 거야, 꼬마야."

월트는 랜스를 거의 연민 가득한 눈빛으로 쳐다봤다.

"난 꿈쩍도 하지 않을 거다. 널 절대 도와주지 않을 셈이거든."

에마 빅터는 월트보다 위쪽, 문가에 서 있었다. 그녀는 붉은 모직 반코트를 입고 있었다. 그녀는 팔짱을 끼고 월트의 뒤통수를 노려보고 있었다. 랜스는 권총을 월트에게 겨누고 있었다. 6인치 총신이 살짝 흔들렸다.

"절대 아무 말도 하지 마. 질문은 우리가 하는 거야." 에마가 말했다.

"그런데 저 사람이 아무 말도 하지 않으면 어떡해요, 엄마?"

"아무도 신경 쓰지 않아, 이제. 그 멍청한 늙은이만 빼면. 그리고 그 사설탐정도. 누군가 이미 자백한 살인사건에 대해서는 아무도 신경 쓰지 않아."

"하지만 저 사람이 여기서 뭘 찾아다닌 거야? 노마, 넌 알아?"

노마는 오두막으로 들어가서 엄마에게 속삭였다. 나한테는 들리지 않았다.

"그래, 좀 더 살펴봐. 아마 뭔가 알아내려고 했겠지. 도대체 침대 밑에서 뭘 하고 있던 거야, 저 사람?"

"월트, 우리에게 털어놓아 보시지?" 랜스는 권총을 월트의 코 밑에 마치 따뜻한 빵조각처럼 흔들어 대었다. "뭘 찾은 거요?"

"어떻게 할 건데, 꼬마야? 저 만에 날 처넣을 건가? 디디를 처리한 것보다는 좀 힘들걸?"

랜스의 몸 안이 부풀어 올랐다. 총신을 월트의 머리 쪽으로 바싹 들이미는 그의 손이 떨렸다. 그는 날카롭게 째지듯 절규하면서 말했다.

"당신은 그날 술에 취해 있었어. 당신이 그 애를 갑판에 올려 보낸 거라고. 그날 날씨가 그렇게 나빴는데. 우리가 보트를 움직이고 있을 때 왜 그 애가 갑판에 있었던 거야? 그 애가 거기서 뭘 하고 있던 거냐고? 디디는 너무 많은 걸 봤어. 너무 많이 본 거라고. 당신이 술을 너무 많이 처먹어서. 그래서 내가 그 일을 할 수밖에 없었던 거라고."

노마가 방에서 나왔다. 월트에게 손을 내밀었다.

"월트, 디디는 아빠와 호크스가 싸우는 걸 봤어요. 그런데 랜스하고 내가 보트를 움직이는 것도 봤죠. 그 밖에 또 뭘 봤는지 난 몰랐어요. 몰랐다고요. 랜스도 몰랐어요. 그 애가 재판에서 증언한다는 소리를 들었을 때 랜스가 만나러 갔어요. 뭔가 더 아는 게 있다면 입 다물고 있으라고 말하려고 했죠. 내 생각엔 둘이 부둣가에서 싸운 것 같아요. 사고로 물에 떨어졌을 거예요. 그건 사고였어요. 랜스는 의도적으로 죽이지 않았어요. 사고였다고요."

그녀의 목소리에 힘이 빠져 있었다.

월트는 랜스와 총 너머로 노마를 바라보았다. 노마는 계단에 서 있었다.

"이 딱한 애야. 너란 아이는 어쩜 그리도 단순하면서도 비열할 수 있지?"

노마는 머리를 흔들고 속삭였다. "그렇지 않아요."

그렇게 말하면서 그녀는 상상 속 머리카락을 이마에서 뒤로 넘겼다.

"부둣가에서 떨어질 때는 사고였겠지. 하지만 그 애를 물속에 밀어 넣은 건 사고라고 할 수 없어. 저 앤 디디의 얼굴을 발로 찼고 물속에 억지로 집어넣었지. 그건 사고가 아냐. 나는 그 애가 임신했다는 걸 알고 있었어. 디디의 애인에 대해서도 알고 있었고. 그놈이 아이 아빠가 되려고 하지 않았다는 것도 말이야. 나는 디디를 집에 데려오려고 했어. 하지만 그렇게 못했지……. 저놈이 그 앨 죽였기 때문이야."

랜스는 누이를 바라보고는 작은 목소리로 말했다.

"노마, 죽여야 했어. 그렇게 할 수밖에 없었어. 경찰한테 너와 나는 그날 밤 내내 잠이 들었다고 말했잖아. 경찰이 다시 디디에게 그게 사실인지 확인하게 내버려 둘 수는 없었어."

그러고 나서 그는 월트의 머리를 뒤로 휙 젖혔다. 랜스는 엄마를 찾았지만, 그녀는 이미 오두막 안으로 들어갔다.

그의 뺨은 둥그렇고 피부는 뚱한 아이처럼 붉게 터 있었다. 그는 총의 해머를 뒤로 잡아당겼다. 노마는 얼굴을 손으로 감쌌다.

나는 에마가 오두막 안에서 널빤지 바닥을 걸어 다니는 소리를 들었다.

"월트, 당신은 뭘 찾고 있었던 거예요? 여기에 뭐가 있어요? 이렇게 시간이 지난 후에도 뭔가 상황을 바꿀 만한 게 여기 있다는 거야?" 랜스는 한 번 더 물었다.

"이걸 찾고 있었던 거야."

에마는 문가에 서 있었다. 그녀는 소총을 들고 있었다. 수동식 노리쇠가 달린 45-70구경이었다. 방아쇠 잠금장치 쪽 개머리판에 곰 발톱이 긁은 자국이 세 군데 있었다. 그녀는 노리쇠를 잡아당겨서 탄창 안에 총알을 밀어 넣었다. 노리쇠는 아주 녹슬었지만 앞으로 밀 수 있었고, 작지만 꽤 큰 소리를 내면서 잠겼다.

"이건 루이스 총이야. 바닥 밑에 숨겨져 있었어. 상자에 들어 있었지. 이걸 찾고 있던 거야."

랜스는 불쏘시개를 자르는 그루터기에 앉아서 자신의 권총 총신을 관자놀이에 비볐다.

"안 돼, 아냐, 아냐"라고 중얼거렸다.

"랜스!" 에마는 문가에서 소리 질렀다. "랜스, 날 봐!"

그는 머리를 그녀가 서 있는 방향으로 돌렸다.

"랜스, 왜 이걸 치우지 않았어?"

랜스는 나무 조각을 내려다보았다. 그리고 말했다.

"어디 있는지 몰랐어요. 해안가로 가기 전에 아래 놓아둔 고무보트에 펌프질해야 했어요. 해변에 갔을 때는 소총이 사라져 버렸어요. 아빠가 숨겨 놓는 장소들을 아는 데로 모조리 찾아봤는데, 없었어요. 나는 정말……. 정말로 그게 아직 오두막에 있을 거라곤 생각 못 했어요.

나는 정말 그 미친놈이 물에 던졌다고 생각했어요. 하지만 어디다 던 졌는지는 알 수 없었어요. 그래서 내 총을 대신 만에 던졌고, 경찰한테 총이 어디 떨어졌는지 안다고 말했던 거예요."

"하지만 여기 있었잖아. 이 총이 루이스 거라는 걸 알아볼 사람이 얼마나 많은 줄 알아?"

그녀는 마치 먼 거리에 있는 듯이 월트를 바라보았다. 그리고 소총 을 내려다보면서 천천히 머리를 끄덕였다. 그녀는 자신이 무엇을 선택 할지를 생각했다.

이 상황이 어떻게 진행될지 불길한 예감이 들었다.

나는 일어섰다. 주머니를 뒤적였다. 그리고 목소리를 가다듬었다.

그런데 내 나름대로 상황을 파악하기도 전에 에마가 총을 쏘았다. 총 알이 내 옆 2피트 정도 떨어진 가문비나무의 껍질에 맞았다. 그녀는 두 번째 총을 쏘려고 철제 조준기를 내려다보았다. 나는 두 손을 들었다.

"이쪽으로 와요, 영거 씨." 그녀는 가늠쇠를 움직여서 지시했다.

나는 오두막으로 걸어가서 벽 쪽에 섰다. 내 팔은 공중에 들려 있었다.

"우리 이 상황을 어떻게든 해결해 봐요."

나는 숨죽이며 속삭였다. 그리고 랜스 쪽을 향해 고개를 끄덕였다.

월트가 내 쪽으로 다가왔다. 우리는 거의 팔꿈치를 붙여서 섰다. 랜 스는 총으로 이제 우리 둘 모두를 겨냥할 수 있어서, 편해 보였다.

월트의 손이 모직 재킷 주머니로 슬며시 들어갔다.

"에마, 왜, 왜 이런 일이 일어난 거요?" 그는 그녀를 바라보면서 물었다.

그녀는 잠시도 멈추지 않고 주저 없이 대답했다.

"그이가 내게 모욕을 주었어요. 내 아이들을 모욕했다고요. 그리고 이혼을 요구했어요. 이혼 말이에요. 그러면 난 어떻게 되었겠어요?"

"그러니까 가정을 유지하려고 그를 죽였나요?"

나는 이렇게 말해선 안 되었다는 것을 알았다.

그녀는 내게 미소를 띠었다. 소총을 어깨에 올렸다가 곧 내렸다. 그리고 계단에 앉았다.

"그래요, 나는 참 이상하고 웃긴 여자예요, 영거 씨. 루이스와 몇 년 결혼생활을 하고 나니 어떤 모순이나 갈등도 잘 참아 내게 되었죠."

그녀의 손가락이 45-70구경의 손잡이를 그러쥐었다.

"하지만 당신 말이 맞아요. 다른 이유가 더 있죠. 누구도 이해할 수 없겠지만 말이에요."

그녀는 나를 올려다보고 두 눈을 가늘게 떴다.

"난 그이를 사랑했어요……. 완벽하게 말이죠. 우리는 하나의 몸이자 살이었죠. 이곳은 내 신세계였고, 나를 전부 바쳤죠. 루이스, 알래스카, 그리고 이 생활……. 모든 것이 달랐어요. 내가 전혀 본 적 없는 것들의 냄새를 맡았어요. 내가 상상할 수 없는 것들을 봤어요. 나는 이 새로운 삶과 아이들에게 내 인생을 몽땅 바쳤는데, 어떻게 그걸 내게서 뺏어 가도록 내버려 둘 수 있겠어요?"

랜스는 자기 몸을 이리저리 움직이면서 총을 만지작거리면서 서 있었다. 노마는 땅바닥에 시선을 두고 있었다.

"그가 다른 여자를 사랑한다는 걸 알게 되었을 때……. 그의 일부, 아마도 그의 상당한 어떤 부분이 내게는 낯설다는 걸 깨달았죠. 내가 그렇게 사랑했던 남자가 전혀 모르는 사람이었던 거예요."

그녀는 루이스의 총을 무릎 위에 내려놓았다.

"애들은 내 아이들이에요. 물론 반은 그의 것이죠. 하지만 아이들에게 말을 가르치고 생각하고 사랑하는 법을 가르친 것은 나예요. 애들은 아버지를 잘 몰랐죠. 그이가 아이들을, 우리를 버리고 떠나는 것보다는 아이들이 그이에 대한 기억과 사랑을 일부라도 간직하는 게 나았어요. 우리, 말이지요."

그녀는 소총의 가늠쇠를 들어 올려서 공중에 형체를 만들었다.

"그리고 애들이 교도소에 있는 것보다는 나와 있는 게 훨씬 더 나아요."

노마는 손으로 이마를 스쳤다. 그리고 나를 바라보면서 눈을 가늘게 뜨면서 말하기 시작했다.

"엄마가 한 게 아니에요, 영거 씨. 당신이 뭘 생각하는지 알아요. 하지만 틀렸어요. 왜 쐈냐고요? 나는 그렇게 생각하지 않아요. 총은 기억나지 않아요. 그 일이 일어나기 전에, 또 일어난 뒤에도 기억할 수 없어요. 그저 아버지가 쓰러지는 것만 봤어요. 나는 아빠를 사랑했어요, 그런데 아버지가 쓰러지는 걸 보자 뭔가가 내 안에서 툭 열리는 것 같았어요……. 마치 내가 기억할 수 없는 어떤 말이 막 생각난 것처럼. 아버지가 쓰러지는 것을 보자 내 마음이 가벼워졌어요."

그녀는 몸을 돌리고 자기 발 앞에 있는 나뭇가지를 집어 들고 가볍게 그것으로 무거운 가죽부츠의 발가락 부분을 툭툭 쳤다.

"어렸을 때 아버지와 함께 야생 열매를 따러 갔어요. 우린 같이 시냇가를 따라 걸어갔죠. 아버지는 곰의 배설물을 밟을지 모른다며 제게 장난치셨죠. 곰 숨소리를 내면서 제가 겁먹게 장난치셨죠. 나는 울음을 터뜨렸고 아버지는 크게 웃었죠. 웃었다고요. 곰의 배설물을 밟으면 운이 나쁘다고 하셨어요. 학교 친구들에게 그 이야기를 해 주면 애들도 웃었어요.

한동안 난 애들이 웃는 게 그 이야기가 재미있어서라고 생각했어요. 그런데 몇몇 아이들이 나를 놀리기 시작했어요. 애들이 낄낄거리며 술주정뱅이 흉내를 내며 제게 술병을 흔들면서 '운이 나빠, 운이 나빠'라고 소리쳤죠. 술 취한 척하며 넘어지면서 낄낄거렸어요."

그녀는 나를 올려다보았다. 이제 그녀의 눈가에 물기가 맺혔다. 마치 바람이 불어서 눈에 먼지가 들어간 것 같았다.

"십대가 되면서 나는 아버지가 원주민인 게 싫었어요. 학교에서 특히 그랬어요. 남자애들이 집에 와서 티브이 앞에 앉아 있는 아버지를 보면 애들 얼굴 표정이 바뀌었어요. 내 머리카락이 검은색인 이유를 그제야 애들이 알게 되었죠. 여행하러 공항에 갈 때도 싫었죠. 깨끗하고 잘 꾸며진 터미널을 걸어가는 아버지의 모습, 줄을 잘못 서면 사람들이 아버지에게 너무 큰 소리로 천천히 말을 하곤 했어요. 나는 아버지가 말하는 것도 싫었고 술을 마실 때 아버지 손도 싫었어요. 그때 아버지 손은 부드럽고 힘이 없었죠. 꽉 쥐지 않았어요.

난 다 싫었어요……. 하지만 아버지와 야생 열매를 따러 가던 것은 좋았어요. 할머니와 함께 갔죠. 할머니는 옛날 통조림공장에서 사용했던 커다란 팬을 가져오셨어요. 팬을 가지고 강가에 갔죠. 그럴 때면 할머니는 낮게 흥얼거리셨어요. 쾌활한 운율이었죠, 성가 같은 거였어요. 하지만 가사는 몰랐어요. 아버지가 가지를 꺾어서 잘 익은 열매를 먹으라고 주었어요. 그건 마치 롤리 팝 같았어요. 참 맛있었어요.

고등학교에 들어가서 나는 아버지가 내 아버지가 아닌 척 굴었어요. 내가 고용한 가이드라고 생각했죠. 아마 가이드보다는 고용한 친구 같은 존재처럼. 아버지는 제게 잘해 주었고, 비밀 얘기도 해 주었어요. 제가 원하면 선물도 해 주었죠. 나는 진짜 아버지가 나타나서 날 샌프란시스코로 데려갈 때까지 아버지는 내 친구가 될 거라고 생각했어요. 나는 이 몸집이 크고 고무장화를 신고 캔버스 천으로 만든 재킷을 입은 원주민에게 증기선갑판에서 작별인사로 손을 흔드는 상상을 했죠. 내 친아버지가 나를 허드슨 베이 상표가 붙은 담요로 감싸 안고 선실로 데려가는 거죠. 하지만 그런 일은 절대 일어나지 않았어요.

나는 아빠를 사랑했고, 절대 아빠에게 총을 쏠 계획은 아니었어요. 뱃머리에서 두 사람을 봤어요. 두 사람이 싸우고 있었죠. 처음에는 아버지를 보호할 생각이었어요. 호크스를 쏘려 했죠. 그런데 랜스의 총을 들어 조준을 아빠에게 맞추게 되자 뭔가가 내 안에서 툭 열리는 것 같았고, 그래서 총구를 당겼어요.

벌 받을 마음의 준비는 되어 있었어요. 하지만 랜스가 자기가 다 알아서 한다고 했어요. 그때부터 우리는 할 수 없이 그런 일을 하게 된 거예요."

랜스는 머리를 앞뒤로 흔들면서 눈을 가늘게 떴다. 그의 손은 뼈처럼 하얗게 변해서 총을 쥔 손아귀가 긴장하고 있었다. 랜스는 슬프고 화가 나면서도 혼란스러운 듯 보였다. 지능이 낮은, 그러나 자신의 엄마처럼 일체의 모순이나 갈등에 대한 관용 따위는 없는, 매우 위험한 남성이었다.

"그런데 왜 토드를 쏜 거지?" 나는 물었다.

에마는 소총을 무릎에서 하릴없이 집어 들었다.

"나는 어떤 일도 내 아이들에게 일어나게 그냥 두지 않았…… 않을 거예요. 당신 친구는 나와 당신 사이에 끼어든 거죠. 정말 안됐어요. 당신이 일을 벌이려고 했기 때문에, 나는 그걸 원치 않았어요.

그날 시어머니를 만났어요. 그리고 총을 구했죠. 경찰에게 남자의 용모를 알려 주었어요. 그날 밤 당신 집에 가서 문을 두드리고 기다렸죠. 당신이 혼자 산다고 생각했는데, 그 반멍청이가 문을 연 거예요. 또 다른 이유는, 당신이 문밖으로 나올 줄 알았어요. 너무 서둘러서 총을 쏜 거죠. 참 딱하게 되었어요. 그래서 너무 문제가 커져 버렸어요."

"문제가 커졌다. 그렇소. 맞아요. 하지만 아직도 우리는 해결할 방법이 있어요." 나는 말했다. 그녀를 주의 깊게 바라보면서 기회를 기다렸다.

"영거 씨, 당신 말이 맞아요." 그녀는 총을 엉덩이 쪽으로 내렸다. 겉보기엔 긴장을 푸는 것처럼 보였는데 곧 총을 쐈다.

월트의 몸이 뒤로 휘청대다가 바닥으로 쓰러졌다. 격렬한 총소리가 났다. 그의 재킷 가슴 쪽 주머니 가운데 작은 구멍이 났다. 그의 등 아래로 피 웅덩이가 퍼져 나가서 이끼긴 가문비나무 이파리와 썩은 오리나뭇잎을 적셨다.

그는 숨을 헐떡였다. 손은 여전히 주머니에 있었는데, 미동 없이 누워 있었다. 공기가 총 화약 냄새로 매큼했다. 월트는 싸구려 탐정 잡지에서 본 희생자의 사진처럼 위엄을 잃고 황량해 보였다.

"당신 둘은 끼어들어선 안 되었어요, 영거 씨. 당신이 일을 너무 시끄럽게 만들었어."

나는 월트의 이름을 불렀다. 그에게 몸을 구부리고 귀에 대고 말했다. 나는 그의 주머니 속으로 손을 넣어서 44구경을 잡았다.

276

나는 일어서서 노마의 팔꿈치를 붙들고 총구를 그녀의 관자놀이에 대었다.

"이거 정말 엉망진창인걸. 이제 어떻게 해야 할지 모르겠어."

나는 물 쪽으로 뒷걸음쳤다. 그다음엔 무엇을 해야 할지 아무 생각이 나지 않았다.

"하지만 당신이나 랜스가 총을 쏘기 시작하면, 나도 어쩔 수 없이…… 모르겠어……. 내 생각엔……."

나는 총구를 더 바짝 노마의 두피에 눌렀다.

랜스는 나와 엄마를 번갈아 가면서 보다가 죽은 채 땅에 놓여 있는 월트를 내려다봤다. 권총은 여전히 랜스의 손아귀에 쥐어져 있었다.

노마의 몸은 경직되었고 낮게 헐떡이면서 숨을 쉬었다. 나는 그녀를 데리고 뒷걸음을 치면서 어색하게 미끄러운 돌멩이로 걸어갔다.

에마는 내려서서 딸과 내 쪽으로 걸어왔다.

"당신 말이 맞아요. 우리 이 상황을 잘 해결할 수 있어요. 랜스와 내가 비행기를 탈게요. 우린 협곡 다른 쪽 해변으로 비행할 거예요. 그럼 노마를 놔줘요. 그 애가 혼자 걸어서 우리를 찾아오면 돼요. 로빈스 씨는 딸의 죽음 때문에 슬퍼서 자살했다고 말할게요. 여기서 모두 끝내요. 이제 우리는 비행기로 가겠어요, 영거 씨."

그녀는 랜스에게 고개로 신호를 보냈다. 랜스가 월트의 양철 소형보트 안에 있던 팽창식 카약 쪽으로 움직였다.

내가 계획에 동의하지도 않았는데 그들의 계획은 진행되고 있었다. 랜스는 카약을 준비했고 에마와 함께 카약에 탔다. 두 사람이 탄 카약은 우스꽝스럽게도 작아 보였다. 마치 욕실용 장난감 같았다. 랜스는 카약의 노를 저어서 해안가에서 50야드 떨어진 곳에 있는 비행기 쪽으로 갔다. 일단 그곳에 도착하자 그는 가방과 소총을 엄마에게 건넸다.

노마와 나는 해안가에 서 있었다. 나는 44구경을 쥔 내 오른쪽 손을 옆으로 내렸다. 노마는 울고 있었다.

그들은 카약의 바람을 빼고 비행기의 뒷자리에 집어넣었다. 에마는 조종석에 자리를 잡았고 랜스는 조수석으로 가려고 프로펠러 아래쪽 버팀목에서 균형을 잡고 있었다. 일단 안으로 들어가자 그는 좌석 뒤쪽으로 손을 뻗었다. 엔진이 켜지고 프로펠러가 작동했다. 에마는 문을 열고 노마에게 프로펠러 소음 위로 소리쳤다.

"해안가 쪽, 저쪽을 지나서 걸어와." 그녀는 비행기를 북쪽으로 돌려서 바람을 갈랐다.

랜스는 총을 어깨에 올렸다. 노마가 소리를 지르면서 머리를 숙였다. 나는 아무것도 듣지 못했지만, 총알이 내 왼쪽 팔을 맞추었고 몸이 돌려져 무릎을 꿇었다.

노마가 달렸다.

나는 무릎 하나로 지탱해서 몸을 가누면서 권총을 조준하려고 애썼다. 두 차례 비행기 모터 주변 엔진 커버에 총을 쐈다. 아무것도 보지는 못했다. 엔진의 윙윙대는 소리는 달라지지 않았다. 에마는 비행기를 해변으로부터 돌려서 전속력을 내려 했다. 비행기는 물을 가로질러 힘겹게 움직였다가 마침내 공중으로 떠올랐다. 비행기의 플로트에서 물이 떨어졌다.

침묵이 흘렀다. 노마는 물가에 서 있었다. 그녀는 비행기가 영국 춤을 추는 작은 중산모자처럼 이쪽 발에서 저쪽 발로 바꾸는 모습을 보고 있었다. 그녀는 바라보면서 눈물을 흘렸다.

비행기는 물에서 300피트 위로 떠올랐다가 서쪽으로 날아갔다가 마치 다시 착륙하려는 듯이 원을 그렸다. 비행기가 지나갈 때 기름이 새는 게 보였다. 곧 검은 연기가 났고, 엔진에서 큰 소리가 났다. 작은 만의 입구에서 돌풍이 불어오자 비행기가 떨어지며 장난감처럼 대기 중에서 뒹굴었다.

노마는 아무 소리도 내지 않고 서서 비행기가 미끄러져 물에 빠지는 것을 바라보았다. 비행기의 동체가 플로트에서 떨어져 나와 물에 빠질 때 그녀는 얼굴을 손에 묻었다.

비행기의 지지대가 쑥 올라왔다. 몇 분 후에 비행기에서 두 사람이 기어 나와 알루미늄 플로트에 매달려 있었다. 두 사람은 물에서 기어 나와 비행기 잔해에 기댔다.

물 표면에는 알루미늄 잔해와 기름이 둥둥 떠다녔다.

근처에는 바다꿩오리들이 떠다녔고 남쪽으로 4분의 1마일 떨어진 곳에 고래들이 유유자적 식사를 하고 있었다.

토드는 아마도 병원에서 기계 줄에 매달려 누워 있을 것이고 언덕 저 위 어딘 가엔 곰들이 스컹크양배추 뿌리를 긁어 대고 있을 것이다.

그리고 월트는 죽었다.

나는 바위에 앉아서 총을 발끝에 던지고는 이런 것들을 한꺼번에 생각하지 않으려고 애썼다.

17장

토디가 입원한 병실 침대 옆 테이블은 파티마의 신전을 닮았다. 도시의 선한 기독교인은 모두 신을 위해서 토디의 소박한 마음을 얻기 위해 노력할 기회를 누렸다.

나는 그의 침대 옆 안락의자에 앉아 있었다. 티브이가 켜져 있었다. 라디오는 꺼 버렸다. 토드는 전자 야구게임 같은 것을 하고 있었다. 손에 게임을 들고서 엄지손가락으로 버튼 주변을 두들겨 대었다.

그는 테이블 위에 주스 캔 네 개와 아이스가 담긴 통을 올려 두었다. 여분의 티브이 스탠드 위에는 그의 어항이 놓여 있었다. 잉엇과 물고기 톱미노가 유리와 플라스틱 성의 아치 아래로 퉁퉁 부딪쳤다. 어항은 이 방에서 마치 국립공원처럼 커다랗고 웅장한 존재감을 과시했다.

"세실, 자네가 로빈스 살해혐의로 체포되는 거야?" 그는 얼굴을 들지도 않고 말했다.

"내가 말했잖아. 경찰이 철저하게 조사할 계획이라고. 아마 대법원 배심원에게 가져갈 수도 있겠지만, 아직 그 사람들도 잘 모를 거야. 지금은 사건현장을 조사하고 있어. 에마와 아이들은 티 항구에 있는 집에서 기다리고 있고."

"경찰한테 자초지종을 얘기하지 않았어?"

나는 의자에 앉은 채 긴장했다. 그에게 내가 살인을 했는지 묻고 싶으면 게임을 중단하라고 요구할까 하다가 그만두었다.

"응, 사실 그대로 얘기했어. '오소'에 가서 무전기로 해안경비대와 경찰에게 신고했지. 헬리콥터를 타고 출동한 경비대가 에마와 랜스를 물에서 꺼내 주었어. 나는 그날 밤 진술을 했고 경찰이 내 팔에 생긴 부상을 치료해 주었어."

"에마도 사건에 대해서 진술했어?"

"그래 토드, 내 생각에 그랬을 거야. 그런데 내가 월트를 죽이고 자기 가족도 죽이려고 했다고 말했을 거야."

"걱정 안 돼?"

"뭐 조금. 그런데 내가 총을 경찰에 건넸으니까 괜찮을 거야. 또 몇 가지 보험도 들어 놨고."

"보험?"

"너도 알지, 내가 가끔 사람들한테 알리지 않고 녹음기를 사용한다는 거?"

"알지." 이 대목에서 그는 게임에서 눈을 떼고 쳐다봤다. "그건 옳지 않아, 그치, 세실?"

"뭐 불법도 아냐. 오두막에서 일어난 사건 전체가 아주 고스란히 테이프에 담겼지."

"경찰에 그걸 건넸어?"

"아니, 아직. 에마가 자기가 꾸며 낸 이야기를 계속하면서 법적인 선서를 할 때까지 기다릴 거야. 내가 월트를 협박해서 월트가 루이스를 죽였다는 사실에 대해 입 다무는 조건으로 돈을 주지 않으면 죽이겠다고 했다고 확신에 차서 그 여자가 세상에 대고 말하는 거지. 그 얼굴에 천사 같은 표정을 하고는 솔직하고 그럴듯한 이야기를 하길 기다리고 있어. 그러고 나면 내가 그 테이프를 까는 거지. 그런데 지금은 기다릴 거야. 나중에 테이프를 사용할 날이 올 때까지. 언제 그렇게 할지는 아직 모르겠지만."

토디는 침대 위 두 무릎 사이에 만든 계곡에 게임을 내려놓았다. 그는 피곤했고 정해진 시간보다 너무 오래 깨어 있었다. 내가 재킷을 벗고 있었기 때문에 그는 내 팔에 두른 붕대를 쳐다보았다. 걱정스러운 듯이 보였다. 눈썹이 아주 오랜 생각을 한 듯이 함께 찌푸려져 있었다. 그는 콧대 위에 걸쳐 놓은 안경을 올렸다.

"충격이 많았지."

"그래."

"그리고 정말 많은 사람이 죽었어. 왜 그런 거 같아, 세실? 아니, 내 말은 우린 아무 짓도 하지 않았잖아, 그치?"

토디는 기쁘지 않을 때는 울진 않지만 대신 주먹을 꽉 쥐고 숨을 헐떡이기 시작했다. 그는 침대 시트를 주먹으로 꽉 쥐었다.

"왜 그래, 친구? 뭐 필요한 거 있어?" 나는 간호사를 부르려고 했다.

"세실. 여기 와서 나한테 성경이랑 뭐 그런 비슷한 주제에 관한 책을 가져온 사람 중에 한 여자가…… 알지? 그 여자가 신이 내가 강한 사람이란 걸 알기 때문에 내가 총에 맞은 거라고 했어. 내가 정말 강한지 테스트해 보려고 한 거라는 거야."

그는 안경을 벗고 나를 쳐다보았다. 안경을 벗으면 사물을 제대로 볼 수 없는 사람이 희뿌연 한 시야 속에서 뭔가를 찾는 시선이었다.

"그건 정말 미친 소리 같아, 세실."

"나도 그렇게 생각해, 친구."

나는 앞으로 몸을 기울여서 두 팔로 머리칼이 곤두선 그의 머리를 도닥거려주며 포옹했다.

"미친 소리지." 나는 속삭였다.

"그 여자가 그렇게 얘기하는 순간 나도 그렇게 생각했어."

그는 뒤로 기대면서 안경을 썼다. 그리고 고개를 까딱거리며 내게 겸연쩍은 웃음을 보냈다. 나는 테이블로 몸을 기울이고 침대 옆 신전에 쌓인 선물을 바라보았다.

"좋은 얘기나 하자. 해나가 이거 보내 준 거야?"

잼 병을 집어 들었다. 황금색 뚜껑 꼭대기에 테이프로 붙여 놓은 라벨을 봤다.

"토디에게−새먼베리 잼. 싯카. 해나 엘더와 C. W. 영거가 땀/ 영원히 달콤하길"이라고 쓰여 있었다.

병원으로 오는 길에 나는 양로원 앞 벤치에 들렀다. 그 책이 아직 거기에 있었다. 누군가 책을 비닐로 싸 놓았다. 책을 찾아올 거라는 걸 알았던 거다. 표지는 습기가 차서 흐늘거렸고 종이 형태는 사라지고 거의 원자재 상태가 되어 있었다. 나는 주머니에 책을 집어넣었다. 녹음기와 함께.

"병원에서 퇴원하면 보러 온다고 했어."

"그래? 잼 맛 좀 봐도 돼?"

나는 뚜껑을 열려고 비틀었다. 그리고 잠깐 멈추어서 그의 대답을 기다렸다.

"그래…… 뭐."

그는 웃었지만 눈썹이 떨렸다. 나는 그가 제일 먼저 맛보고 싶어 한다는 걸 알았다. 나는 그의 점심 식판을 뒤져서 일회용 스푼을 찾아 할 수 있는 한 조심스럽게 떠서 그의 입 쪽으로 내밀었다.

"고맙네." 그는 말하고 입에 넣었다. 잼을 삼킬 때 두 눈을 감으면서 "으으으응……" 하며 경이롭게 음미했다.

나는 처음엔 마치 오래된 와인을 마시듯이 냄새를 맡았다. 해나와 내가 함께 묘지 근처에서 걸어올 때 내 입 속에서 맛본 따듯하고 쓰디쓴 맛을 떠올렸다. 그날 여름을 생각했고 그 시절이 얼마나 멀리 느껴지는지, 또 겨울이 얼마나 길지를 생각했다. 하지만 그 순간 새먼베리의 달콤함을 맛보았다.

"울어?" 토디가 나를 올려다보면서 궁금한 눈빛을 보냈다. 마치 옷 벗는 걸 바라보는 개의 눈빛이었다. "세실?"

"친구, 이거 정말 아주 맛있는 잼인걸. 근사한 맛이야."

토드는 아직 약간 열이 있었다. 그가 침대에 몸을 눕혔고 나는 침대 머리맡을 내려주고 불을 껐다.

"밤에 다시 올게." 나는 말했다.

아픈 팔 위로 재킷을 걸치고 병원 문을 나섰다. 집으로 가서 빅터 여사에게 내 최종 보고서를 제출해야 했다. 그녀는 이미 사실을 알고 있었다. 그녀와 이미 통화를 했고, 그녀는 내게 감사의 말을 건넸다. 그녀는 손주들이 재판받게 되면 괜찮은 변호사를 구해 달라고 요청했다. 나는 그건 참 이상하다고 생각했다. 어쨌든 손주들이 아들에게 총구를 당긴 것 아닌가. 그녀는 사실을 알게 되었지만 그래도 손주들을 돕고 싶다고 했다. 누군가를 비난하기 위해서가 아니라, 사실을 분명히 바로잡기 위한 것이었다고도 덧붙였다. 그녀는 기독교인이었고, 세상을 올바로 만들어야 한다는 것을 잘 알고 있었다……. 그렇지만 여전히 변호사는 필요했다. 나는 그녀에게 딕키 스타인에게 연락해 보라고 말해 주었다.

빅터 부인에게 내가 전한 이야기가 사실인지 어떻게 믿을 수 있냐고 물었다. 그녀는 그저 말이 되기 때문이라고 했다. 경찰보고서는 앞뒤가 맞지 않았지만 내 이야기는 앞뒤가 맞는다고 했다.

우리는 곰과 결혼한 여자에 대해서는 얘기하지 않았다. 나는 빅터 부인에게 그 이야기가 사실인지 묻지 않았다. 빅터 부인이 그 이야기를 해 준 이유가 자신이 에마에게 갖고 있던 혐의를 내가 좀 더 쉽게 받아들이게 하려는 의도였는지 묻지 않았다. 나는 입을 다물었다. 모든 옛날이야기가 그렇듯이 사실과는 무관하다. 옛날이야기는 진실을 담아 둔 상자이다.

10월에 어울리지 않게 눈이 일찍 왔다. 눈이 비로 바뀔 걸 알고 있었다. 내 두 발은 성당으로 향하는 길에 축축이 젖었다. 큰까마귀 한 마리가 쓰레기 매립지 위로 원을 그리며 날다가 내 머리 위로 빽빽한 눈발을 불어 댔다. 큰까마귀는 도시의 중심 교차로 멈춤 신호판 위에 앉았다. 그 새는 발 주위에 붉은 실을 감고 있었다. 큰까마귀를 정말 잡고 싶은 아이가 있는 것 같았다. 그 아이는 아마 절대 포기하지 않을 것이다.

 성당 문은 잠겨 있을 테고 그곳에는 아무도 없을 것이다. 하지만 만일 술집 문이 닫혀 있다면 누군가에게 10달러를 쥐여 주기만 하면 술집에 들어갈 수 있다. 그리고 아침에 내쫓길 때까지 나는 그곳에 머물 것이다.

〈끝〉

가스티노 해협(Gastineau Channel): 알래스카주 남동부의 알랙산더 군도에 있는 더글라스 섬과 주 본토 사이를 흐르는 해협.

개척입주자: 1862년에 제정된 법에 따라 토지를 정착민에게 제공해서 정해진 기간 거주하면서 경작하게 했다. 이 정착민을 개척입주자라고 부른다.

그뤼네발트(Grunewald): 독일 르네상스의 종교화가 본명 Mathis Gothardt.

나팔리(Napali) **해안선**: 미국 하와이의 카와이 섬 남서쪽 해안가를 따라 약 15마일가량 뻗은 해안선.

노스슬로프(North Slope): 알래스카 북부 극지대의 원유 보유지역.

디지 질레스피(Dizzy Gillespie): 미국의 재즈연주가. 트럼펫을 연주했고, 작곡가 및 밴드 리더이기도 했다.

리드칼리지(Reed College): 미국 오리건주 포틀랜드에 있는 사립대학교. 애플 전 CEO인 스티브 잡스가 다니다 중퇴한 학교이다.

『**리치 리치**』: 부자 부모를 두어 돈이 많은 소년이 주인공인 만화. 1994년에 영화로도 만들어졌다.

래드도그 살롱: 주노의 다운타운에 있는 술집으로, 가장 오래된 관광지로 알려져 있다.

말린 디트리히(Marlene Dietrich): 1910년대부터 80년대까지 활동한 독일계 미국인 여배우. 1930년 고전영화《블루엔젤》에서 롤라롤라 역을 맡아 국제적 명성을 얻게 된다. 할리우드에서《모로코》,《상하이 익스프레스》등의 영화를 찍었으며, 라이브쇼 엔터테이너로도 유명하다.

모리스 그레이브스(Morris Graves): 북서태평양지역 출신의 미국화 가로 신비주의적 자연관을 담은 작품으로 유명하다.

몰 항구(Mole Harbor): 알래스카주 남동부 애드미럴티 섬에 있는 항구.

배러노프 호텔: 러시아 출신 통상무역관으로 최초로 주노와 싯카를 만

든 배러노프의 이름을 탄 호텔로 주노의 다운타운에 있는 역사적 유적지이기도 하다.

베이비 그램프(Baby Gramps): 플로리다주 마이애미 출신으로 미국 북서부지역에서 오래 활동했던 기타리스트.

벨링햄(Bellingham): 미국 워싱턴주 북부의 캐나다와의 국경지역에 위치한 도시.

브루스 스프링스틴(Bruce Springsteen): 미국의 싱어송라이터로 이스트 리트 밴드의 리더이기도 하다.

샘 스페이드(Sam Spade): 탐정소설가 대실 해멋의 유명한 1930년 소설 『말타의 매』 주인공으로 사설탐정이다.

소니 롤린스(Sonny Rollins): 미국 재즈 색소폰연주가.

시모어 해협(Seymour Canal): 애드미럴티 섬 남동쪽에서 내륙으로 깊게 파고 들어간 작은 만.

안토넬로 다메시나(Antonello da Messina): 이탈리아 시실리 출신의 화가.

알렉산드르 바라노프(Alexander Baranov): 러시아 출신 무역가로 시베리아에서 활동하다가 미국과 러시아 간 통상관리인으로 발탁되었다. 알래스카주의 현재 코디악과 싯카 지역을 19세기 초 러시아 식민지로 개발했고, 원주민과 모피 사업도 추진했다.

알래스카 원주민 형제회: 알래스카 원주민을 위한 회합장소. 오랜 역사를 담고 있는 싯카의 여러 유적지 중 하나.

야쿠탓(Yakutat): 알래스카 주 남동쪽 최남단의 지역으로, 트링깃어로 '카누가 정박하는 곳'이라는 뜻이다.

애드미럴티 섬(Admiralty Island): 알래스카의 남동쪽에 있는 섬.

요나: 구약성서에 나오는 이야기로, 예언자로서 신의 부름을 받아 니네베의 주민들에게 다가올 신의 분노를 알려 주러 가는 길에 폭풍을 만나게 된다. 선원들이 그를 바다로 집어던져 커다란 물고기에 먹힌다. 우여곡절 끝에 니네베에 가서 신의 명대로 예언 설교를 하지만, 처음부터 이 일이 내키지 않던 요나는 신의 가르침을 통해 자신의 편협함을 깨닫고 회개하게 된다.

엘비스 코스텔로(Elvis Costello): 영국계 싱어송라이터.

윌리 딕슨(Willie Dixon): 미국 블루스 연주가.

유픽(Yupik): 알래스카주 서남부지역과 러시아 극동지역의 원주민.

이글 리버(Eagle River): 앵커리지 북쪽지역에 흐르는 강과 그 인근 지역을 일컫는다.

인사이드 패시지(Inside Passage): 북미지역의 피오르 해안으로 둘러싸인 태평양 바닷길로, 알래스카주 남동부지역에서 캐나다의 브리티시컬럼비아를 거쳐 워싱턴주의 북서쪽까지 이어지는 항로이다.

『정신과 자연』: 그레고리 베이츤의 1979년 출간된 책. 인류학과 생물학, 사회과학에 정통한 저자는 자연의 방식대로 사유할 것을 제안한다.

케치칸(Ketchikan): 알래스카주 남동부 제일 끝에, 캐나다 국경 근처에 위치한 도시.

쿠스코큄(Kuskokwim): 앵커리지를 중심으로 북서부지역에 흐르는 강과 그 주변 지역.

쿡 인렛(Kook Inlet): 알래스카주 남쪽에서 알래스카만 쪽으로 약 180마일가량 뻗어 있는 해협.

크레이그(Craig): 알래스카주 최남단 프린스오브웨일즈 섬 근처의 소도시.

테나키 스프링스(Tenakee Springs): 주노와 싯카 중간에 위치한 작은 해협을 끼고 있는 도시.

티 항구(Tee Harbor): 주노시 북서쪽으로 17마일가량 떨어진 곳.

파이크 플레이스 마켓(Pike Place Market): 미국의 시애틀 항구에 있는 농산물 직거래시장으로 1907년부터 운영되어 미국 전역에서 가장 오래된 직거래시장 중 하나로 손꼽힌다.

폴스 섬(False Island): 알래스카주의 남동해안 지역에서 떨어진 헤커파이크만(灣) 동쪽에 있는 세 개의 섬 중 가장 큰 섬.

프로핏 코브(Prophet Cove): 루이스가 죽은 사냥터 오두막이 있는 곳.

하인즈(Haines): 알래스카주 남동쪽 끝 캐나다 국경 근처의 도시.

알래스카에 도착해서 짐을 풀자마자 나는 곧 알래스카에 거주하며 창작활동을 하는 작가들을 찾기 시작했다. 7년 전이었다.

번역문학가로서 나는 거주지를 옮길 때마다 해당 지역의 문학을 탐색하는 것을 원칙으로 삼아왔다. 인터넷 검색을 하고 도서관에서 자료를 찾고 지역의 작가모임을 탐방하면서 작가목록을 구성하고 시, 소설, 에세이 등을 찾아 읽으면서 알래스카라는 지역이 문학을 포함한 예술적 영감의 터임을 확인했다.

미국문학의 특색은 지방색이다. 광범위한 영토에 세워진 다문화국가인 미국에서는 단일한 민족문학 대신 각 지역에 기반한 다양한 지방문학이 존재한다. 소위 '미국문학'이라고 알려진 대표적 작품들 역시 해당 작가가 창작활동을 했던 주요 지역권에서 자연환경과 생활방식 등의 영향을 받아 생산된 결과물이다. 이렇게 다종다기한 지역의 이야기들이 모여 '미국'문학이 된다.

알래스카는 그런 지역 중에서도 특히 수많은 작가를 배출해냈고, 그들이 생산해낸 작품 역시 다양한 장르를 섭렵하고 있다. 문학 외에도 회화 및 공예 분야에서도 재능있는 예술가들이 넘쳐났다. 어쩐지 알래스카에서는 누구나 작가가 되고 예술가가 되는 게 아닐까, 하는 생각도 들었다.

그중 미국의 주류 출판시장에서 책을 내고 상업적 성공까지 거둔 작가가 바로 존 스트랠리다. 작가의 공식 웹사이트에 수록된 각종 매체에서 쏟아낸 찬사를 일별해 보면, 가령 "존 스트랠리의 목소리는 매우 독창적이어서 위대한 작가들의 반열에 오르기에 손색이 없다"(「시카고 트리뷴」), "스트랠리는 산문장르에서 출현한 최고 작가들 중 하나이다"(「샌프란시스코 크로니클」), "스트랠리의 알래스카연안 이야기는 마치 오로라의 마술 같다··· 독자들에게 진정 즐거움을 줄 것이다"(「북리스트」) 등이 있다. '알래스카미스터리범죄'라는 장르가 있다면 단연코 스트랠리의 이름이 목록의 상위에 오를 것이다.

알래스카주의 동남부 최남단 지역의 도시 싯카에서 사는 스트랠리는 현재 총 12권의 소설을 출간했다. 그중 스트랠리의 이름을 대중에게 널리 알린 것은 이제는 '세실 영거 시리즈'로 알려진 미스터리범죄추리소설 연작이다. 『곰과 결혼한 여자』는 영거 시리즈의 첫 소설이다. 이 첫 소설은 스트랠리 소설 전반의 성격을 잘 보여준다. 알래스카 원주민의 설화를 앞세워서 현재 미국사회의 인종차별 문제를 비롯한 사회 이슈들에 알래스카의 지방색을 짙게 묻혀서 만들어낸 미스터리범죄서사는 알래스카 땅에서 창작하는 작가만이 가능한 것이다.

문학은 '터'에서 울려 나오는 목소리다. 그 터의 이야기가 보편성을 담보할 때 곧 '고전'이 된다. 그런 의미에서 스트랠리의 소설은 이미 알래스카소설의 '고전'으로 꼽히고 있다. 무엇보다 '곰과 결혼한 여자'라는 설화가 갖는 토착성과 신화적 성격, 나아가 사회비평적 차원에서 스트랠리 소설의 특징이 나타난다. 소설 속에서 여러 각도로 이 설화가 조명되는데, 여기서 잊지 말아야 할 것은 이 설화가 단일 서사가 아니라, 구전의 형태로 수십 가지 서사로 존재한다는 사실이다. 개중에는 비극이 아닌 희극적 결말도 있고, 곰과 결혼한 남자의 이야기로도 전해진다.

알래스카 원주민들 사이에서 세대를 걸쳐 전해지고 소비되는 이 설화의 본령은 야생과 문명의 만남이다. 원주민의 삶은 언제나 야생과 부딪혀서 협력하거나 갈등하면서 생존해가는 형태다. 채집과 사냥이 기본인 원주민의 생존방식은 곰으로 대변되는 야생과 맺는 관계를 통해 지속된다. 이렇게 이질적인 두 세계가 만나서 초래되는 희비극적 상황을 스트랠리는 알래스카의 또 다른 역사, 즉 문명의 유입으로 인한 터전의 변화 속에 전치시켜서, 미국적 프런티어 정신을 비튼, 독특하고도 처연한 서사를 엮어낸다.

소설의 주인공 세실 영거의 다음과 같은 사색에서, 독자는 이 소설이 진정 말하고자 하는 바를 알 수 있을 것이다.

어떤 질문은 그 자체로 너무도 우아해서 오직 질문을 던질 뿐, 대답을 하려는 노력이 어떤 시점에서부턴가 고작 훼방 놓는 것에 불과해 보인다. 알래스카에서는 그처럼 시간낭비를 하는 것 같은 질문들 중 하나가 "진짜 알래스카"는 어디에 있는가이다.

'진짜 찾기', 진본과 진실을 향한 모색은 늘 궁지에 빠지기 마련이다. 스트랠리의 소설은 이 궁지를 매우 충실하게, 심오하고 섬세하게 그려낸다. 극지의 알래스카, 그 너른 땅은 20세기 현대사에서 손꼽히는 역사적 아이러니 중 하나를 담고 있다. 알래스카에서는 이 '진짜'의 질문은 반복되지만, 발화되자마자 허공으로 흩어져 버린다. 이 소설에서 독자는 '진짜 알래스카'를 묻는 질문 너머 실제 그 터에서 살아가는 사람들의 '진짜' 이야기를 듣게 될 것이다. 그리고 이 생경하고 낯선 이야기를 통해 미국문학의 또 다른 목소리에 귀 기울일 기회를 얻게 될 것이다.

알래스카 미스터리 범죄추리소설

곰과 결혼한 여자

1판 1쇄 인쇄 2023년 03월 07일
1판 1쇄 발행 2023년 03월 15일

이 책의 한국어판 저작권은 (주)엔터스코리아를 통한
저작권자와의 독점계약으로 문학의숲에 있습니다.
저작권법에 의해 한국 내에서 보호를 받는 저작물이므로 무단전재와 복제를 금합니다.

—

지은이 | 존 스트랠리
옮긴이 | 강수영

—

발행처 문학의숲
발행인 고찬규

—

신고번호   제 2005-000308 호
신고일자   2005년 10월 14일

—

주소   (121-896) 서울특별시 마포구 양화로7길 84
전화   02-325-5676
팩스   02-333-5980

—

값은 표지에 있습니다.
ISBN 979-11-87904-40-3 (03840)